JENEVA ROSE

**E.L.A.S**® ESPECIALISTAS LITERÁRIAS NA ANATOMIA DO SUSPENSE

**ESPECIALISTAS LITERÁRIAS NA ANATOMIA DO SUSPENSE**

**CRIME SCENE FICTION**

THE PERFECT MARRIAGE
Copyright © 2020 by Jeneva Rose
New material copyright © 2024 by Jeneva Rose

Os personagens e eventos deste livro são fictícios.
Qualquer semelhança com pessoas reais, vivas ou mortas, é mera coincidência e não foi intencional por parte da autora.

Tradução para a língua portuguesa
© Fernanda Lizardo, 2024

**Diretor Editorial**
Christiano Menezes

**Diretor de Novos Negócios**
Chico de Assis

**Diretor de Planejamento**
Marcel Souto Maior

**Diretor Comercial**
Gilberto Capelo

**Diretora de Estratégia Editorial**
Raquel Moritz

**Gerente de Marca**
Arthur Moraes

**Gerente Editorial**
Bruno Dorigatti

**Editor**
Paulo Raviere

**Capa e Projeto Gráfico**
Retina 78

**Coordenador de Diagramação**
Sergio Chaves

**Designer Assistente**
Jefferson Cortinove

**Preparação**
Marta Sá
Vinicius Tomazinho

**Revisão**
Natália Agra

**Finalização**
Sandro Tagliamento

**Marketing Estratégico**
Ag. Mandíbula

**Impressão e Acabamento**
Ipsis Gráfica

---

DADOS INTERNACIONAIS DE CATALOGAÇÃO NA PUBLICAÇÃO (CIP)
Jéssica de Oliveira Molinari CRB-8/9852

Rose, Jeneva
    Casamento perfeito / Jeneva Rose; tradução de Fernanda Lizardo.
    —Rio de Janeiro : DarkSide Books, 2024.
    320 p.

    ISBN: 978-65-5598-461-3
    Título original: The Perfect Marriage

    1. Ficção norte-americana 2. Suspense
    I. Título II. Lizardo, Fernanda

24-4679                                                                     CDD 813

Índice para catálogo sistemático:
1. Ficção norte-americana

---

[2024, 2025]
Todos os direitos desta edição reservados à
**DarkSide®** *Entretenimento* LTDA.
Rua General Roca, 935/504 — Tijuca
20521-071 — Rio de Janeiro — RJ — Brasil
www.darksidebooks.com

# JENEVA ROSE

# CASAMENTO PERFEITO

TRADUÇÃO FERNANDA LIZARDO

**E.L.A.S**®

DARKSIDE

Para minha mãe, minha maior apoiadora,
minha fã mais orgulhosa e minha lembrança favorita.

# PRÓLOGO

Ele a amava? Bem, certamente amava o jeito como ela o olhava — o jeito como o lábio inferior dela tremelicava e os pés convulsionavam quando gozava. Amava o jeito como os longos cachos castanhos caíam sobre o rosto dela e tapavam os olhos de corça enquanto ela cavalgava em seu colo, amava o jeito como as costas esbeltas formavam uma lua crescente quando ele a penetrava por trás. Mas será que a amava mesmo? Amava algumas partes dela. No entanto, a pergunta aqui não é esta — não é se um dia ele a amou. A pergunta é: foi ele quem a matou?

# 1
# SARAH MORGAN

"Ah, de novo não."

A decepção na voz dele preencheu a sala inteira e permaneceu ali como uma leve bruma, uma nuvem criando distância entre nós. Respiro fundo, dissipando a névoa, e solto o ar com a mesma rapidez, abrindo de novo caminho entre a gente. Não preciso fitá-lo para saber que seus olhos estão desanimados e seus lábios estão apertados com firmeza. Não posso culpá-lo. Decepcionei Adam outra vez. Visto um blazer, passo as mãos pelo cabelo, domando os fios rebeldes. Está bem preso num coque perfeito. Está sempre bem preso num coque perfeito. Meus olhos encontram os dele, e, então ficamos ali parados de novo.

"Desculpe." Baixo a cabeça, evitando atrair o seu olhar. Ele morde a isca e caminha até onde estou, com seu 1,88 metro de altura se assomando diante da minha figura *mignon*. Ele segura o meu rosto, ergue meu queixo e me dá um beijo delicado nos lábios. Todos os pelinhos do meu corpo se arrepiam. Depois de dez anos de casamento, Adam ainda provoca essa sensação em mim. Depois de dez anos de casamento, ainda provoco essa sensação nele — neste caso, refiro-me à decepção.

"Era para a gente ter ido para a casa do lago ontem", declara.

Desfaço nosso abraço e começo a arrumar minha pasta; meu senso de responsabilidade se sobrepõe aos sentimentos.

"Eu sei, eu sei. É que tenho muito trabalho para terminar e ainda preciso redigir a alegação final para o julgamento", respondo.

Adam resmunga e cruza os braços.

"Você sempre está cheia de trabalho. Sempre está se preparando para um caso importante." Ele estreita os olhos, de brincadeira, olhando para mim, mas com um olhar um tanto acusador, como se eu fosse a ré de um julgamento.

"Alguém tem que pagar as contas", provoco. *Funciona.*

Ele balança a cabeça de modo tão sutil que quase não percebo, mas preciso ser receptiva. Caminho até ele e ponho as mãos nos seus ombros. Ele finge resistência para me beijar, mas sei que não vai resistir.

Seu joguinho de cabo de guerra dura poucos segundos; então sorri e inclina o corpo em minha direção. Nossos lábios se encontram de novo — desta vez, mais apaixonados. Desta vez, nossas bocas se abrem, as línguas se enredam, as mãos dele passeiam pelas minhas costas. Nesse momento, cogito cancelar tudo.

Mas a realidade se assenta.

"Preciso ir", sussurro ao seu ouvido quando me afasto.

Sempre sou eu quem se afasta primeiro. Um dia, meu casamento vai ser tudo o que eu sempre soube que seria e poderia ser, só que esse dia não é hoje.

"Sarah, amanhã é nosso décimo aniversário de casamento." Ele franze a testa. Contudo, não precisa me lembrar. Já sei.

"E vou me esforçar para ir lá amanhã."

"Depois de dez anos, a gente acha que se acostuma... mas ainda não me acostumei." Adam suspira e esfrega o queixo como se estivesse pensando no que vai dizer a seguir.

"Desculpa, Adam. Você sabe que preferiria muito mais passar o tempo contigo em vez de ficar argumentando na audiência."

Ele levanta uma sobrancelha, porque não acredita em mim. Sabe que amo meu trabalho.

"Depois que esse processo terminar, vou tirar uma folga do trabalho. Prometo." Selo minha promessa com um sorriso, na expectativa de que ele fique feliz com a notícia.

Ele balança a cabeça e estreita os olhos.

"Essa é uma promessa genuína ou uma promessa estilo Sarah?"

"Ah, para com isso", digo, dando um tapinha em seu peito.

Ele pega minhas mãos e me puxa para me dar outro beijo.

"Vou parar quando você parar."

"Ah, quase me esqueci." Vou até o armário e apanho uma caixinha embrulhada em papel de presente que escondi atrás de uma das minhas bolsas de grife. Em seguida, volto para o quarto, segurando-a à minha frente para presenteá-lo. "É para você."

Ele lança um olhar para o presente e, depois, para mim.

"Não precisava", responde, aceitando o presente.

Depois do nosso quinto aniversário, fizemos um acordo de não mais trocar presentes, mas desta vez não consegui resistir. Ele desembrulha o presente com cuidado. Levanta a tampa da caixa, revelando um rebuscado relógio Patek Philippe, com pulseira de couro de crocodilo e mostrador dourado. Ele fica boquiaberto, de olhos arregalados.

"Isto... isto é demais", exclama, meneando a cabeça, enquanto admira a complexidade e o design do relógio.

"Não, não é... São dez anos de casamento. Significa muita coisa", respondo, dando um passo para perto dele e tirando o relógio da caixa. "Veja a inscrição."

Adam pega o relógio e vira o mostrador. Depois, passa o dedo pela gravação: 5.258.880.

"O que significa este número?", pergunta.

"É a quantidade de minutos em dez anos", explico, encarando-o.

Ele me lasca um beijo nos lábios e abre um sorriso antes de colocar o relógio.

Ele estende o pulso, admirando a peça.

"Isto é para eu acompanhar as vezes que você se atrasar ou me der um bolo?"

Reviro os olhos.

"Estou só brincando", acrescenta, sem demora.

"Não está, não."

Adam coloca as mãos nos meus ombros e me encara, olho no olho.

"Verdade, mas eu te amo mesmo assim, Sarah."

"Eu também te amo mesmo assim", provoco.

Ele me beija de novo. É mais agressivo que da última vez, é o seu jeito de me agradecer pelo presente generoso.

Depois de ele demonstrar gratidão, descemos até a cozinha, um espaço amplo e moderno mais bonito que funcional, já que não é muito usado. Não tenho tempo para cozinhar, e Adam simplesmente não sabe.

Retiro da geladeira um recipiente com frutas já fatiadas e uma garrafa de vidro de San Pellegrino, o que deve quebrar o galho até minha assistente trazer o meu almoço.

Adam serve duas xícaras de café, esvaziando a jarra que havia preparado mais cedo. Retira o filtro de café usado da máquina, vai até a lixeira e pisa no pedal para abrir a tampa. Mas estaca quando está prestes a descartar o lixo.

"O que é isto?" Ele mete a mão na lixeira e pega um envelope vermelho com a lateral rasgada.

"Sua mãe mandou um cartão de bodas para a gente", respondo sem tirar os olhos do celular.

"E você simplesmente... jogou fora?" Ele franze o rosto.

"Não, eu li. Absorvi. Digeri. E depois joguei fora."

Ele retira o cartão do envelope e lê em voz alta:

"Não acredito que vocês duraram dez anos! Feliz aniversário de casamento, queridos Adam e Sarah. P.S.: Cadê meus netos? Com amor, mamãe."

"Que bacana da parte dela." Ele sorri e começa a procurar nas gavetas um ímã para prender seu troféu na porta da geladeira. Reviro os olhos enquanto o observo botar aquela porcaria na geladeira.

"E aí, o que vai fazer hoje?" Mudo de assunto.

Vou deixar essa passar; no caso, me refiro à mãe. Pego a xícara de café quente e a levo à boca. Queima, mas é uma queimadura gostosa, tipo as fagulhas, às vezes tão necessárias em nossas vidas para nos lembrar de que estamos vivos.

"Bem, agora que o que mais tenho é tempo...", diz, dando uma risada enquanto olha para o relógio novo. Solto uma risadinha educada diante da piada horrorosa. "Provavelmente vou até a casa do lago para escrever um pouco. Daniel vai precisar de mais páginas para fechar com alguma editora."

Aceno com a cabeça, concordando, e tomo outro gole do meu café.

"O último material que você mandou estava maravilhoso. Acho de verdade que este livro pode lhe render sucesso comercial além da aprovação de crítica que você já tem."

"Está falando sério?" Ele arqueia uma sobrancelha, cético.

"Eu sempre estou falando sério."

Ele se aproxima, postando-se atrás de mim e apoiando as mãos na bancada à minha frente. Então acaricia o meu pescoço e o beija enquanto encaixa a pélvis em minha bunda.

"Fala que você vai amanhã."

"Vou tentar, de verdade."

"Faça mais do que tentar. Tem mais de um ano que a gente comprou a casa do lago, e você nunca passou mais de uma noite lá."

"Eu sei." Tomo outro gole de café e baixo minha xícara.

Ele geme no meu pescoço.

"Por favor!"

"Vou fazer tudo o que estiver ao meu alcance para ir lá amanhã, e aí a gente finalmente inaugura a casa do lago." Dou ré para colar nele, brincando. Ele me puxa com força e beija meu pescoço de novo.

"Agora, sim, temos um plano que preste."

Viro-me para encará-lo e empino o nariz para nossos olhos se encontrarem.

"Obrigada por ser paciente comigo." Ofereço-lhe minha carinha de cachorro pidão para transmitir uma sinceridade que faça jus às minhas palavras.

"Eu esperaria uma vida inteira por você, e um pouco mais." Ele beija minha testa, a pontinha do meu nariz e depois os lábios. "Ou, pelo menos, mais 5.258.880 minutos..." Sorri. "Agora, vá para o trabalho logo; assim, a gente não demora a ficar junto."

Sorrio, pego minha bolsa em cima do balcão e sigo em direção à porta.

"Eu te amo", declaro.

Antes que eu saia de casa, ele grita:

"Te amo mais."

## 2
# ADAM MORGAN

Meus dedos digitam no teclado mais um punhado de vezes enquanto o sol deixa seu último facho de luz neste lado do planeta. Uma brisa faz as árvores farfalharem, livrando-se das folhas coloridas outonais, e as leves ondulações do lago lambem suavemente a costa. Salvo os escritos do dia e fecho o laptop — três mil palavras, acho que já está bom. Jogo os óculos de leitura de armação preta sobre a mesa e passo as mãos pelos cabelos, afastando-os da testa. Esfrego um pouco as têmporas para aliviar uma dorzinha de cabeça tensional persistente. Um esquilo preto passa correndo pelo quintal e chama a minha atenção. Não é como se eu nunca tivesse visto um esquilo preto, mas é raro; por isso, exige certa atenção. O bichinho saltita em busca de comida, totalmente dominado pelo seu senso de propósito e direção. Por mais complicada que a vida possa parecer, é disso que realmente necessitamos: de senso de propósito.

A casa do lago fica a uma hora da nossa casa no bairro Kalorama de Washington, mas poderia muito bem ser parte de um planeta novo. É uma terra verdejante que os nossos antepassados reconheceriam com facilidade, um contraste à monstruosidade de concreto com sons de buzina que faz o papel de capital do nosso país. A casa fica longe o suficiente da cidade para nos assegurar de que não teremos visitantes inesperados, mas perto o suficiente para que eu possa viajar sempre que sentir necessidade de ficar sozinho — ou muito bem acompanhado, em certo sentido.

Uma cabana isolada no lago Manassas, cercada pelas florestas era exatamente daquilo que minha carreira de escritor precisava, ou pelo menos foi assim que vendi a ideia para Sarah. Tive dificuldade para verbalizar isso até pouco mais de um ano atrás, quando compramos esta casa. Foi então que outro mundo se abriu para mim, um mundo onde eu poderia escrever, um mundo cheio de desejos palpáveis, um mundo onde eu poderia viver sem a pressão constante de ser considerado insuficiente. Eu me senti renascer, e a beleza natural do ambiente ao meu redor refletiu no trabalho.

A madeira nobre é tão presente na composição da casa do lago que a gente se sente dentro de uma árvore, e não em uma habitação humana. A ampla área de estar recebe iluminação natural, graças às grandes janelas salientes com vista para o lago. O aconchego da sala é proporcionado pela lareira adornada com rochas coloridas e pelo imenso tapete de pele de urso esticado sobre o assoalho. Eu poderia ter instalado minha escrivaninha em um dos quartos, mas nenhum deles me proporcionaria uma visão como esta. É perfeita, porque me dá a liberdade de não me sentir engaiolado em algum escritório minúsculo.

Por sorte, não foi preciso muito esforço para convencer Sarah de que deveríamos comprar uma segunda casa. Acho que ela percebeu que eu estava me afastando — tanto mental, quanto emocionalmente... — ou talvez apenas quisesse me dar uma prova de seu poder aquisitivo. Um jeito de me lembrar, mais uma vez, de como dependo dela no âmbito financeiro; uma demonstração explícita de poder. Seja qual for o motivo, no fim consegui a casa; então quem se importa?

Era para ser a nossa casa longe de casa, mas acabou se tornando apenas a minha casa. Já perdi a conta de quantas vezes Sarah prometeu passar um fim de semana aqui comigo. Este fim de semana não foi exceção, mesmo sendo nosso décimo aniversário de casamento. Eu esperava que ela viesse ao menos hoje, mas então me telefonou, mais cedo, dizendo que precisava voltar ao escritório. Não fiquei surpreso. Também me desejou um feliz aniversário de casamento (irônica) e disse que me amava. Ela sempre diz que me ama. Mas estou farto de ouvir isso. Eu preferiria sentir. Estendo o pulso, admirando o relógio novo. É caríssimo. No entanto, apesar do custo, ainda foi um presente atencioso. Sarah é assim. Ela é atenciosa, mesmo nunca se fazendo presente.

Sempre tive essa sensação de que Sarah estava conquistando o mundo, ao passo que eu apenas lutava para sobreviver nele. Essa é a mulher que queria ser, uma potência, um espetáculo solo para o qual tive a sorte de ser escalado como figurante. Acontece que nem sempre foi assim. A gente se conheceu quando eu estava no terceiro ano de graduação na Duke; e ela, no primeiro. Estudava ciências políticas, e eu, literatura. Naquela época, nós dois sonhávamos alto. Sarah queria ser uma advogada bem-sucedida, e eu queria ser um dos grandes escritores da nossa geração. Quinze anos depois, um de nós ainda está em compasso de espera.

Bem, eu não deveria me cobrar tanto. O sucesso até chegou a passar por mim, por um pequeno instante; no entanto, foi embora com a mesma rapidez e ainda não voltou. Eis a ironia dos sonhos. Você sempre acaba acordando. Meu primeiro livro foi um sucesso — não do ponto de vista popular ou comercial, mas do ponto de vista literário. Um crítico chegou a dizer que eu era "o próximo David Foster Wallace", e gostei disso. Pensei que seria capaz de replicar esse sucesso; entretanto, o segundo e o terceiro volume da sequência fracassaram de todas as formas, inclusive no âmbito literário. Fiquei surpreso por meu agente não ter me dado um pé na bunda; mas tenho certeza de que, se este livro no qual estou trabalhando agora não for um sucesso, vou ser cortado em breve. Então não cheguei nem perto de realizar meus sonhos. Tive apenas uma provinha. O sonho de Sarah era ser advogada criminalista, uma das melhores. Contudo, ela não é uma das melhores, é a melhor — como eu sempre soube que seria. Só que simplesmente nunca imaginei que ficaria tão ressentido com ela por isso.

Nem sempre foi assim, e no caso, me refiro a essas minhas fugas para nossa segunda casa sempre que possível e ao fato de Sarah praticamente ter fixado residência em seu escritório. Afinal de contas, não dá para se tornar a melhor advogada criminalista apenas amando o marido.

É de se pensar que viver nessa solidão e chafurdar na autocomiseração faria de mim um grande escritor, tipo um Thoreau ou um Hemingway contemporâneo. No entanto, até o momento, a única coisa que herdei de Hemingway foi o hábito de consumir álcool, nem um pouco do sucesso associado a ele.

Sarah tem o trabalho dela, e tenho o meu. Em determinada época, tínhamos um ao outro, mas foi-se esse tempo.

A gente se conheceu numa festa, foi um golpe de sorte, pois Sarah praticamente não ia a eventos daquele tipo, conforme me confessou mais tarde, naquela noite. Preferia ficar com a cara enfiada num livro a estar cercada de gente suarenta e cheia de tesão no porão de uma república estudantil — mas eis que lá estava ela, parada em um cantinho, bebericando casualmente a cerveja barata em um copo vermelho descartável, mais deslocada do que uma freira em um puteiro. Ela ostentava um meio sorriso, tentando mascarar seu desconforto, mas sua linguagem corporal a denunciava. Estava encostada na parede, o copo pairando próximo aos lábios, olhando ao redor, com um braço enfiado sob o outro em cima do peito. Estava tentando se fazer microscópica, misturando-se ao cenário, passando despercebida. No entanto, para mim, era o maior destaque daquele ambiente.

Seu cabelo loiro na altura dos ombros praticamente brilhava sob a luz negra, um acessório básico de qualquer festa universitária em meados dos anos 2000. Os olhos verdes salpicados de pontilhados dourados carregavam todo o mistério do mundo. Usava uma camiseta branca justa e jeans largos. Um pedacinho da barriga estava exposto, e eu não conseguia tirar os olhos daquele trechinho. Aquela tirinha de pele branca à vista me excitou mais do que o corpo totalmente nu da minha ex-namorada. Fiquei olhando para ela. Analisando. Então, antes mesmo de me aproximar e dizer uma palavra, eu já havia memorizado cada curvinha, cada contorno e cada sarda dela naquele porão imundo. Fiquei imaginando como seria por baixo das roupas, e mais tarde eu viria a descobrir que tinha imaginado tudo errado. O corpo de Sarah excedia todas as limitações da minha imaginação. Ela era perfeita.

Levou mais ou menos uma hora até seu olhar finalmente captar o meu, e foi só então que criei coragem para ir lá falar com ela. Eu me assomava sobre o corpo pequenino, mas, desde o início, ela sempre conseguiu se fazer maior do que eu, e eu sabia que, assim que percebesse isso, se tornaria uma força irrefreável.

No início, foi meio acanhada, dando só respostas monossilábicas. Perguntei o nome. Ela respondeu "Sarah!". Perguntei com quem estava na festa. Ela apontou para uma morena embriagada se esfregando num cara num canto escuro do porão. Perguntei se queria dançar. Ela disse que não. Eu disse que ela era linda. Deu de ombros. Falei que meu nome era Adam. Ela tomou um gole de cerveja. Perguntei que curso fazia. Ela deu um peteleco no próprio copo, sinalizando que precisava de mais uma cerveja, e começou a se afastar. Peguei o copo da mão dela, virei toda a minha cerveja nele e o devolvi. Ela sorriu para mim e retornou ao seu lugar ao meu lado.

"Sutil", zombou.

Recostei-me na parede ao lado dela, e ficamos em silêncio pelo que pareceram horas. Desde o início, as coisas com Sarah sempre pareceram uma eternidade. Ela continuou ali a bebericar sua cerveja casualmente enquanto observava a festa e mantinha os olhos na amiga bêbada. Fingi avaliar o ambiente também, mas o foco estava todo nela. Dezenove minutos depois, a amiga de Sarah disse que ia sair com um carinha, sem ser aquele no qual estava se esfregando. Ela estava com a fala pra lá de arrastada e os olhos vidrados enquanto segurava a mão do sujeito para quem ia abrir as pernas em breve. Sarah não pareceu lá muito feliz, mas, mesmo assim, desejou-lhe que se divertisse e pediu que ligasse de manhã. Foi o momento em que ela mais falou durante a noite toda. Continuou serena, bebericando da cerveja. Fiquei surpreso por ela não ter saído também.

Vinte minutos depois, ela terminou a bebida, largou o copo no chão imundo e o chutou para um canto. Então permaneceu ali por mais um tempo, com os olhos de vez em quando se voltando para mim. Se remexeu, e fiquei sem saber se sua intenção era se aproximar ou se afastar de mim.

No vigésimo primeiro minuto, resolvi descobrir quem era e perguntei se queria sair dali. Ela disse que sim. Quando a levei de volta sã e salva para seu dormitório, minha expectativa era lhe dar um beijo na bochecha e desejar boa-noite. Sarah não parecia o tipo que cedia fácil aos próprios impulsos. No entanto, quando fui dar um beijinho em sua bochecha, ela me puxou para dentro, arrancou minhas roupas e gemeu e ofegou um monte de "sim" pelo restante da noite.

Três anos depois, a pedi em casamento e ela disse sim outra vez. E, embora tivesse me dito inúmeros "sim" desde então, acho que aquele ali do nosso matrimônio foi o último realmente genuíno. Se não tivesse se deixado consumir pela faculdade de direito e depois pelo trabalho, acho que a gente teria sido...

A porta da frente bate com força por causa da brisa. Levo um susto que dura apenas uma fração de segundo, mas sei que é ela. Mesmo sem vê-la, sei que suas sardas estão mais evidentes pelo fato de ela ter passado o dia todo trabalhando no pátio externo da cafeteria. Sei que os olhos castanhos de corça estão iluminados — repletos de esperança, alegria e ingenuidade. Sei que os longos cabelos escuros desgrenhados estão escondidos sob o gorro que ela mesma tricotou no início deste outono. Sei que, quando tirar o gorro, ainda vai estar linda, com o cabelo bagunçado e tudo. Sei que vai estar sem sutiã, usando uma blusa justinha, e a cintura da camisa vai estar vincada por causa do avental amarrado ali o dia todo. Sei que vai sorrir quando me vir e que vou levar menos de um minuto para estar dentro dela.

"Amor, eu trouxe uns pãezinhos da cafeteria", grita do hall de entrada enquanto tira os sapatos.

Pego dois copos do barzinho. Sirvo uísque em cada um deles. Ela pousa um saco de papel marrom no balcão da cozinha e, quando se vira para a sala de estar, eu já lhe ofereço a bebida. Saltitante, ela pega o copo, toma tudo e o coloca de volta no barzinho, soltando um som de satisfação. O calor da lareira aquece sua pele, fazendo os arrepios em seus braços se abrandarem.

Antes que eu possa tomar um segundo gole, ela já está desabotoando minha calça e abrindo o meu zíper. Tomo o resto do uísque enquanto fica de joelhos e me olha com um sorriso diabólico.

Reposiciono as pernas dela na cama e, então entro no banheiro e fecho a porta.

Embora ela esteja do outro lado da porta, ainda é possível ouvi-la ofegar, tentando retomar o controle da respiração. Espero que sua reação seja apenas de êxtase, e não de dor. Às vezes, pego um pouco pesado — é como se eu apagasse mentalmente e só depois despertasse e me desse conta do erro que cometi. Não consigo evitar. Kelly simplesmente faz isso comigo. Quando estou com ela, meu instinto animal assume o controle.

Sarah me deixava do mesmo jeito, mas, agora, perto dela, mal me sinto como um homem, muito menos qualquer outra coisa.

De frente para o armarinho do banheiro, me olho no espelho. A sombra das cinco da tarde bate sobre meu rosto, e os olhos azuis estão mesclados de vermelho, preguiçosos provavelmente por causa do sexo e do longo dia dedicado à escrita. Só consigo me encarar por alguns segundos antes de desviar o olhar. Não tenho vergonha de quem sou, mas também não morro de orgulho. Jogo um pouco de água na cara e depois no peito, no abdômen e no pau. Estou cansado demais para tomar banho. Eu me enxugo com uma toalha. Espalho um pouquinho de pasta na escova de dentes.

"Gato!?", grita Kelly do outro cômodo.

"Oi!", respondo enquanto começo a escovar os dentes.

"Sua esposa te mandou uma mensagem."

Cuspo a pasta de dentes na pia e enxáguo a boca, limpando os lábios com a mão. De volta ao quarto, vejo que o abajur está aceso, lançando uma luz suave e aconchegante. Kelly está sentada do meu lado da cama, de camisola quase transparente. Segurando meu celular na mão, ela levanta a cabeça e me lança um sorriso indiferente. Vou até a cômoda e pego a calça do meu pijama Ralph Lauren.

"O que ela disse?", pergunto enquanto me visto.

"Ela quer saber o que você está fazendo."

Sento-me na cama ao seu lado, ajeitando seus longos cabelos castanhos para trás. Beijo o pescoço e o ombro com delicadeza.

"Diga que estou prestes a trepar de novo com a garota dos meus sonhos", sussurro. É uma piada, as preliminares para mim e ela — porque tenho certeza que sente tesão pelo fato de eu ser casado.

Kelly ri e começa a responder à mensagem.

"Seu desejo é uma ordem."

Tiro o celular da mão dela e me levanto da cama. Respondo rapidamente.

*Como você não pôde vir, vou voltar hoje à noite mesmo pra te ver. Mas não precisa me esperar. Eu te amo.*

Antes mesmo de eu largar o celular, Sarah responde:

*Também te amo. Tive a oportunidade de ler as novas páginas que você mandou na hora do almoço e achei incríveis. Muito orgulhosa. Beijos.*

Sorrio por um breve segundo antes de ser arrebatado por uma onda de culpa.

*Você é a melhor, querida. Amanhã à noite quero te levar pra jantar. Diga sim.*

Meu celular vibra na mesma hora.

*Sim.*

Às vezes, tenho um vislumbre do que éramos antigamente e fico achando que podemos ser aquele casal de novo. Só que já fodi as coisas por completo, a ponto de não ter mais jeito, e a carreira de Sarah sempre esteve em primeiro lugar — antes de mim, antes de uma família, antes de tudo. Achei que, quando tivéssemos filhos, ela fosse desacelerar, mas nunca quis ter filhos. Achei que, no fim, mudaria de ideia, mas não mudou. Depois, achei que seria capaz de persuadi-la. Não consegui.

Coloco o celular sobre a mesinha de cabeceira e o conecto ao carregador. Kelly me encara, cheia de tesão, apesar de estar claramente exausta. Ela nunca se cansa de mim, e não me canso dela. Mas sei que nem sempre vai ser assim. Houve uma época em que Sarah e eu também não nos cansávamos um do outro. Vez ou outra, esses sentimentos ressurgem, mas duram pouco e geralmente são induzidos pelo álcool ou afloram em um período em que passamos separados. Não me interprete mal, eu amo Sarah. Se não amasse, já a teria largado bem antes. É a esse amor que me agarro — não ao dinheiro, à segurança ou às casas. Kelly me dá o amor que Sarah não consegue mais me dar. Ambas me completam. É doentio, eu sei, mas é a verdade. Dizem que, quando a gente tem filhos, ama todos igualmente. Por que não posso dizer a mesma coisa sobre minha esposa e minha amante?

"Algum dia você vai contar sobre a gente para sua esposa?", pergunta Kelly.

"Algum dia você vai falar sobre a gente para o seu marido?", retruco.

Ela suspira e cruza os braços.

"Não é a mesma coisa."

Não estou a fim de discutir, então resolvo pegar outra dose para nós. Se eu quisesse brigar, ficaria em casa com minha esposa. No barzinho, encho um copo alto com uísque para ela e, em seguida, começo a me servir — mas paro antes da metade, resolvendo tomar alguma coisa mais cara nesta noite. Tomo o uísque que já havia despejado no meu copo, enxáguo e encho de Pappy Van Winkle.

De volta ao quarto, encontro Kelly brava na cama. Ela não gosta quando falo do marido, mas também não gosto quando ela fala da minha esposa. Estendo o copo de uísque enquanto me sento ao seu lado. Ela toma um gole caprichado e nem sequer estremece com a ardência. Então se inclina em minha direção, e aninho seu corpo nos meus braços enquanto permanecemos ali sentados em silêncio, bebericando nossos drinques, conscientes de que estamos encurralados em casamentos nos quais somos relegados ao segundo lugar pelas pessoas que amamos. Quando Kelly e eu estamos juntos, estamos em primeiro lugar, e acho que é isso o que mais amamos um no outro. Encho os copos mais duas vezes e depois transamos de novo. Mas, desta vez, não trepo — faço amor com ela.

# 3

# SARAH MORGAN

Estou examinando a documentação do processo, a papelada voando e caindo feito neve numa avalanche recém-desencadeada. Eu tinha planejado passar umas poucas horas no escritório, só para me preparar para a audiência, mas cá estou, bebendo meu café de doze horas atrás. Gotas de óleo flutuam até a superfície, lembrando-me do horário em que foi coado e há quanto tempo estou aqui. Meu escritório fica no décimo quarto andar, o mais alto que se pode chegar em Washington, sem ultrapassar o tamanho do pau de George Washington. É um dos maiores da empresa, e ninguém seria capaz de contestar o motivo de ter sido oferecido a mim.

Com vários casos de destaque e o maior número de vitórias em comparação a qualquer advogado do escritório, eu mais do que mereci meu lugar como sócia na Williamson & Morgan. Tiro os óculos de leitura e os coloco sobre a mesa causando um estrondo retumbante que pontua minha frustração. O visor do celular marca 20h04. Dou um suspiro exasperado para informar ao público inexistente do escritório o quanto estou sobrecarregada.

Pego o celular e envio uma mensagem breve para Adam:

*Desculpe, queria muito estar com você hoje. Saudade.*

Encaro a tela do celular, esperando os três pontinhos dançarem, mas eles não surgem. Tenho certeza de que ou ele está puto comigo, ou já está no terceiro copo de uísque. É como gosta de encerrar um longo dia dedicado à escrita, é seu pequeno ritual. Eu mesma gostaria de tomar algo forte agora. Abro a marmita de isopor, finco o garfo de plástico na comida chinesa e mordisco algumas coisinhas. Está fria, pois está aqui há horas. Nem sei se ainda está bom para comer, então fecho a marmita e jogo tudo na lata do lixo. Minha mesa está completamente bagunçada, não é assim que vivo normalmente. Isso me incomoda, mas, com as datas do julgamento e tantos depoimentos iminentes, uma baguncinha é inevitável. Giro minha cadeira, olho pelas janelas, admirando as luzes da cidade, os carros se movendo em uníssono, as pessoas saindo e aproveitando as últimas horas do fim de semana. Isso me lembra de algo.

"Anne, você ainda está aqui?", chamo, enquanto giro minha cadeira para ficar de frente para minha mesa outra vez.

A porta do escritório se abre, e minha assistente de aparência meiga enfia a cabeça pelo vão. Ela é uma mulher *mignon*, tem cabelos castanhos na altura dos ombros e traços faciais suaves, é bonitinha. Sorri para mim, pronta e ansiosa por agradar. Embora eu seja a única pessoa que esteja na empresa neste momento, não é incomum que Anne se jogue de cabeça no trabalho tão logo me veja às voltas com meus e-mails profissionais.

"Estou, senhora Morgan."

Pouso as mãos sobre a minha mesa e lhe dou um sorriso empático.

"Anne, quantas vezes preciso dizer? Só porque trabalho durante horas ridiculamente longas, não significa que você tenha de fazer a mesma coisa... e esse lance de senhora Morgan?"

"Desculpe, senhora...", recomeça e então se cala assim que me levanto da mesa e caminho até ela.

Meus pés mergulham no carpete macio a cada passo que dou. Eu queria que o escritório tivesse um toque caseiro, por isso há uma sala de estar completa com sofá, poltronas e mesinha de centro. Uma estante recheada de livros profissionais e de lazer ocupa quase uma parede inteira. Este escritório é a minha casa longe de casa. Na verdade, poderia ser a minha casa, já que, mais ou menos nos últimos oito anos, passo mais tempo aqui do que em qualquer outro lugar.

Coloco uma das mãos no ombro de Anne.

"Anne, você trabalha para mim há cinco anos. Almoçamos juntas todas as sextas-feiras. Você viaja comigo a negócios. Esteve na minha casa inúmeras vezes. Você é, antes de tudo, minha amiga, e só por isso minha funcionária. Então, por favor, pelo amor de Deus, nunca mais me chame de senhora Morgan."

Ela abre um sorriso e assente.

"Argh, me desculpe. Estou trabalhando em dobro para Bob desde que a última assistente dele pediu as contas. Ele exige que eu o chame de senhor Miller. Por isso, virou força do hábito." Ela passa por mim e se joga no sofá, esfregando a testa com o dedão e o indicador.

Sento-me ao lado de Anne, pouso os pés na mesinha de centro, solto um suspiro e solto os cabelos do coque apertado. Anne chuta os sapatos e também coloca os pés em cima da mesa, partilhando comigo um olhar de solidariedade e compreensão. Embora nós duas sejamos diferentes em quase todos os aspectos, somos muito semelhantes. Duas mulheres tentando vencer em um universo masculino. Trabalhamos duas vezes mais do que nossos colegas do sexo masculino para, no fim, ficarmos meros centímetros à frente deles.

"Isso é porque o senhor Miller é um babaca", disparo. "Vou obrigá-lo a contratar uma nova assistente até o fim da semana e, se a próxima não der certo, vou fazer com que ele também não dê certo aqui." Solto uma risada.

Bob é um bom advogado, mas tem um ego imenso e não respeita ninguém, exceto aqueles que têm mais dinheiro ou mais poder do que ele. Por acaso, me encaixo nesta categoria.

"Valeu, Sarah. Você é legal demais comigo."

"Não, você é que é legal demais comigo."

"Sabe quem não é legal demais com ninguém?", pergunta Anne.

"Bob."

"Bob."

Nós duas desatamos a rir, e isso é bom. Fiquei uma eternidade com a cabeça enterrada na papelada do processo. Sinto falta dessa leveza. Sinto falta de ficar à toa, sem o peso do mundo nos ombros ou a vida e o futuro de alguém nas minhas mãos.

"Ah, queria te mostrar uma coisa." Anne se inclina para a frente, pega o celular e abre o aplicativo de fotos. Ela corre o dedo pela tela algumas vezes e me entrega.

Eu examino cada foto, com atenção: um homem atravessando a rua, uma mulher subindo os degraus do Lincoln Memorial, um falcão dando um rasante no lago, uma criança admirando o Monumento a Washington.

"São lindas. Você tem um olho bom", elogio.

"Obrigada. Ainda estou me esforçando para melhorar. Por enquanto é só um passatempo."

"Deveria ser mais do que um passatempo", afirmo, levantando a sobrancelha, e lhe devolvo o celular.

Ela fica corada, e seus olhos se iluminam.

Meu celular vibra em cima da mesa. Eu me levanto do sofá e o pego. É uma mensagem de Adam. Respondo de imediato. Trocamos mais algumas mensagens, e ele me diz que pretende voltar tarde hoje. Olho para o relógio. Não são nem nove horas.

Viro-me para Anne e pergunto: "Vamos sair para beber algo?".

Ela inclina a cabeça de lado.

"Tem certeza? Você tem que entregar a alegação final amanhã de manhã."

"Sim, tenho certeza", respondo, calçando o sapato e pegando minha bolsa e chaves.

Anne bate palmas e abre um sorrisão, incapaz de conter a empolgação.

## 4

# ADAM MORGAN

O barulho de uma porta de carro sendo fechada me desperta. Está escuro feito breu aqui dentro, então os meus olhos não precisam se adaptar a nada. Não faço a menor ideia de como minha noite com Kelly terminou, mas presumo que tenha sido com sexo violento, já que meu pau está latejando e parece ter sido arrastado no chapisco. Olho para o relógio na mesa de cabeceira, e os dígitos levemente iluminados marcam 00h44.

"Merda", sussurro, ciente de que Sarah está provavelmente acordada me esperando.

Esfrego a testa e o rosto, tentando massagear os nervos para trazê-los de volta à vida. Como fiquei tão fodido, porra? Não consigo enxergar mais do que alguns centímetros além da minha fuça, mas sinto Kelly ao lado. Sempre consigo senti-la ao lado. Me aproximo dela, acariciando sua bochecha. Está dormindo. Sussurro seu nome, tentando acordá-la, mas o uísque fez mais efeito nela do que em mim.

A vibração e os toques contínuos vindos da sala de estar chamam minha atenção. Ela deve ter deixado o celular lá. Não consigo enxergá-la direito na escuridão, vejo só o contorno do seu corpo, que quase dobrou de tamanho. Ela está enrolada em um monte de cobertores, é quase um casulo. Deve ter sentido frio no meio da noite. Saio da cama em silêncio e pego a calça jeans que está toda embolada em cima da minha mesinha de cabeceira. Na sala de estar, encontro o celular em cima do bar. Ele está aceso por causa de uma mensagem recente.

Minha intenção é silenciá-lo, para não acordar Kelly. Mas a notificação da mensagem chama minha atenção. Digito a senha: *4357*. Abro o aplicativo de mensagens.

A mais recente é de uma garota chamada Jesse. Está escrito: "*Desculpe!*". Vou subindo a tela para ver as outras mensagens. São todas de Scott, marido de Kelly. Leio desde o início, começando com a mais antiga.

*Queria que você voltasse pra casa, pra mim.*
*Por que tem que ser assim?*
*Gata... Dá pra me responder, por favor?*
*Te amo tanto... Por que você não entende isso?*
*Eu não fiz por querer. Você precisa acreditar em mim. Não vai acontecer de novo. Prometo.*
*Por favor, me diga onde está.*
*AGORA!*
*Se ao menos me respondesse, eu te deixaria em paz nesta noite.*
*Por que está fazendo isso? Você sempre deixa tudo mais difícil.*
*Sei que está mentindo para mim de novo, sua puta.*
*Conversei com sua colega de trabalho. Você mentiu que ia trabalhar até tarde hoje, então onde está, porra?*
*Onde está agora?*
*Quando eu te encontrar, você vai implorar pelo meu perdão.*

Meus músculos se contraem de raiva, mas continuo rolando a tela mesmo assim. Isso não é da minha conta, e ela nunca quis que eu me envolvesse, mas eu mataria esse bosta se tivesse uma oportunidade.

*Tarde demais. Você é só a porra de uma lembrança agora.*

Essa é a última mensagem de Scott, às 23h45. Há também 32 ligações perdidas dele. Minha nossa. Que psicopata. Quero arrancar Kelly da cama, abraçá-la forte e deixar claro que nós homens não somos todos uns merdas que nem seu marido. Fico um pouco tentado a responder a uma das mensagens, mas a última coisa que Kelly precisa agora é de um marido furioso. Então silencio o celular e o deixo sobre a mesa da cozinha para ela encontrar pela manhã.

Não acendo nenhuma luz enquanto me dirijo até a escrivaninha, obrigando meus olhos a se adaptarem à penumbra na medida do possível. As brasas na lareira proporcionam um brilho suave, e a luz fraca de uma lua pálida cria um cenário sombrio para a fachada da casa, toda de vidro. Tiro um bloco de papel e uma caneta da gaveta da minha mesa e escrevo:

*Kelly,*
*É você. Nem sempre foi, mas sempre vai ser você.*
*Você representa as palavras de uma história que venho tentando escrever durante toda a minha vida, e nesta noite já determinei seu fim.*
*Te amo, Adam*
*P.S.: A faxineira vai chegar às 9h. Por favor, tente ir embora antes disso.*

Arrumo minhas coisas na bolsa e deixo o bilhete no balcão da cozinha. Na entrada, calço o sapato e fecho a porta com suavidade ao sair. Antes de entrar no carro, dou uma olhada no celular para conferir as horas. Passa de uma hora da manhã. Estou meio tentado a ficar aqui com Kelly, mas prometi a Sarah que voltaria para casa hoje ainda e, embora eu só vá chegar por volta das duas da manhã, pelo menos, vou acordar ao lado dela.

A viagem de volta para Kalorama a essa hora da madrugada leva menos de uma hora, mas tive que parar para abastecer no meio do caminho. Também peguei uma xícara grande de café de posto, não porque queria, mas porque precisava. Era velho com gosto de queimado, mas me ajudou a ficar de olhos abertos. Estaciono na entrada da nossa imensa casa de tijolos estilo Tudor. Com seis quartos, três banheiros e um lavabo, é meio grande demais só para mim e Sarah. Mas ela se apaixonou pela construção no momento em que botou os olhos nela. E, quando escolheu essa casa tão grande, tive certeza de que era porque ela havia mudado de ideia a respeito de começar uma família. Então transformamos dois quartos em escritórios, um para ela e outro para mim. Um terceiro quarto foi convertido em biblioteca, outro virou academia de ginástica, e o quinto, quarto de hóspedes. Não tinha mudado de ideia. Só tinha gostado da casa.

Encosto o Range Rover preto ao lado do branco combinandinho de Sarah e salto do carro. Dentro de casa, passo pelo grande *hall* e escadaria, indo direto para a cozinha. O sensor de movimento acende a luz sob os armários à medida que me movimento. Ponho minha bolsa no balcão e dou uma olhada na geladeira e na gaveta de vitaminas. Parece que minha cabeça vai rachar ao meio, e preciso de um alívio. Pesco cinco comprimidos dentro do frasco de Tylenol, jogo-os na boca e engulo com um gole de água.

Subo a escadaria até o segundo andar, vislumbro uma luz suave vindo de baixo da porta do nosso quarto. Talvez ainda esteja acordada me esperando.

Abro a porta com cuidado para não fazer barulho. A luminária ao lado dela está acesa. Sarah está deitada de lado, com as costas viradas para mim. Sua respiração é lenta e profunda, indicando que está dormindo. Veste uma regata preta e uma calcinha fio dental de renda, também preta, bem diferente de seus trajes noturnos normais. Será que queria me provocar? Seria um sinal de que ainda me deseja? Ou apenas apagou depois de encher a cara de vodca com soda, seu drinque predileto? Vejo o cabelo loiro e sedoso úmido, preso em um rabo de cavalo baixo — todas as mechas alinhadinhas. Mesmo dormindo, ela parece perfeitamente arrumada. Meus olhos acompanham a curva de suas costas e a delicadeza da bunda tonificada, descendo pelas pernas esculpidas. Ao longo dos anos, ela pode até ter me negligenciado, mas jamais negligenciou seu corpo. Deve ter sentido minha presença, porque se remexe um pouco.

Tiro a calça e a camisa, mas não paro de olhar para ela. Ela me faz tão infeliz e tão feliz ao mesmo tempo. Eu a odeio tanto quanto a amo. Será que tem noção disso? Será que ao menos se importa?

Largo o relógio na mesa de cabeceira com um pouco de força demais, porque não estou acostumado com o peso dele. O movimento produz um som alto o suficiente para acordar Sarah. Ela rapidamente se vira e abre os olhos. Então relaxa quando percebe que sou eu. Fico achando que vai rolar e voltar a dormir, mas ela não faz isso. Aperta os olhos e confere o despertador na minha mesa de cabeceira: 02h04 da manhã. Olha para mim, mas não diz nada sobre eu ter chegado tarde em casa.

"Desculpe, estou atrasado." Me enfio na cama. "Eu estava em estado alfa e não consegui parar."

Ela vai achar que estou falando sobre a escrita, mas não estou. A gente consegue falar uma coisa querendo dizer outra totalmente diferente. As palavras importam, mas apenas se você souber a intenção por trás delas.

"Tudo bem", sussurra. "Eu também ando chegando tarde em casa."

Eu me aninho mais perto dela.

"Senti saudade", afirmo.

Ela me encara quando a puxo para mim.

"Também senti saudade."

Beijo sua testa. Ela entrelaça as pernas nas minhas e descansa a cabeça em meu peito nu.

"Como foi no trabalho?", pergunto.

"Demorado", responde ela, deixando por isso mesmo. Apenas uma palavra, talvez por saber que não estou tão interessado.

O silêncio se estende enquanto roço minha mão em seu braço, para cima e para baixo, e seus dedos passeiam pelo meu peito e abdômen. Fico me perguntando o que se passa na cabeça dela. Nunca consegui decifrá-la. Será que estaria pensando na papelada dos processos? Estaria pensando em mim? Na gente? Será que enxerga as rachaduras em nosso casamento? Será que quer consertá-las, ou prefere continuar fingindo que não existem?

Sarah levanta a cabeça, olhando fixamente para mim, como se procurasse algo. Percebo um lampejo em seu olho. Será que encontrou o que procurava?

"Acho que deveríamos ter um filho", sussurra.

Minha expressão continua inalterada enquanto a espero dizer que é pegadinha ou que não é bem isso o que quis dizer. Mas ela não diz nada, e apenas abro um sorriso.

"Está falando sério?"

Ela responde com um gesto positivo e um sorriso suave.

"Tem certeza? Depois de tudo o que... bem... aconteceu, achei que você nunca fosse querer ter filhos. Você quer mesmo?" Observo o seu rosto em busca de algum indicativo que possa trair as palavras que saem de sua boca. Sempre tive a esperança de que um dia ela quisesse ter filhos, mas aceitei que esse dia talvez nunca chegasse, considerando tudo o que aconteceu com ela.

"Quero", responde, e acho que está falando sério.

Eu começo a rir e chorar ao mesmo tempo e lhe dou um beijo apaixonado. Não consigo conter minha empolgação. Agora, minhas mãos estão passeando pelo corpo dela, e suas mãos estão passeando pelo meu corpo, tocando lugares que não tocamos um no outro há muito tempo. Meus lábios e língua deixam uma trilha úmida pelo seu pescoço. Arranco a blusa preta e beijo cada centímetro dos seios e do torso. Sorri enquanto tiro a calcinha. Eu a beijo, lambo e chupo até ela gozar, e então finalmente encontro meu rumo dentro dela. Ela geme por baixo de mim.

"Eu te amo." Minhas palavras saem ofegantes enquanto balanço para trás e para a frente.

Ela diz que me ama também.

Concentro-me nela, em nosso futuro, em nosso novo futuro. Tudo que imaginei antes é diferente agora. É um futuro melhor, mais brilhante e, pela primeira vez, estou ansioso por ele. Ela me deu esperança, porque me deu um propósito.

E, então explodo dentro dela. Uma única lágrima rola dos meus olhos quando desabo, minha pele úmida fica pressionada contra a sua. Preciso terminar com Kelly. Sarah é minha esposa, minha família, meu coração inteirinho. Não fez nada além de me amar — mesmo quando ficamos distantes. Deito-me ao lado dela, descanso a cabeça em seu ombro e acaricio sua barriga. Sarah é a mãe do meu filho que está por vir. Ela merece mais, e vou dar isso a ela.

"Obrigado", sussurro.

"Eu quero isso para nós", declara, sonolenta, passando a mão pelo meu cabelo.

## 5

# SARAH MORGAN

Adam dorme profundamente ao meu lado, com os braços enfiados embaixo do travesseiro e a cabeça virada para mim. Raios de sol atravessam as cortinas parcialmente fechadas. Sorrio e acaricio o cabelo dele, perguntando-me se estou fazendo a coisa certa. Tive essa epifania já faz um tempo. Só demorei um pouco para entender o que eu queria exatamente. Sei que quero mais desta vida do que um cargo e meu nome em uma plaquinha de prédio. Quero amor. Quero uma família. Quero significado. Quando você quer tudo, é preciso abrir mão de alguma coisa. Inclino-me e beijo suavemente a bochecha de Adam. Saio da cama e visto um roupão de seda branco. Ao amarrá-lo de um modo meio frouxo na cintura, percebo uma mensagem não lida de Anne na tela do celular.

*Chegou bem em casa?*

Respondo rapidamente:

*Sim. Até daqui a pouco.*

Anne responde:

*Desculpe pela noite passada.*

Lembro-me do momento em que tudo ficou meio estranho entre mim e Anne. Ela ficou pra lá de Bagdá, então tive que botá-la num Uber e despachá-la para casa.

*Não esquenta.*

Algumas horas depois, já no escritório, Anne me saúda com uma xícara de café e um sorriso forçado. Está alegrinha ou, pelo menos, finge estar.
"Feliz segunda-feira!", exclama.
"Sim, é segunda-feira, isso aí. Bob está no escritório dele?"
"Está, sim."
"Ótimo", retruco, entregando-lhe minha bolsa.
Peço que a coloque em cima da minha mesa junto com o café e, em seguida, sigo para o escritório de Bob. O escritório dele é legal, mas não chega nem aos pés do meu, e sei que isso o incomoda. Ele começou na empresa na mesma época que eu, mas, diferentemente, me tornei sócia. Ele sente rancor por causa disso. Quando começamos, nem sequer me via como uma concorrente. Agora, percebe que sou. Fiz isso acontecer.
Entro no seu escritório sem bater, deixando a porta aberta. Ele está sentado diante da mesa, comendo um sanduíche de ovos.
"Bom dia, Bob!" Sento-me em frente a ele.
O visual é comum, mas tem um toque sinistro graças ao queixo proeminente e aos olhos e cabelos escuros.
"A que devo o prazer, Sarah?" Ele bota o sanduíche na mesa e limpa as mãos. Há um brilho nos olhos cor de mogno.
"Olha, Bob. Você deve parar de pedir para a Anne fazer suas tarefas. Anne é minha assistente, e só porque você troca de assistentes como quem troca de cueca não significa que vai pegar a minha. Entendeu?" O encaro com olhos semicerrados.
"Anne é paga pela empresa, e estamos com poucos funcionários. Então é um alvo legítimo." Ele sorri, presunçoso.

"Você está enganado. Parte do salário dela é paga pela empresa, a outra parte é paga por mim."

"Ah, isso é ridículo. Por que você faria uma coisa dessas?"

"Porque trato as pessoas como gente de verdade, Bob."

"Que baboseira, e você sabe disso." Ele levanta o queixo.

"Escuta, vai ter uma reunião dos sócios. Se esse seu joguinho de roubo de assistentes não parar, vou indicar sua demissão. Não precisamos de nenhum peso morto por aqui." Levanto-me da cadeira.

Ele fica em pé, assomando-se diante de mim. "Você é o peso morto aqui", grita ele bem alto para os outros ouvirem, tenho certeza.

"Boa, Bob." Reviro os olhos e caminho até a porta. Em seguida, viro-me para encará-lo enquanto ele volta para detrás da mesa. "Olha, não estou com humor para esses joguinhos de poder idiotas, Bob. Então não mexa comigo, e a gente vai ficar de boa. Entendido?"

Bob faz uma careta, mas não diz nenhuma palavra, então saio. A porta da sala bate com força logo em seguida. Ouço murmurinhos vindos das mesas à medida que passo. Vários funcionários esticam a cabeça para me ver.

"Voltem ao trabalho", grito.

Anne está à mesa, atendendo ligações. Aceno, e ela sorri de volta. Na minha sala, há um enorme buquê de rosas vermelhas acomodado em um vaso em cima da mesinha de centro. Eu me inclino e inspiro com intensidade para sentir o perfume doce e almiscarado delas. Vejo um cartão junto ao arranjo. Pego e o leio.

*Sarah, sempre foi você. Com amor, Adam*

"Que lindas!", exclama Anne.

Coloco o cartão na mesa e me viro para ela, que está parada à porta. "Obrigada, Adam quem mandou."

"Bem, eu já esperava que fossem do seu marido", retruca ela, inclinando a cabeça e entrando na minha sala. "É por causa das bodas?"

"É", respondo. "Mas a gente também está tentando ter um bebê. Então pode ser por isso." Aperto os lábios.

"O quê!?" Anne arregala os olhos, talvez de surpresa ou entusiasmo. Não sei ao certo.

"Um bebê... Você não quer dizer um bibelô?" Reconheço a voz de imediato. Matthew está parado à porta, usando suéter de tricô J. Crew e calça de alfaiataria. Ele parece um Brad Pitt mais esbelto, com cabelo loiro e tudo, desalinhado daquele jeitinho que só um corte de duzentas pratas é capaz de proporcionar. Tem olhos azuis opacos que poderiam derrubar alguém num só golpe.

Matthew atravessa a sala, vindo em minha direção com a postura de um modelo de passarela. Ele transforma qualquer sala em palco. É assim que domina o ambiente. É por isso que recebe uma pequena fortuna para ser lobista de uma empresa farmacêutica. Matthew e eu somos amigos desde a época da faculdade de direito em Yale, mas já fazia mais de um ano que não o via.

"Ai, meu Deus!", exclamo, e, sem parar de falar, logo estamos nos braços um do outro. "O que você está fazendo aqui?"

"Cheguei ontem", explica, recuando enquanto ainda segura minhas mãos no ar. "Deixa eu te ver."

Dou um meio rodopio para ele.

"Ainda arrasando", elogia.

Olho para Anne, que está parada a poucos metros de nós, com uma das mãos firmando o cotovelo, como se estivesse totalmente deslocada.

"Se lembra da minha assistente?"

"Claro." Matthew vai até Anne e estende a mão. "É Anna, certo?"

Ela assente e aperta a mão dele.

"Não, Matthew. É Anne, não Anna", o corrijo.

"Ah, desculpe, Anne. Que bom te ver de novo." Ele entra e senta-se na minha cadeira. "Ainda é dona do maior escritório do prédio, pelo que estou vendo."

Ergo uma sobrancelha.

"Você esperaria menos de mim?"

"Não de Sarah Morgan. Mas, pelo visto, você está planejando jogar tudo para o alto por um bibelozinho. Que pena." Ele balança a cabeça, consternado.

"Um bibelozinho?", questiona Anne, aproximando-se de Matthew.

"Você não vai querer saber", aviso.

Matthew cruza uma perna sobre a outra e se inclina para a frente.

"É que tenho a teoria de que bebês e animais são os bibelôs das nossas vidas. Bonitinhos de se ver e divertidos de se colecionar, mas não têm nenhum propósito."

"Que horrível", dispara Anne com desgosto.

"Eu avisei. Você não ia querer saber. Eu amo tudo no Matthew, exceto isso." Faço um gesto negativo. "É o único defeito dele."

"E o fato de eu ser gay", acrescenta ele com uma risadinha.

"Isso não é um defeito."

"Para você, é." Ele dá uma piscadela.

"Bem, acho ótimo que você e Adam estejam tentando ter um bebê." Anne sorri.

"Acha mesmo? Não estou maluca?", pergunto, olhando para os dois.

"Está", responde Matthew.

"Não mesmo! Por que esse dilema?", pergunta Anne.

"Sei lá. Eu nunca quis ter filhos. Minha infância não foi nada boa." Matthew assente, concordando com minhas palavras. "E, agora, quero algo mais, alguma coisa só minha. Mas acho que pode ser tarde demais", confesso.

"Tomara que seja tarde demais", zomba Matthew.

Estreito os olhos para ele, mandando-o parar, ao passo que Anne lhe lança um olhar bem mais severo.

"Não sei nem se ainda tenho pique para ser mãe."

"Está brincando, né? Você é a porra do coelhinho da Energizer, Sarah. Chega aqui antes das sete da manhã e sai depois das seis da tarde quase todos os dias... Às vezes, mais tarde ainda. Essa criança não vai ter energia para aguentar te acompanhar", dispara num fôlego só.

"Agora, concordo com o que Anne diz. Você tem uma quantidade absurda de energia", acrescenta Matthew.

Fiz tanta coisa na minha carreira e alcancei patamares que a maioria das pessoas jamais vai conseguir alcançar. Defendi políticos corruptos, assassinos e lavadores de dinheiro. Dou consultoria a diversas corporações jurídicas e ajudei a erguer esta empresa do zero. No entanto, por alguma razão, apesar de tudo o que construí, a única coisa que me assusta é ser mãe, algo que deveria ser um instinto natural.

"Obrigada, Anne", respondo com sinceridade. "E não há nenhum agradecimento para você, Matthew", brinco.

Ele bota a mão no peito de modo dramático, fingindo estar com o coração partido.

"O que Adam está achando disso tudo?" Matthew arqueia uma sobrancelha.

"Nunca o vi mais feliz."

"Por que não estou surpreso?" Ele revira os olhos.

"Como assim?"

"Bem, a carreira dele estagnou. Então um filho lhe dará a sensação de que a vida voltou a fazer sentido. É a única razão pela qual a raça humana não está extinta, porque pessoas sem propósito se reproduzem", diz ele com indiferença.

Anne fica de queixo caído.

Estou totalmente acostumada com as opiniões excêntricas de Matthew. Sei que fala umas coisas só para irritar as pessoas, então aprendi a não lhe dar esse gostinho.

"Mas, afinal, o que veio fazer aqui em Washington?", pergunto, mudando de assunto antes que ele ofenda Anne mais ainda.

"Estou com um contrato de seis meses aqui. Você vai me ver muuuito." Ele abre um sorriso malicioso.

"Ah, que sorte a nossa, não é mesmo?", diz Anne, com sarcasmo.

"Sim, muita sorte, gatinha." Matthew levanta, vai até a estante e começa a retirar uns livros de um modo aleatório.

"Bom, vou ver se está tudo certo para a audiência de hoje", afirma Anne, saindo da minha sala. Acho que precisa de um tempo longe de Matthew. Enquanto a gente não se acostuma com ele, é melhor consumi-lo em pequenas doses.

"Até que enfim", exclama Matthew quando a porta se fecha.

"Pode parar."

"Ai, é só brincadeira... Olha só como ela ficou irritadinha."

"Eu sei. Te conheço muito bem."

Ele caminha até a mesinha de centro e lança um rápido olhar para o buquê de rosas.

"Eu sempre testo as pessoas. Se elas não conseguem lidar com o meu pior, não merecem o meu melhor", declara, empinando o nariz.

"Mas não existe melhor no seu caso, Matthew."

"Este é o segredo que elas só descobrem quando já é tarde demais." Ele gargalha.

## 6

# ADAM MORGAN

Quando abro os olhos, percebo que Sarah já saiu. Pela primeira vez em muito tempo, acordo satisfeito — com a sensação de que tudo vai ficar bem. Agora Sarah quer o mesmo que eu: uma família. Até que enfim nossos objetivos se coincidem. Tenho a impressão de que estive vários passos à frente dela, mas, neste momento, ela está em sintonia comigo. Espero que dê uma desacelerada na empresa e que se concentre na gente e no que o futuro tem reservado para nós. Talvez já esteja mudando, e, daqui a nove meses, a gente esteja dando às boas-vindas a um bebê Morgan.

Pego o celular em cima da mesinha de cabeceira e dou uma olhada nas mensagens. Há uma de Sarah, agradecendo pelas rosas. Na verdade, me esqueci de enviar. Então acabou chegando no momento perfeito, considerando nosso recomeço. Fiz o pedido depois que ela me deu o relógio de presente. Foi um exagero. Senti-me mal, então quis retribuir de alguma forma. Respondo a mensagem.

*Você merece muito mais. Te amo.*

Saio da cama e visto uma cueca boxer, prevendo que hoje vai ser um ótimo dia. Essa sensação se reflete na minha atitude e no ânimo com que ando enquanto escovo os dentes, ajeito o cabelo e termino de me vestir. Dormi um pouco além do que pretendia, mas tudo bem, pois hoje é o primeiro dia do restante da minha vida.

Enquanto desço as escadas, me dou conta, como se fosse um tapa na cara... *Kelly*. Merda! Eu não devia ter feito aquilo. Não devia ter escrito aquele bilhete. Não percebi o que ia rolar entre mim e Sarah depois que eu chegasse em casa. Eu devia ter terminado tudo ontem à noite. Como não terminei, preciso fazer isso agora mesmo. Viro-me e subo as escadas correndo para pegar o celular. Assim que o pego, a campainha toca. Enfio o celular no bolso da calça. A campainha toca de novo.

"Já vai!"

Ouço várias batidas fortes à porta, seguidas de mais dois toques de campainha.

"Calma aí!", grito enquanto ando pela casa.

Abro a porta e flagro quatro homens parados ali. Os dois da frente usam trajes combinando: uniformes completos, calça bege, camisa marrom-escura, com cinto de utilidades, chapéu de abas largas e distintivos com as inscrições *Departamento de Polícia do Condado de Prince William*. A expressão nos rostos também é semelhante: austeridade e frustração... ou seria nojo e descontentamento? Não sei dizer. Os dois policiais atrás deles trajam uniformes azul-marinho, coletes à prova de bala e distintivos com as inscrições *Polícia Metropolitana de D.C.* Não esboçam nenhuma expressão.

"Sou o xerife Stevens do *Departamento de Polícia do Condado de Prince William*. Você é Adam Morgan?", pergunta o sujeito à frente. Ele é alto, de semblante grave e olhos verdes brilhantes.

Respondo com um gesto afirmativo.

O da direita fala em seguida, um sujeito negro ainda mais alto do que o outro, com ombros largos e um rosto que parece esculpido em rocha.

"Sou o subxerife, Marcus Hudson. Precisamos fazer algumas perguntas, mas gostaríamos que você respondesse na delegacia."

"Do que se trata?" Agarro a porta da frente com uma das mãos e troco olhares com o xerife e o subxerife. Vejo dois carros estacionados na entrada da minha garagem, a viatura da polícia Metropolitana e o SUV do xerife.

"Você precisa vir com a gente", reitera o xerife Stevens com um pouco mais de severidade na voz.

Dou um passo para trás, ainda segurando a porta.

"Não vou a lugar nenhum enquanto não me disser o que está acontecendo." Aperto os olhos e empino o nariz, encarando os dois homens. Tento permanecer calmo, tranquilo e controlado, mas é mais fácil falar do que fazer quando não tenho a mínima ideia do motivo de policiais de dois condados diferentes estarem à minha porta.

"Escute, os policiais de D.C. estão aqui conosco para dar assistência. Então não vamos desperdiçar o tempo deles." O xerife aponta para os homens atrás de si. "Vamos explicar tudo na delegacia."

"Não, pode falar agora. O que está havendo, porra? Sarah está bem? Aconteceu alguma coisa com ela?" Minha voz denota pânico.

Meu primeiro pensamento é em Sarah, sempre. Ela é uma advogada de destaque e fez vários inimigos em virtude da natureza de seu trabalho. Já recebeu ameaças de morte. Já foi assediada e, uma vez, foi agredida fisicamente. Sei que está trabalhando em um caso importante, embora eu não tenha certeza dos detalhes, pois nunca realmente me importei em saber.

"Tente manter a calma, senhor Morgan", afirma Stevens, levantando as mãos à frente.

Percebo que o punho do subxerife está cerrado ao seu lado, os nós dos dedos evidentes por causa da força empregada.

"Que se foda. Vou ligar para minha esposa." Bato a porta e dou vários passos para trás enquanto saco o celular do bolso e disco o número da Sarah.

A porta da frente é arrombada, e o xerife e o subxerife avançam com ímpeto.

"Caiam fora da minha casa!", grito. "Vocês não podem entrar aqui."

Minhas palavras não os detêm. Eles me agarram, forçam meus braços para trás das costas. Meu celular cai no chão pouco antes de eu completar a ligação. Resisto, luto para me libertar deles. Sei que, todas as vezes que você, como espectador, vê alguém resistindo à força policial, pensa: *"Que otário. Não se resiste à polícia. É impossível vencer essa briga!"*. No entanto, quando é você que se encontra nessa situação, quando não tem ideia do que está acontecendo, quando não sabe se seus entes queridos estão bem ou por que está sendo detido... Você resiste pra caralho.

Eu giro e me abaixo, soltando uma das mãos. O xerife perde o equilíbrio e cai no chão. Xinga baixinho enquanto se põe em pé. O subxerife ainda está contendo uma das minhas mãos atrás das minhas costas. Parece que não consigo me desvencilhar. Minha mão livre se agita, e acabo sacando alguma coisa do cinto de utilidades.

"Arma de choque", grita o xerife.

Só então me dou conta do que peguei sem querer. Mas é tarde demais. O subxerife puxa meu braço para baixo num movimento bem treinado para poder colocar o joelho sobre meu rosto. A arma de choque e eu caímos no chão, e jorra um pouco de sangue do meu nariz.

"A gente só queria fazer algumas perguntas, sr. Morgan, mas você acabou de cometer dois crimes. Agrediu e desarmou um policial", afirma o xerife enquanto o subxerife algema minhas mãos atrás das costas.

Eles encaixam um braço sob o meu e me põem de pé. Sinto o gosto de ferro vindo do sangue que desce do meu nariz e escorre para dentro da minha boca.

"Está pronto para vir à delegacia agora?" O subxerife abre um sorriso malicioso.

Estreito os olhos para ele e cuspo sangue aos seus pés.

"Vá se foder... Você vai se arrepender disso", ameaço.

"Duvido muito", retruca ele, com um largo sorriso.

"Estão prontos?", pergunta um dos policiais de Washington.

O xerife responde com um aceno afirmativo.

"Sim, tudo pronto. Obrigado pela ajuda."

Os policiais metropolitanos saem com pressa e vão até sua viatura. O xerife se vira para mim.

"Sr. Morgan, o senhor tem o direito de permanecer calado..."

Duas horas depois, estou sozinho numa saleta de interrogatório no Departamento de Polícia do Condado de Prince William. Um copinho de café velho descansa na mesa à minha frente. Meu nariz lateja, e o sangue está seco e incrustado. Meus pés sapateiam o chão com fervor conforme minha paciência vai se esvaindo. Não me contaram por que me trouxeram aqui, e ainda não sei ao certo se vão me acusar de alguma coisa, ou se apenas disseram aquilo como pretexto para me botar aqui e me fazer falar.

"Quero meu direito a um telefonema!", grito dentro da sala vazia, embora tenha a sensação de que estão me olhando através do enorme espelho à esquerda.

A porta de metal se abre, e o xerife Stevens e o subxerife Hudson entram.

Stevens bota uma garrafa de água na minha frente.

"Está com sede?"

Desrosqueio a tampa e tomo quase tudo. Eles demoram para se acomodar nas cadeiras à minha frente e bebericam os copinhos de café que trouxeram na mão. Estão tentando parecer calmos, mas as mandíbulas cerradas e os olhos tensos revelam o quanto estão putos da vida, provavelmente comigo.

"Quero dar meu telefonema", repito.

"Senhor Morgan, posso te chamar de Adam?", pergunta Stevens, como se estivesse tentando ser gentil comigo, como se fôssemos amigos, mas sei que não somos. Assinto sem muito entusiasmo.

"Ótimo. Agora, estamos aqui para fazer algumas perguntas e, assim espero, contar com a sua cooperação na nossa investigação. Está entendendo?"

Respiro fundo e digo: "Sim".

"Excelente. Agora, pode nos dizer onde esteve ontem à noite?", pergunta o xerife Stevens.

O subxerife saca do bolso da camisa um bloco de papel e uma caneta.

"Fiquei na minha casa no lago Manassas até meia-noite, mais ou menos. Depois, fui para a minha casa, aquela que vocês invadiram ilegalmente hoje." Encaro os dois.

Eles não retrucam. Em vez disso, o subxerife anota o horário que falei. Pode ter sido um pouco mais tarde que isso, mas não faz sentido corrigir agora. Porque, de fato, pouco importa.

"Qual é o endereço da casa do lago?", indaga o xerife.

"Stony Brooks Drive, número 2426."

"Você estava sozinho na casa do lago?"

"Não."

"Com quem estava?"

No mesmo instante, minha pele começa a transpirar, e meu coração acelera.

"Não é da sua conta, e não vou responder mais nada enquanto não souber que merda está acontecendo aqui." Mexo as mãos e, sem querer, lanço meu copinho de café no subxerife. Sujo o uniforme e o rosto dele. Ele se levanta rápido, dá a volta na mesa e me agarra pelo pescoço com as duas mãos.

Ele me põe em pé e me joga contra a parede, onde me encurrala. Seus olhos saltam das órbitas, assim como a veia no meio da testa.

"Não estou fazendo nenhum joguinho com você, seu merdinha! Tem uma mulher morta na sua cama. Foi praticamente estripada. Então talvez queira começar a contar o que de fato aconteceu, porque, com a quantidade de provas empilhadas contra você, seus dias estão contados", troveja.

Escancaro os olhos e a boca, mas não emito nenhuma palavra. O xerife Stevens afasta o subxerife de mim.

"Relaxa, Marcus", recomenda ele.

"Não vou me acalmar. Kelly era uma boa pessoa. Era da família, e esse merda engomadinho vem pra nossa cidade e..." Ele balança a cabeça, não consegue terminar a frase.

"O que... do que está falando?", gaguejo. "Kelly? O que aconteceu com Kelly?"

"Você matou ela, caralho", berra o subxerife Hudson, apontando o dedo para mim. O xerife o segura e fala para ele se acalmar ou sair da sala.

"Eu não. Jamais faria isso. Ela estava bem quando saí", afirmo, engasgando com as minhas próprias palavras. Escorrego pela parede e desabo no chão. A sala começa a girar sem parar. Como? Como foi que isso aconteceu?

Eu jamais machucaria Kelly. Mas, se não fui eu, quem foi? Então me lembro das mensagens do marido, uma mais ameaçadora que a outra. E havia 32 ligações perdidas. Isso foi coisa dele.

"O marido", declaro. "Foi coisa do marido. Verifiquem o celular dela. Verifiquem as mensagens", imploro, tentando juntar todas as peças e entender.

"Não ouse falar do marido dela!", grita o subxerife Hudson, tentando me confrontar novamente, mas o xerife o afasta e manda sair da sala.

O subxerife bufa de raiva, mas obedece. Ele passa o distintivo na porta, ela se abre, e ele vai para o saguão.

O xerife se vira para mim.

"Estamos analisando de todos os ângulos, mas, como bem disse o subxerife Hudson, a situação não está boa para você."

"Eu jamais machucaria Kelly. Eu... Eu... Eu não seria capaz disso. Eu a amava." Lágrimas escorrem pelo meu rosto, e tombo a cabeça nas mãos.

"Ah, que ótimo", exclama Stevens com uma pitada de sarcasmo. "Por que não me acompanha e telefona para sua esposa?"

## 7

# SARAH MORGAN

Fico em pé e dou um suspiro curto, preparando-me. Olho para Matthew e Anne. Eles estão sentados na primeira fila e sorriem para mim, me incentivando. Aceno levemente para eles, ajeito a gola do meu blazer e caminho em direção à bancada do júri. Antes de começar, faço contato visual com cada jurado.

"O senador McCallan atua no serviço público há mais de 25 anos. Em 25 anos, nem uma vez", ergo um dedo da mão direita para destacar meu ponto de vista, "seu caráter ou seu profissionalismo foram colocados em xeque. Apresentamos testemunhas íntegras a vocês, comprovando este exato ponto de vista. Nem uma vez, ele recebeu qualquer tipo de pagamento. Nem uma vez, menosprezou outra pessoa, usou do poder para benefício próprio ou maculou seus princípios."

Coloco a mão no ombro do réu, meu cliente.

"Ele é um dos raros alicerces do serviço público em um pântano de mentiras, corrupção e acordos debaixo dos panos. E é essa mesma atuação exemplar que o levou à situação em que se encontra hoje, pois ele é culpado de uma única coisa... de não ter se deixado acuar." Lanço-lhe um olhar breve e tranquilizador e me volto aos jurados.

"O senador McCallan, hoje, lidera o subcomitê de energias renováveis, um programa elogiado tanto por especialistas como pelo povo deste país, mas não, é claro, pelas grandes petrolíferas." Aponto para os dois homens nos bancos, aqueles usando belos ternos de alfaiataria ornados por gravatas texanas com pedrarias extravagantes e igualmente caras. Eles se destacam como um patinho feio, e eu sabia que não resistiriam a ouvir a alegação final, porque se acham intocáveis — e, infelizmente, com razão.

Retorno minha atenção ao réu.

"Este era o único homem que eles temiam. O único que, eles sabiam, não poderia ser varrido para debaixo do tapete com um suborno. O único homem que não tinha nenhuma sujeira para ser desenterrada e que não poderia ser chantageado em troca de silêncio."

Volto em direção ao júri e paro em frente à mesa da promotoria.

"Então o que eles fizeram? Eles criaram a sujeira." Aponto delicadamente para a testemunha principal. A mulher que deu início a tudo isso. Agora preciso ter muito cuidado.

"Não deveríamos ficar bravos com esta mulher por suas falsas acusações. Não deveríamos ficar bravos com esta mulher por tentar arrastar o senador McCallan para a lama." Lanço a ela um olhar empático, tentando transmitir que estou realmente falando sério. "Pois ela é apenas um peão no jogo, e não o mestre que controla as marionetes. Já comprovamos seu vínculo com funcionários do alto escalão da PetroNext, encontramos as transferências bancárias 'secretas' para a conta bancária em nome dela, uma conta 'novinha em folha', e, senhoras e senhores do júri, se isto não for uma amostra do velho jogo de se pagar alguém para inventar uma difamação, então não sei o que é. Nós somos solidários a ela, somos mesmo. Mas vocês também devem enxergar as circunstâncias pelo que elas são. Falsas. Pura ficção. Em meio ao desespero para derrubar o único homem que não sabiam como subornar e corromper, eles criaram falsas acusações. Meu cliente é culpado de muitas coisas... de lutar pelo povo desta nação, de permanecer fiel à sua palavra, de ser um homem de nobre caráter. Mas de estuprar esta jovem? Disso ele é incontestavelmente inocente, então peço que o considerem como tal. Obrigada."

Reocupo a cadeira ao lado do meu cliente e faço um sinal positivo para ele. Não acho que ele seja culpado — pelo menos, não disto —, mas não importa o que acho. Meus olhos se fixam nos jurados. O que realmente importa é o que eles acham.

8

# ADAM MORGAN

O xerife Stevens me acompanha até um telefone que fica pendurado na parede, no meio de um longo corredor. O subxerife Hudson está apenas alguns passos atrás de nós, observando cada movimento meu. Ouço o xerife falar a Hudson que ele poderia ficar se mantivesse as mãos longe de mim. Vamos ver por quanto tempo essa promessa vai durar.

"Seja breve", ordena o xerife.

Pego o fone e boto no ouvido. Fechando os olhos por um instante e respirando fundo, preparo-me para fazer esta ligação. Como contar a Sarah o que aconteceu? Como é que fui me meter nisso tudo? Me sinto um verdadeiro bosta.

Abro os olhos e digito o número do celular dela.

O telefone toca várias vezes e, então ouço a sua voz. Mas é a gravação da caixa postal. Cogito deixar recado, mas concluo que vai ser um tanto inadequado gravar uma mensagem dizendo que meti um par de chifres nela e que agora sou suspeito do assassinato da minha amante. Olho para trás em direção a Stevens e Hudson. Eles estão conversando enquanto mantêm a vigilância em mim.

"Rápido, senhor Morgan", ordena o subxerife Hudson.

Desvio o olhar e digito de novo o número de Sarah. Não atende. Cacete. Desligo e então digito um número diferente.

Ao contrário de Sarah, ela atende ao primeiro toque.

"Alô!"

"Mãe... Estou com problemas. Preciso da sua ajuda."

9

# SARAH MORGAN

Dou um golinho no meu champanhe Bollinger, muitíssimo merecido depois da conclusão desse processo. Ao longo de quase um ano, trabalhei em muitas noites e fins de semana, e fiz muitas viagens bate e volta ao Texas. Mas, até que enfim, acabou. Os jurados chegaram ao veredicto de inocente depois de três horas de deliberação. Foi a transferência que encontrei da PetroNext para a testemunha que garantiu essa vitória para nós. Demorei uma eternidade para descobrir isso, pois estava, de propósito, enterrado na papelada interminável de movimentações anônimas da conta creditada.

Anne está mordiscando um pão *naan*, e Matthew bebe alegremente sua vodca-martíni.

"Sarah, devo dizer que estou impressionado. Eu não te via em ação desde a época dos júris simulados na Yale." Matthew ergue o copo. "À língua afiada de Sarah."

Anne e eu erguemos nossas taças de champanhe. Nós três brindamos e bebemos.

"Ver você em ação é literalmente minha parte favorita do trabalho. É tipo assistir ao clímax de um episódio de *Law & Order*", comenta Anne rindo e soluçando. Ela não costuma beber muito, ontem à noite foi atípico. Então, depois de um ou dois copos, geralmente, já fica animadinha.

"Mas vai mesmo arrumar um bibelô e abrir mão das emoções jurídicas?" Matthew aperta os olhos.

"Não vou abrir mão da advocacia. Posso fazer as duas coisas." Ergo uma sobrancelha.

"Tem certeza?" Ele arqueia a sobrancelha para fazer jus à minha.

"Tenho", afirmo. Em seguida, levo o copo aos lábios e bebo o restinho do meu champanhe.

Ele bufa.

"Tá bom. Tá bom. Tá bom. Pelo visto, então, vou virar o tio Matthew. Alguém precisa ensinar o feto a ser bafônico, né?" Sorri. "Devo pedir umas doses para comemorar?"

"Você é malvado", brinca Anne.

"Ah, ele é..." Meu celular toca, interrompendo-me. Pego o aparelho e vejo na tela, em letras garrafais, ELEANOR.

Imediatamente, sinto um nó no fundo da garganta e engulo em seco para forçá-lo a descer. Não estou a fim de lidar com ela agora, mas preciso acabar logo com isso, senão, não vai parar de ligar.

"Sarah Morgan", digo em um tom excessivamente profissional, na tentativa de transmitir toda a minha importância a ela.

"Sarah, Adam está tentando te ligar. Por que não atendeu às ligações do meu filho?" Está irritada comigo. Qual é a novidade?

"Eu estava em audiência."

"Ah, sim, esqueço que você trabalha."

Solto uma tosse irônica e reviro os olhos.

"Como assim... esquece? Adam não publica um livro há quatro anos. Quem você acha que...?" Resolvo não concluir a frase, afinal de contas, não adianta. Ela sempre odiou o fato de eu trabalhar. Eu nunca soube dizer se é por puro ressentimento ou por mera crença em papéis de gêneros tradicionais e antiquados.

"Não me lembro de todos os detalhes sobre você, Sarah, mas... hum, estou aflita. Adam precisa de você. Ele está na delegacia do condado de Prince William."

Anne articula: "Tudo bem?".

Eu não respondo nada nem gesticulo. Matthew toma um gole do martini que a garçonete acabou de lhe entregar.

"Na Virgínia? Por quê? O que aconteceu? Ele está bem?"

"Não sei dizer o que aconteceu, mas a coisa é séria, e você precisa ir pra lá agora. Estou tentando pegar o primeiro voo para Washington."

"Tá bom. Vou agora mesmo."

A ligação é cortada.

"Sarah! O que foi?", pergunta Anne.

"Era a mãe do Adam. Ele... precisa de mim. Eu... Eu tenho que ir." Me levanto e visto meu blazer preto.

"Vou com você", declara Matthew, virando o resto do martini antes de se levantar.

Eu concordo e pego minha bolsa. Pesco três notas de cem dólares na carteira e coloco na mesa para pagar o almoço.

"Deixe que pago." Anne tenta me devolver o dinheiro.

"Não. Apenas termine de comer e volte para o escritório. Com certeza, não é nada. Tenho certeza de que vai ficar tudo bem e devo retornar em poucas horas."

"Beleza. Vou cancelar suas reuniões de hoje. Apenas resolva o que tiver de resolver e me mantenha informada."

Assinto, e, em seguida, Matthew e eu saímos correndo do restaurante.

Uma hora depois, estou cara a cara com um sujeito chamado Ryan Stevens. Ele corresponde à descrição genérica de milhões de homens neste planeta. Cabelo castanho-claro num corte escovinha volumoso, típico de um ex-militar que virou policial. Olhos intensos que já viram de tudo nesta vida exibem tanto cansaço quanto o restante do rosto. O detalhe mais marcante, porém, é a postura dele. Eis um homem no comando; um homem que se preocupa com seu trabalho.

Seu escritório é pequeno e desorganizado, como se não passasse muito tempo nele. Matthew está me esperando na recepção. Ainda não vi o Adam, mas me garantiram que ele está bem e que vou poder falar com ele depois de conversar com o xerife.

"Senhora Morgan, obrigado pela paciência", afirma o xerife Stevens.

"Pode me chamar de Sarah."

"E você pode me chamar de Ryan."

"O que está acontecendo?" Cruzo uma perna sobre a outra.

"Preciso fazer algumas perguntas antes de você ver o Adam."

"Tudo bem."

"Adam esteve com você ontem à noite?"

"Sim, em algum momento", respondo.

"E em que momento foi esse?"

Faço uma pausa, tentando elaborar minha resposta com cuidado.

"Bem, eu já tinha adormecido. Mas acordei por volta das duas da manhã, e ele estava lá. Pode ser que já estivesse em casa por muito mais tempo."

O xerife Stevens balança a cabeça e anota algumas palavras em um bloco de papel à sua frente. Ele mordisca a ponta da caneta e olha para mim outra vez — agora seus olhos passeiam pelo meu corpo.

"E isso é na sua casa da cidade, correto?"

"Isso."

"O que aconteceu depois que ele chegou em casa?"

"A gente conversou." Solto uma leve tosse. "E fizemos sexo."

Eu sei que algo terrível aconteceu. Isto é um interrogatório, e, se eu quiser que corra tudo tranquilo, preciso ser sincera ao responder às perguntas a respeito de Adam, porque está claro que o xerife está tentando saber do paradeiro de Adam.

"Isso é rotineiro para vocês dois?"

"Um marido e uma mulher tendo relações sexuais, xerife?"

"Não, especificamente você e Adam...?"

"O que isso tem a ver?" Meneio a cabeça, mostrando irritação. Eu devoro sujeitos como ele todos os dias, então essas perguntinhas espertalhonas não me perturbam.

O xerife tamborila a caneta na mesa. Está esperando que eu fale, porque não pretende responder à minha pergunta. Pelo visto, está tentando compreender a natureza do meu relacionamento com Adam. Claro, nosso casamento não é perfeito, mas qual casamento é?

"Estamos tentando ter um bebê", explico, sem responder diretamente à pergunta, optando por desconversar. Se ele não vai responder às minhas perguntas, não vou responder às dele.

"Meus parabéns." Há um toque de sarcasmo em sua voz.

"Já terminamos?"

"Não, senhora Morgan. Você conhece Kelly Summers?"

"Não."

Ele sublinha algo em um bloco de notas antes de colocá-lo de lado. Então seleciona uma pasta de arquivo em uma pilha de papéis, saca uma foto 8 x 10 e a coloca na minha frente. É a foto de uma garota bonita, com longos cabelos castanhos e olhos escuros imensos. Está sorrindo. É mais jovem que eu; provavelmente tem uns vinte e poucos anos.

"Esta é Kelly Summers. Tem certeza de que não a conhece?"

Puxo a foto para mais perto de mim e me inclino para analisá-la. A moça tem uma beleza verdadeiramente cativante. Sardas enfeitam todo o nariz, os lábios são carnudos, e as maçãs do rosto, proeminentes.

"Eu não a conheço", afirmo, devolvendo-lhe a foto.

Ele assente e a enfia de volta na pasta.

"Você e Adam estão tendo problemas conjugais?" Ele me olha nos olhos.

"Quer saber, xerife? Isso está ficando ridículo. Não sei o que Adam e eu temos a ver com essa tal de Kelly, e já estou farta. Quero ver meu marido agora mesmo." Já estou quase em pé quando ele de repente bate a mão com força na mesa.

"Sente-se!"

Isso não me assusta, mas minha hipótese estava certa. Ele vai fazer de tudo para cumprir seu trabalho, mas eu também.

"Ou o quê, xerife? Vai me prender?" O encaro. Embora seja grandalhão, para mim, parece minúsculo. "Leve-me agora para ver meu marido."

Ele abre a pasta e joga uma dúzia de fotos da cena do crime sobre a mesa. Imediatamente, reconheço o local. Todas elas são na nossa casa do lago. Uma mulher deitada na cama, coberta de sangue. Seus olhos estão inexpressivos. O torso e o peito foram mutilados; a pele, arranhada, escalpelada e arrancada. Cubro a boca com as mãos de imediato, soltando um arquejo.

Dobro-me para a frente, regurgitando um pouco do meu almoço. O ácido queima enquanto tento forçá-lo a recuar, mas isso só faz meus olhos se encherem de lágrimas.

Sinto um tapinha nas costas. É o xerife Stevens, tentando me consolar.

"Desculpe." Ele me entrega um lenço de papel.

Eu me aprumo e fico de frente para ele. Limpo a boca e enxugo os olhos, tentando me recompor. Ele pergunta se estou bem, e assinto. Sei que preciso entrar no modo advogada, pois esse comportamento "gentil e simplório" do xerife, na verdade, é a postura de um profissional experiente, observador, calculista. Ouço uma batida à porta, e o xerife Stevens fala para a pessoa entrar.

A porta é aberta, e me viro e avisto um homem preto, alto, com roupas semelhantes às de Stevens. Seus olhos estão frios, injetados de sangue, e ele não me encara.

"Ele solicitou a presença de um advogado", informa ao xerife.

Stevens assente.

"Hudson, esta é Sarah, esposa de Adam. Sarah, este é o subxerife Hudson."

Estendo a mão para cumprimentá-lo, mas ele não se move... Então a abaixo.

"Devo permitir que ele ligue para o advogado?", pergunta o subxerife, ignorando nossa apresentação.

Antes que Stevens consiga responder, o interrompo.

"Não tem necessidade disso."

"Por quê?", perguntam os dois em uníssono, entreolhando-se, perplexos.

"Eu sou a advogada dele."

## 10

# ADAM MORGAN

Eu vi as fotos da cena do crime. Sei o que acham que fiz. Ando de um lado para o outro na sala de interrogatório. Minha pobre Kelly. Como foi acontecer uma coisa dessas? Passei a noite toda lá, mas não fui eu que a matei. Tentei explicar várias vezes que o marido dela tem um comportamento abusivo, mas eles insistiram em dizer que estavam tentando enxergar de todos os ângulos... e, pelo visto, parece que já escolheram um ângulo... eu.

Espero que minha mãe tenha conseguido falar com Sarah, embora eu não faça ideia de como vou encará-la. As coisas estavam melhorando entre a gente. Estávamos planejando um novo futuro, e eu ia terminar com Kelly. Eu ia ser um bom marido de novo, aquele que Sarah merece. Contudo, o mais importante, eu ia ser pai... Ai, meu Deus. E se estiver grávida? E se o bebê crescer sem pai? Não posso deixar isso acontecer; preciso sair dessa.

O subxerife Hudson passou a última hora e meia me interrogando. Não sei ao certo se era para ele fazer isso, mas um policial ficou de guarda perto da gente, e foi melhor assim, porque tenho certeza de que Hudson ia acabar me matando, ou ao menos ia tentar. Não sei como conhece Kelly, mas sei que a conhece. No final das contas, me deixou em paz quando exigi a presença de um advogado. Eu já devia ter pedido isso desde o início. Talvez, se desse mais ouvidos a Sarah, eu teria pensado nisso.

Que merda. Que bela merda. Encontraram o corpo de Kelly na minha cama. Minhas impressões digitais devem estar por todo canto, no corpo dela, assim como o meu DNA. A gente fez um sexo selvagem, e o bilhete que deixei... Balanço a cabeça. Agora que estou pensando melhor no assunto, me dou conta do tamanho do desastre. Entretanto, as mensagens do marido são inegáveis. Tem alguma coisa sinistra aí. Eles vão ter que investigar Scott, porque não faz sentido nenhum eu ter feito uma coisa dessas. Não seria capaz. Não faria nada parecido. Jamais a machucaria, mas o marido sim, e foi isso que ele fez.

Não posso mais ficar aqui. Já sinto que estou enlouquecendo. Encaro o espelho falso, cerro os punhos com firmeza.

Eles estão brincando comigo. Sei que estão. Provavelmente estão me observando do outro lado, rindo da minha cara. Meu coração acelera, e sinto todo meu sangue subir à cabeça. Pego uma cadeira e arremesso com tudo no espelho.

"Eu quero a porra do meu advogado!", grito, enquanto ela ricocheteia e atinge o chão.

## 11
# SARAH MORGAN

O xerife Stevens me acompanha até uma salinha com um espelho de observação através do qual podemos ver Adam. Ele está nitidamente abalado, andando de um lado para o outro, batucando com os dedos e claramente absorto em pensamentos.

"Sente-se!", diz o xerife Stevens, apontando para uma cadeira.

"O que aconteceu com ele?", pergunto, apontando no espelho.

"Quando estávamos tentando detê-lo, ele tomou a arma de choque e desarmou o subxerife."

Respondo com um gesto de cabeça comedido e me sento na cadeira, ciente de que eles têm motivos suficientes para abrir um processo, só com base nisso. Mas o que foi dito antes da briga? Talvez não tivessem autoridade para detê-lo. Faço uma nota mental para perguntar isso a Adam.

Enquanto me dirigia da sala do xerife até aqui, fiz uma parada no banheiro para me recompor e encontrar, no espelho, a mulher que eu precisava ser neste instante. Agora, não estou mais aqui como esposa de Adam. Estou como advogada dele. Sou Sarah Morgan, a renomada advogada criminalista, mas tenho certeza de que o xerife ainda tem perguntas para mim, no papel de esposa. De todo modo, tenho que dar o meu melhor, independentemente de como ele me veja. Sei que Adam não matou ninguém. Ele não é capaz de bater em alguém, muito menos matar. Mas daí eu também achava que ele nunca seria capaz de me trair, e está na cara que me chifrou. É dificílimo me conformar com esse fato. Faço tudo por ele. Sim, faz um tempo que a minha carreira vem em primeiro lugar, mas é para o bem de nós dois. Adam não ganha muito. Então alguém tem que ganhar. Esse fardo caiu sobre mim. Enquanto eu estava trabalhando infinitas horas para construir nosso futuro, ele estava... Não consigo nem concluir esse pensamento.

Pego um bloco de notas e uma caneta na minha bolsa e, então olho para Stevens.

"Qual a acusação?"

Ele solta um suspiro profundo.

"Ainda está sendo determinado."

Sem dúvidas, agora, ele sabe exatamente quem sou eu. Por isso está escolhendo as palavras com cuidado. Quando saí do banheiro, o xerife Stevens parecia nutrir um respeito renovado por mim. Provavelmente pesquisou meu nome no Google e descobriu quem eu era.

"Por quê? Então não tem provas para acusá-lo?" Estreito os olhos.

"Ah, temos, sim. Só estamos fazendo tudo no mínimo detalhe. O nome da vítima é Kelly Summers. Tem 27 anos. Foi encontrada nesta manhã, por volta das 09h15, por uma faxineira chamada Sonia. O corpo de Kelly foi encontrado na cama de Adam e...", ele pigarreia. "Imagino que seja sua casa do lago, na Stony Brooks Drive, em Gainesville. Os relatórios preliminares indicam que ela foi esfaqueada 37 vezes no pescoço, no peito, nos braços e no torso. Considerando a violência e a frieza do assassinato, pode ter sido um crime passional. Não há ferimentos de defesa, o que nos faz presumir que ela estava dormindo quando o ataque ocorreu. No entanto, os olhos estavam abertos, então provavelmente acordou durante o esfaqueamento, mas era tarde demais para se defender."

"E você acha que Adam assassinou essa mulher?"

"Estamos esperando o relatório do exame toxicológico, porque acreditamos que ela foi drogada, o que explicaria o fato de não ter acordado imediatamente. A necropsia preliminar encontrou sêmen na boca, na vagina e no ânus da vítima, assim como pequenas fissuras nestes dois últimos, o que pode indicar estupro ou sexo violento. Também foi encontrada pele sob as unhas dela", explica o xerife Stevens.

Eu termino de fazer as anotações e olho para ele.

"Você não respondeu à minha pergunta."

"Sim, acredito de verdade que o senhor Morgan é o responsável pelo assassinato de Kelly Summers."

Empino a cabeça.

"Isso é tudo?"

"Estamos aguardando um juiz para assinar o mandado de busca para suas duas casas e para coletar DNA do seu... cliente. Achamos que isso não vai demorar muito", afirma com um aceno firme de cabeça.

Percebo que o xerife tem dificuldade para chamar Adam de meu cliente, em vez de marido. É uma situação esquisita e muito incomum, considerando o tipo de acusação que tem contra Adam.

Ele aperta os lábios e me olha nos olhos, demorando um pouquinho mais do que o que seria considerado profissional. Está claro que sente pena de mim.

Um forte estrondo rouba nossa atenção. Viro a cabeça e vejo uma cadeira ricochetear no espelho e cair no chão. Adam arfa pesado, praticamente hiperventilando, e tem a pele corada. Ele golpeia o espelho com os punhos várias vezes antes de gritar e desabar, virando uma poça de angústia. Nunca vi Adam reagir desse jeito. Isso é totalmente atípico. Ele me parece menos um homem confuso que deu o azar de estar no lugar e na hora errados e mais um animal selvagem encurralado, capaz de qualquer coisa para fugir.

Para ser sincera, antes deste momento, se alguém me perguntasse se eu achava que Adam era capaz de agredir alguém, teria dito "não" sem titubear. Lá no fundo, eu o considerava até meio frouxo. No entanto, agora, percebo que me enganei. Todo mundo é capaz de tudo, se houver a circunstância certa.

Pego minhas coisas e me levanto da cadeira.

"Preciso ver meu cliente agora."

Stevens concorda e se levanta. Ele me guia para fora da sala e para a porta ao lado, onde Adam se encontra. Ele exibe o distintivo, e a porta apita.

"Vou ficar aqui por perto", anuncia, dando-me passagem.

Antes de entrar, volto-me para ele, que agora está a centímetros de mim, e sinto o calor de seu hálito.

"Obrigada, xerife Stevens."

Ele assente e se afasta. Antes de entrar na sala, fecho os olhos e respiro fundo, tentando convencer a mim mesma de que darei conta do recado.

## 12

# ADAM MORGAN

A porta é aberta, e ergo meu corpo do chão, ficando em pé. Assim que vejo Sarah, quase desmaio de novo. Está linda. Usa uma saia lápis preta que envolve os quadris de um jeito certinho, uma blusa branca justa e um paletó de alfaiataria. Cada mecha do cabelo loiro está bem alinhada, presa em um coque baixo. Seus olhos quase me fazem perder o controle. Eles estão levemente vermelhos, e o rímel preto está meio borrado. Ela andou chorando. Nunca a vi chorar.

"Sarah. Sinto mui..."

Ela ergue a mão, impedindo-me de continuar. Então gesticula para que eu me sente. Pego minha cadeira do chão e a ajeito em pé de um lado da mesa. Não faz sentido discutir. Não matei Kelly, mas causei essa confusão. Causei tudo isso. Sento-me, cruzando as mãos diante do corpo e baixando a cabeça. Não consigo olhar para ela.

Os saltos pretos estalam no chão à medida que ela se aproxima da mesa. Tudo o que ela faz tem um propósito. Pousa a bolsa sobre a mesa e puxa a cadeira devagar. Com toda a compostura, se acomoda. Passa a mão pelo cabelo e respira fundo. Os olhos estão como de costume, mas não está olhando para mim, está me avaliando como se não me conhecesse. É como um cientista estudando os padrões comportamentais de um animal. Está examinando, formando uma hipótese, talvez até pensando em um experimento para testar sua teoria. É tudo muito desconfortável e impessoal. Está me tratando como se eu fosse... um *cliente*.

"Sarah." Há um pouco de agressividade na minha voz. Não era minha intenção, mas não gosto do jeito como ela me olha neste momento. Como pode sequer duvidar que eu faria uma coisa dessas? Que eu seria capaz disso. Sou o marido dela.

Ela pega um bloco de papel e uma caneta. Coloca-os sobre a mesa, arrumadinhos, paralelos um ao outro.

Sarah olha diretamente para mim.

"Adam." Ela faz uma pausa, como se estivesse escolhendo as palavras com cuidado. Não sei por que não consegue falar comigo.

"Sarah. Não fiz aquilo. Não a matei, juro. Eu... eu... nunca seria capaz de uma coisa dessas. Confesso que estava dormindo com ela, mas nunca seria capaz de machucar ninguém. Você tem que acreditar em mim", imploro enquanto tento conter as lágrimas. Porque, se ela não acreditar em mim, ninguém mais, em hipótese alguma... bom, tem a minha mãe.

Ela não estremece nem reage às minhas palavras. Apenas pega a caneta e faz algumas anotações. De repente, seus olhos ficam marejados, mas observo se secando com a mesma velocidade. Ela engole em seco.

Sarah é uma mulher tão forte, e estou acabando com ela, se já não acabei. Eu que deveria estar encarregado de protegê-la.

"Sarah, eu te amo. Eu te amo demais. Só quero que isso acabe. Quero que as coisas voltem a ser como eram. Quero começar uma família com você. Quero ficar com você, e só com você. Sou um imbecil, nunca deveria... ter feito o que fiz. Tenho ciência disso e prometo que vou passar o resto dos dias compensando isso, assim que tudo isto acabar. Juro por Deus." Pego a mão dela, ávido para que ela segure minha mão ou a aperte três vezes para dizer que me ama. Também me contentaria com uma briga, só para saber que ainda sente alguma coisa por mim. Quero que grite comigo ou me dê um tapa ou algo assim. Preciso que sinta raiva de mim. Preciso que chore.

Seus olhos estão frios, mas a mão está quente. Ela não me deixa segurar a mão por mais de alguns segundos e logo se desvencilha de mim. Está sofrendo, e não a culpo.

"Adam, preciso que entenda uma coisa. Estou aqui como sua advogada, não como esposa."

Olho para ela sem acreditar.

"O quê? Como? E você pode fazer isso?"

"Posso, pelo menos por enquanto. Agora, se você for acusado formalmente e o processo for a julgamento, a gente vê o que faz quando chegar esse momento."

Minhas sobrancelhas se contraem, estou confuso.

"Mas por quê? Por que iria querer me defender depois de tudo o que fiz?"

"Porque quando eu disse 'até que a morte nos separe' foi pra valer, e sou a única pessoa que tem alguma chance de livrar sua cara." A voz dela é gélida, e com razão.

Rompo o contato visual. Não consigo mais olhar para ela.

"Desculpe." Minha voz fraqueja.

Ela bota a caneta sobre o bloco de papel e me lança um olhar severo.

"Preciso que me conte tudo... cada detalhe. Não omita nada com o objetivo de me poupar. Entendeu?"

Faço que sim. Eu deveria simplesmente avisar que vou contratar outro advogado, mas ela está certa: é a melhor, e é exatamente disso que preciso. Não sei por que está me ajudando, mas sou grato.

"Quando você e Kelly Summers se conheceram?"

Hesito por um instante.

"Há mais ou menos um ano e meio."

"E como se conheceram?"

Fecho os olhos e respiro fundo, lembrando-me daquele dia cálido de verão — o dia em que Kelly entrou na minha vida.

## 13

# ADAM MORGAN

Era início de verão, e havíamos acabado de comprar a casa do lago, coisa de umas poucas semanas antes. Sarah combinou comigo de vir passar o fim de semana para me ajudar a dar os últimos retoques na decoração, mas ficou presa no trabalho, assim como nos dois fins de semana anteriores. No início da tarde, comecei a sentir uma dorzinha de cabeça por causa da abstinência de cafeína. Eu tinha acabado de organizar meus pertences no escritório e descobri que não tinha mais café, então resolvi dar um passeio. Eu ainda não tinha conhecido ninguém na cidade, e aparentemente todo mundo ali era muito reservado, um mimetismo do típico estilo elitista dos bairros nobres de Washington. Mas saí do mesmo jeito.

O centro estava bem agitado em meio à dicotomia da região — uma mistura do charme rústico do estado da Virgínia e de todas as armadilhas capitalistas criadas pelas necessidades dos mais abonados da população. Imensos carvalhos e zimbros ornavam o perímetro, um mar verdejante, pontilhado apenas pelo centro comercial. Naquele dia, as ruas de asfalto velho e rachado pareciam quase umedecidas em virtude do calor da manhã.

Os contrastes eram poéticos em sua melancolia. Uma igrejinha pitoresca a apenas um quarteirão de um banco de uma grande rede. Pequenas empresas familiares, lavanderias, lanchonetes, lojas de presentes, todas lado a lado de grandes redes de pizzarias, Starbucks e lojas de roupas de grife. A modernização se assemelhava menos a um progresso e mais a um vírus que infectara a cidade.

Por fim, encontrei uma pequena cafeteria chamada Seth's Coffee. Tinha exatamente aquele charme único do interior pelo qual eu tanto ansiava. Piso de madeira que rangia alto quando você pisava nele. Móveis descombinados, de cadeiras de madeira maciça, passando por mesas esculpidas em troncos brutos, a cadeiras de aço com assentos de plástico vermelho. Os pratos também eram peças avulsas de jogos diferentes, e o cardápio estava logo acima do balcão, uma velha lousa que parecia contrabandeada de uma escola nos arredores.

Nada combinava ou fazia par, e, naquele miasma selvagem de conflitos, a coisa toda funcionava, e era absolutamente lindo. Ao menos foi o que achei, até que toda aquela beleza foi ofuscada quando a vi: Kelly. Ela capturou meus olhos de imediato. O efeito da luz das lâmpadas nuas refletindo o brilho dos olhos castanho-claros e sua postura despreocupada foram como duas mãos fortes ao redor do meu pescoço — implacáveis.

Ela estava trabalhando no pátio externo, então decidi me sentar lá fora. Cada fibra do meu ser ansiava por conhecê-la, para descobrir quem era, do que gostava, o que a tornava... ela.

Peguei meu laptop e comecei a digitar. O que escrevi foi uma descrição de Kelly enquanto observava cada movimento que ela fazia, saltitando de mesa em mesa, cuidando de cada cliente. Aguardei a minha vez. Eu estava totalmente fascinado por ela. Talvez tenha sido minha solidão que me fez considerá-la tão atraente, ou talvez isso se devesse ao fato de ser totalmente diferente de Sarah.

Sarah é dona de uma personalidade calculista, do tipo alfa. Está sempre arrumada, não importa a ocasião ou o local, seja com um pijama ou um terninho de trabalho de 2 mil dólares. No entanto, lá estava Kelly, imperfeitamente perfeita. As sardas espalhadas pelo rosto. Os longos cabelos castanhos acima dos ombros esvoaçando na brisa cálida do verão. Vez ou outra, tentava domá-los, mas, quando se abaixava para servir as mesas, deixava os fios lançarem seu feitiço, ao mesmo tempo que lançava o seu. Usava um avental amarrado de modo despojado na cintura fina. Os seios eram fartos e soltos sob a camiseta branca, saltitando levemente a cada movimento dela. Os mamilos estavam rijos e ligeiramente visíveis, mas ela não se importava. Seguia sem se preocupar.

Enfim, se postou bem na minha frente. Ainda não tinha se apresentado, mas eu sentia que já a conhecia. É isso que um período dedicado à observação nos traz. Seu rosto brilhava, graças ao sol que parecia lançar os raios apenas sobre ela. A saia curta roçou na lateral da mesa quando ela requebrou levemente os quadris.

"Oi, o que você deseja?" A voz era leve e delicada.

Olhei bem nos olhos dela, e nesse momento percebi neles a mesma melancolia que havia em mim. Sempre acreditei na teoria de que os olhos não mentem. Eles sustentam as verdades que não podemos ou não queremos verbalizar. Seu sorriso se desfez um pouco enquanto ela esperava que eu me manifestasse. Então olhou bem nos meus olhos, e gosto de achar que também viu o que vi — uma conexão, uma associação, a tristeza compartilhada.

"Posso lhe dar mais alguns minutos", disse.

Naqueles poucos segundos, a voz perdeu um pouco da leveza.

"Não, não." Sorri para ela, a fim de deixá-la ciente de que, a partir daquele momento, tudo ia ser diferente para ela e para mim. Talvez naquele instante ela não fosse capaz de sorver a intenção do meu sorriso, mas eu sabia que, em breve, a levaria a compreender o significado dele. Ela sorriu de volta.

"Vou querer uma xícara de café... preto."

"É pra já!" A leveza retornou à voz.

Antes de ela se virar, estendi minha mão para cumprimentá-la. "Eu sou o Adam."

Ela olhou para minha mão com uma leve hesitação antes de acolher o cumprimento. Notei a aliança no dedo anelar, e ela notou a minha.

"Eu sou a Kelly." Seu sorriso se expandiu, e então foi buscar meu café.

Uma hora depois, perguntou no que eu estava trabalhando. Falei, então, sobre os meus textos, em detalhes. E ela ouviu compenetrada, sorvendo cada palavra. Gostei da atenção, do interesse que demonstrou por mim e pelo meu trabalho.

Duas horas depois, perguntei sobre sua vida, ávido por saber tudo que poderia a respeito dela — onde crescera, suas esperanças, seus sonhos.

Três horas depois, fez uma pausa e decidiu passar o tempo comigo. Contou que se mudou para a região do lago Manassas anos antes, mas era do Meio-Oeste. Foi o clima que a trouxera para cá. Não suportava os invernos, principalmente por ser rueira, ou pelo menos foi o que me falou.

Quatro horas depois, eu estava guardando o laptop. Tinha comido um almoço leve e bebido muitas xícaras de café. Não sabia se veria Kelly outra vez, já que ela tinha desaparecido para dentro da cozinha. Já estava saindo da cafeteria quando parei de repente ao ouvi-la chamar meu nome. Me virei. Lá estava ela desamarrando o avental. Seu turno havia acabado. Botou um par de óculos escuros, guardou o avental na bolsa e deu alguns passos em minha direção.

"Acho que preciso ver essa casa da qual você tanto fala", falou, descontraída.

Eu sorri.

"Acho que precisa mesmo."

Kelly assentiu levemente para incitar nossa caminhada, e a acompanhei. Ela deu a volta no meu Ranger Rover e olhou, com cuidado, para um lado e, depois, para o outro a fim de ter certeza de que ninguém estava vendo e só então subiu do lado do passageiro. Ela até tirou um boné da bolsa, vestiu e se abaixou no banco. Não trocamos nenhuma palavra no curto caminho. Eu não sabia ao certo o que estávamos fazendo, mas tinha uma ideia. A levei para dentro de casa e, quando fechei a porta da frente, ela pulou em meus braços. Arrancamos as roupas um do outro e transamos ali mesmo, no chão da sala, em cima do tapete de pele de urso. Ela não se cansava de mim, e eu não me cansava dela. Como heroína, era viciante desde a primeira dose, o primeiro barato — e desde então eu estava vivendo constantemente chapado por esse barato — até hoje.

## 14

# SARAH MORGAN

Não mexo um músculo enquanto Adam me conta os detalhes de como ele e Kelly se conheceram e transaram num intervalo de quatro horas. É obsceno e carnal, o comportamento de um animal — mas devo me lembrar de que não estou aqui como esposa. Não estou aqui para julgá-lo. Estou aqui para defendê-lo. Então neste momento, só devo escutar. Tomo notas, faço contato visual com Adam vez ou outra, assim como eu faria se fosse qualquer outro cliente. Minha tarefa é focar nos fatos, as falhas que posso encontrar no caso que a promotoria já está montando contra ele, e a narrativa que vou criar para entrelaçar os dois, o que pode acabar servindo como defesa. Enquanto Adam fala, percebo que tem dificuldade para me encarar. Não estou nem um pouco surpresa. Ele passou praticamente o último ano e meio mentindo para mim, trepando com outra mulher pelas minhas costas na casa que comprei. Se eu fosse ele, também não ia conseguir olhar para mim. Graças a Deus, não sou.

"Seu relacionamento com Kelly continuou com regularidade?"

Um meneio de cabeça apreensivo é sua resposta.

"Com que frequência você a via?", indago.

Ele se recosta na cadeira e corre as mãos pelo rosto, repuxando a pele que agora parece descorada em consequência da tristeza e do estresse da situação.

"Praticamente sempre que eu estava na casa do lago." Ao afirmar isso, Adam não olha para mim. "Duas vezes por semana, e ela dormia lá sempre que podia."

Pergunto-me se não estava falando da boca para fora todas aquelas vezes que implorou para que eu fosse com ele à casa do lago. Ou será que ficava torcendo para eu responder não? Se isso for verdade, é realmente repulsivo, principalmente porque me fez sentir culpada todas as vezes que tive que recusar. Cogito em perguntar isso, mas seria uma pergunta da esposa, não da advogada.

"Você mencionou que, quando se conheceram, viu que ela usava aliança. Ela ainda está casada?", pergunto.

Adam se inclina para a frente, pousando os cotovelos na mesa, como se minha pergunta o animasse.

"Está", responde.

"E o que sabe a respeito dele?"

É possível perceber, antes mesmo de ele começar a falar sobre o marido de Kelly, que odeia, com paixão, o tal sujeito. Talvez não suporte o fato de dividir a amante com ele. Que ironia.

"Ele é uma pessoa ruim", afirma Adam, estreitando os olhos. "Eu sei que tem um dedo dele nisso. Era abusivo. Ontem à noite, antes de sair, vi todas as mensagens que ele tinha lhe enviado durante o dia. Eram horríveis e ameaçadoras. Ele ligou 32 vezes também. E acho que sabia da gente, do nosso caso..."

Eu o interrompo.

"Por que acha isso? Chegou a interagir com ele?"

"Não, nunca encontrei esse cara. Mas é por causa das mensagens que ele mandou. Disse que sabia que ela mentia sobre onde estava. Disse que iria machucá-la e que os dias dela estavam contados." Adam solta um suspiro profundo.

"É, sem dúvida, uma teoria que podemos explorar. Um marido abusivo é um argumento muito convincente para um crime passional, principalmente se há adultério envolvido." Faço algumas anotações, lembretes de tudo que preciso investigar a respeito do marido: a história do casal, as queixas anteriores de abuso, depoimento dos amigos ou familiares sobre a personalidade dele ou eventos que possam ter testemunhado, o histórico médico da vítima e o histórico do celular, incluindo as mensagens trocadas entre o casal.

"Então a polícia deveria estar procurando esse cara, correto?" Os olhos de Adam se iluminam, como se estivesse vendo a saída disso tudo.

"Sim, deveria, mas..."

"Mas o quê?", pergunta.

"O marido pode ter tido o motivo, mas a pergunta é: ele teve o meio e a oportunidade para cometer o homicídio? A vítima foi encontrada na nossa cama, na nossa casa, e você foi a última pessoa a vê-la viva. Está entendendo a situação?"

"Estou", afirma, batendo o punho na mesa. "Mas não fiz isso."

Suspiro e arrumo meus papéis, alinhando todas as bordas perfeitamente. É um hábito meu quando não sei o que fazer. Organizo as coisas. Limpo as coisas.

"Tá legal, mas afirmar que não fez é uma coisa, e provar é outra."

Ele balança a cabeça e se inclina para a frente. Seus olhos irradiam um brilho. "Você acredita em mim, né, Sarah?"

Mastigo a ponta da tampa da caneta, decidindo se quero mesmo lhe dar esse... voto de confiança. Porque ele perdeu a minha confiança. Ele a perdeu dezesseis meses atrás quando transou com Kelly Summers. Eu só não sabia disso àquela época. Ainda o amo. Também o odeio. Mas não confio nele e sei que nunca mais vou confiar. Ele me traiu de um modo muito pior do que qualquer outra traição. Para. Preciso parar de pensar desse jeito. Não se trata mais de nós dois como casal. O problema aqui é ele.

"Acredito", respondo. Emprego todas as minhas forças para pronunciar essa palavra, mas é a resposta que um advogado daria.

"Preciso de um tempo para pensar", acrescento, juntando minhas coisas. "E preciso rever o que você já disse para a polícia. Depois que eu fizer isso, vamos pensar na sua declaração."

Arrasto minha cadeira para trás e me levanto. Os olhos de Adam lacrimejam ao mesmo tempo que o pânico se instala. Ele acha que estou desistindo de tudo, mas não estou.

A porta atrás de mim é aberta assim que me viro para sair. Sou atingida e atirada no chão. Bato a cabeça na beirada da mesa. Solto um grito enquanto pressiono o local dolorido. Está úmido. Retiro a mão e a trago para meu campo de visão. É sangue.

Meu olhar é atraído pelo tumulto. Um homem grande, de cabelo raspado, usando uniforme de policial, derruba Adam no chão. Ele se ajoelha sobre a lateral do corpo de Adam, desferindo golpes no rosto.

Adam grita, mas o som não sai nítido, pois a sua boca se enche de sangue. Ele tenta se proteger usando os braços, mas não é páreo para o sujeito raivoso.

Levanto-me e me dirijo aos tropeços até onde está o policial. Tento tirá-lo de cima de Adam e pôr um fim nessa surra. Mas não consigo. Então soco a lateral da cabeça e a orelha dele. Ele nem sequer hesita. Adam grita pedindo socorro. Retiro o sapato e golpeio a lateral do rosto do policial. Isso chama a sua atenção. Ele para por um instante e geme, lançando um olhar para mim. Seus olhos são de um azul gélido e estão injetados. Ele me empurra para trás sem dizer nada.

Coturnos marcham sobre o chão ladrilhado assim que o xerife Stevens e vários policiais irrompem na sala e arrancam o sujeito de cima de Adam. Enquanto tentam contê-lo, gritam ordenando que pare e se acalme.

"Primeiro subxerife Summers!", exclama Stevens enquanto ele e o subxerife Hudson o encurralam no canto da parede.

À medida que puxa o ar, ofegante, as veias saltam na pele corada. O suor escorre pela testa, e as narinas se dilatam tanto que parece que vão se rasgar. Nunca vi tanto ódio assim em uma pessoa. Ele grunhe várias vezes. Contorce o rosto, e lágrimas explodem dos olhos ao soltar um uivo. Por fim, desaba por completo bem na nossa frente. Seu corpo elimina toda a tensão que vinha retendo e praticamente se transforma em uma poça. A força que Stevens e Hudson aplicam no sujeito não é mais para detê-lo, mas, sim, para mantê-lo em pé.

"Scott, parceiro, vai ficar tudo bem", afirma o subxerife Hudson. "Ele vai pagar pelo que fez com Kelly, pelo que fez com sua esposa... mas não desse jeito."

O homem soluça, a única coisa que ouve é a própria dor.

Estou pê da vida, mas Scott, o marido da Kelly, acabou de fazer um baita estrago na investigação da polícia. Adam ficaria animado se não estivesse se contorcendo de dor no chão. Aproximo-me e ajoelho ao lado dele.

"Tudo bem", afirmo, afastando da testa dele o cabelo encharcado de sangue. Um dos olhos ficou tão inchado, que está praticamente fechado. O nariz e a boca sangram em profusão, pintando as gengivas e os dentes de vermelho.

Olho para trás e grito: "Chamem uma ambulância".

O xerife Stevens, por fim, nota minha presença e o corte em minha testa. Ele escancara a boca e os olhos conforme se aproxima de mim e ajoelha do outro lado de Adam.

"Sra. Morgan, sinto muito. A senhora está bem?", pergunta, nitidamente constrangido por causa de toda essa cena em sua delegacia.

"Não, não estou bem, nem o meu cliente. Isso é totalmente inaceitável. Vou processar o subxerife Summers e esta delegacia inteira."

O rosto dele cora de irritação e vergonha. "Não era para Scott estar aqui. Vou colocá-lo em licença administrativa assim que identificarmos a vítima como sua esposa."

"Estou pouco me fodendo. Ele estava aqui de uniforme e aí ou teve acesso a esta sala, ou alguém o deixou entrar. Qual das duas opções?"

Antes que ele consiga me responder, dois paramédicos estão mandando a gente abrir espaço. Me ponho em pé e dou um passo para trás. O xerife imita meus movimentos e fica ao meu lado, observando os paramédicos acomodarem Adam na maca.

Um deles olha para mim enquanto se levanta. "A senhora está machucada?", pergunta, notando o corte na minha testa.

Pressiono dois dedos na ferida e solto.

"Estou, bati feio a cabeça na mesa. Gostaria que me examinassem."

Na verdade, estou bem. A pancada não foi tão forte assim e nem está doendo mais, só que preciso documentar isso para o caso. No mínimo, posso usar isso para tirar as acusações por Adam ter agredido e desarmado um policial. Já tenho preocupações demais para querer acrescentar mais acusações.

O xerife Stevens suspira pesado. Ele sabe que estou em vantagem... pelo menos por enquanto.

Logo após os paramédicos fazerem um curativo em mim, concordo em conversar com o xerife Stevens. Então, agora estou sentada no escritório, de frente para ele. Ele disse mais de uma vez que lamenta muito, mas agora está calado. E acho que só está usando esse tempo para me analisar. Muito provavelmente está tentando imaginar uma maneira de eu desistir de abrir um processo. Ou talvez esteja buscando mais informações que vão ajudá-lo na investigação. Possivelmente as duas coisas.

Remexo-me um pouco na cadeira e cruzo as pernas, enquanto Stevens tamborila sobre a mesa, como se estivesse estudando como falar isso.

"Você vai dar queixa?", pergunta.

"Muito provavelmente", respondo, encarando-o de volta.

Não respondi que sim, porque quero lhe dar uma brecha — deixá-lo pensar que fazer um acordo é ideia dele. É a melhor maneira de forçar alguém a fazer alguma coisa, é só deixar essa pessoa achar que foi ideia dela.

Ele continua tamborilando sobre a mesa.

"Ainda não comecei a preencher a papelada com as acusações desta manhã, quando Adam agrediu e desarmou o subxerife", declara.

"A julgar pelo comportamento que presenciei nesta tarde do primeiro subxerife, devo deduzir que Adam agiu em legítima defesa." Empino o nariz.

"Não agiu."

"Acho que vamos ter que deixar o juiz decidir", retruco, levantando-me da cadeira.

O xerife levanta as mãos espalmadas.

"Calma lá", exclama, soltando o ar pelo nariz. "Vamos fazer um acordo."

Sento-me de novo e estreito os olhos.

"No que você está pensando?"

"Posso anular essas acusações de agressão, se a senhora concordar em não processar esta delegacia e o subxerife Summers por causa do seu comportamento hoje." Ele aperta os lábios por um instante. "Mas ainda preencheremos um relatório narrando tudo. Então ficará documentado e será entregue para a corregedoria."

Arqueio uma sobrancelha, agindo como se estivesse considerando a proposta. Mas não estou, porque é exatamente o que eu queria. Essas acusações contra Adam poderiam render até dez anos de prisão. E, com base no comportamento que presenciei quando estava sozinho na sala de interrogatório, ele é provavelmente culpado. Porém, acho que quero algo mais...

"Eu também gostaria de ver a cena do crime", afirmo.

As sobrancelhas de Stevens se contraem, e ele balança a cabeça.

"Não posso fazer isso."

"Tá, então também não posso." Reforço minha resposta com um gesto negativo.

"O local inteiro está sendo fotografado. E as fotos ficarão disponíveis para a senhora."

"Não", retruco. "Depois do que testemunhei seu subxerife fazer hoje, que também é casado com a vítima e não deveria estar nem perto desta investigação, não confio nem um pouco nesta delegacia. Então quero ver a cena com meus próprios olhos antes que o local inteiro seja revistado assim que o mandado de busca for assinado."

Ele reflete por alguns segundos, mas sei que vai concordar. Ele tem que concordar. O objetivo deste acordo não é proteger a delegacia ou Scott Summers. O objetivo é proteger a carreira dele. Nos Estados Unidos, o cargo de xerife é eletivo. E ele odeia ser lembrado disso.

"Beleza, amanhã de manhã. Mas vou ficar do seu lado o tempo todo."

"Por mim, tudo bem", respondo com um sorriso malicioso. Talvez ele aprenda uma coisinha ou outra.

Ele estica o braço por cima da mesa. É um aperto de mão para selar o acordo. Bem à moda antiga, mas vou lhe dar esse prazer. Aperto sua mão e percebo se desfazer a tensão que ele tinha no rosto e pescoço. Não sei ao certo por quê. Ele ainda tem que elucidar um crime hediondo.

"Só me deixem entrar. Não dou a mínima para os protocolos desta roça." Matthew entra na sala sem cerimônias, depois de passar pela recepcionista. Me esqueci totalmente que ele ainda estava aqui. Ele vê o curativo na minha testa e corre para perto de mim.

"Que merda fizeram com você?", pergunta, lançando um olhar sinistro para o xerife Stevens. "Ela é advogada. Vai processar vocês... e conheço gente muito importante que vai botar esta cidade no chinelo", ameaça ele de dedo em riste.

Levanto-me e pouso a mão em seu braço.

"Estou bem. Vamos embora. Vou te deixar a par de tudo", digo, lançando-lhe um olhar tranquilizador. Ele assente e baixa o braço. Matthew sempre me protegeu.

## 15

# ADAM MORGAN

Acordo em um hospital com o pulso esquerdo algemado à grade da cama. Não consigo enxergar com o olho esquerdo e minha cabeça está latejando, mas até que pouco, considerando a surra que me lembro de ter levado. Há uma cânula de soro enfiada em mim. As maravilhosas gotículas de analgésicos fluindo diretamente para a corrente sanguínea. É por isso que não estou sentindo todas as consequências das porradas que tomei. Não há janelas no quarto, então não sei que horas são nem por quanto tempo fiquei apagado. O monitor de frequência cardíaca conectado ao meu dedo apita em ritmo constante, mas ainda estou vivo. Tateio o rosto com as pontas dos dedos, sentindo sulcos, inchaços e, sem dúvida, algumas coisas deslocadas.

Estou prestes a chamar uma enfermeira quando me lembro de uma coisa, um lampejo de mim deitado no chão da sala de interrogatório, contorcendo-me de dor, semiconsciente. Lembro-me da voz do subxerife Hudson, das palavras dele. Ele falando com o policial que me atacou que eu ia pagar pelo que fiz com a esposa. É o marido da Kelly.

Merda. As coisas ficaram complicadas para cacete agora — para mim, quero dizer. Como é que não descobri que ele era policial? Por que Kelly nunca me contou? Não me admira o fato de ela ter sentido tanto medo. Não me admira o fato de ter se sentido encurralada. Ele é a lei, olha para o cara. É imenso. Não sou um homem pequeno e, mesmo assim, não tive a menor chance contra seus punhos de gorila. Imagine só o que Kelly teve de passar. Sei que foi ele que a matou. Ele teria como armar a coisa toda com facilidade e, sendo policial, saberia muito bem como fazer isso e sair impune.

Uma enfermeira entra, folheando uma prancheta. Ao levantar a cabeça, percebe que estou acordado; isso a assusta, e ela sai do quarto às pressas.

Poucos minutos depois, entra o xerife Stevens. Meio que chega pisando duro.

"Como está?"

"Como acha que estou, porra?"

"Escute, queria pedir desculpas em nome do Departamento de Polícia pelas atitudes tomadas pelo subxerife Summers." Faz uma pausa. "Scott Summers foi suspenso e aguarda a investigação da corregedoria. Isso nunca deveria ter acontecido, e lamento profundamente."

Os bipes no monitor de frequência cardíaca aceleram bastante enquanto tento controlar a raiva dentro de mim, falhando, obviamente.

"Suspenso? Ele deveria estar na cadeia! Quero prestar queixa contra ele! Agora!"

O xerife abaixa a cabeça, encara os pés e passa a mão pelos cabelos. "Se é o que você e sua advogada decidirem, então podem ir em frente. Mas espero que entenda que Scott acabou de perder a esposa. Ele não estava raciocinando direito. Não há desculpas para esse comportamento, mas você precisa pelo menos entender o que ele está passando." O xerife Stevens balança a cabeça e aperta os lábios.

"Conversa fiada. Aquele filho da puta matou a Kelly, sei disso!" Esforço-me para erguer o corpo. Gotas de suor se formam na minha pele.

"Ei, espere um minuto, Adam. O que te faz pensar que Scott teve alguma coisa a ver com a morte de Kelly? Era esposa dele e foi encontrada na sua cama, na sua casa." Suas palavras são ao mesmo tempo desafiadoras e curiosas. Ele está interessado no que digo, e não sei se é porque uma fraçãozinha dentro dele acredita em mim ou se está apenas tentando me irritar.

"Ele sabia do nosso caso. Ontem à noite, ele estava mandando mensagens para ela antes do assassinato. Veja o celular dela. Ele era a porra de um marido abusivo. Não é o tipo de pessoa que você acha que é."

Stevens puxa uma cadeira, a ajeita ao lado da minha cama e se acomoda. Ele me olha de cima a baixo, avaliando o que acabei de dizer, vendo se tem algum crédito ou não.

"Nunca houve quaisquer alegações de abuso contra Scott Summers da parte da esposa, nem de qualquer outra pessoa nesta cidade", declara ele com naturalidade.

"E o que ele fez comigo hoje? Olhe para mim." Aponto para o rosto.

O xerife Stevens respira fundo.

"Até ontem", corrige.

"Kelly estava com muito medo de prestar queixa. Agora sei por quê. O cara é um policial, porra. Então é claro que ela não ia abrir o bico."

Ele balança a cabeça e abaixa o olhar.

"Ela poderia, sim. A gente teria ajudado."

"Mentira! Você teria protegido seu homem."

"Não teria, não." Ele me encara de volta. "Eu nunca gostei de Scott."

Por que está me contando isso? É algum tipo de joguinho? Uma daquelas farsas idiotas de policial malvado e bonzinho, mas com uma reviravolta. Por que é que ele está aqui? E será que ouvi direito?

"O quê?", pergunto, forçando-o a repetir as palavras.

"Você me ouviu. Sempre achei que tinha algo de errado com Scott. Ele tem uma personalidade muito certinha. Não acredito nisso, porque aprendi que todo mundo tem segredos obscuros e que as pessoas que aparentam ser boas geralmente são as piores." Ele se recosta na cadeira.

Não sei o que responder, porque desconheço seu ponto de vista. Parece que está escondendo alguma coisa, ou talvez esteja tentando descobrir alguma coisa. Eu não deveria estar conversando com ele. Ele não está do meu lado. A algema no meu punho deixa isso muito claro. Queria que Sarah estivesse aqui. A lembrança dela tentando me proteger de Scott surge de repente na minha mente.

"Sarah está bem? Ela se machucou?"

"Sarah está bem, só teve um cortezinho na testa, mas é uma guerreira. Nem mesmo um homem de 1,80 foi capaz de derrubá-la", responde.

"Cadê ela? Quero vê-la."

"Está tarde. Ela foi para casa, mas vai voltar de manhã."

Respondo com um aceno de cabeça.

O xerife Stevens se levanta da cadeira.

"Vou investigar Scott", anuncia. "Você tem a minha palavra."

Ele está agindo como se investigar Scott fosse um favor para mim. Não é. É o trabalho dele. Não falo nada, porque minhas palavras não importam. No fim das contas, é a prova que realmente importa, pelo menos foi o que aprendi com Sarah. Só espero que ele descubra tudo.

## 16

# SARAH MORGAN

Matthew me levou direto para casa. Ele tentou me convencer a desistir do caso. Disse que eu estava cometendo um erro. Que se o caso fosse a júri, eu não ia poder representar Adam, e por isso deveria passar para outra pessoa agora mesmo. Mas ele está errado. Se não sou suspeita nem vítima do crime, posso ser a advogada de Adam, contanto que o juiz não apresente objeção. Mas só vou me preocupar com isso no momento certo. Respondi a Matthew que aquilo não era da conta dele e que se ele fosse meu amigo, apoiaria minha decisão.

Em breve, esse caso vai vazar. A imprensa vai cair de boca — principalmente por causa do meu status na cidade, Adam ser um romancista publicado e o fato de que a vítima é a esposa de um policial. Quando descobrirem que estou defendendo meu marido, vai ser capa de jornal, vai causar furor midiático. O que vou dizer aos colegas? Aos clientes? Ao chefe, Kent? A Anne? Não posso me preocupar com isso agora. Meu foco tem que se manter no caso.

Passo a noite me revezando entre cochilos e vigília. Quando estou desperta, fico refletindo sobre a situação toda, ou seja, sobre os fatos que tenho em mãos, o que não é muito, por enquanto. Minhas anotações estão espalhadas pela cama. Sei que tenho que começar a pensar nisto como um caso, apesar de ainda não terem acusado Adam de nada. Assim que o resultado dos testes de DNA sair, com certeza vão acusá-lo. Adam é, sem dúvida, o suspeito mais óbvio. Ele tem meio e oportunidade — que são dois requisitos necessários para o ministério público montar uma denúncia contra ele. O motivo não está claro, mas o MP pode tecer uma narrativa. Ele queria se livrar da amante. Talvez ela estivesse ameaçando contar o segredo para as pessoas. O promotor não precisa provar a veracidade de nada disso. Só precisa convencer o júri. Há também Scott. Ele tem um temperamento forte e está claro que é incapaz de controlá-lo. Além disso, as mensagens de texto que Adam mencionou são bastante contundentes. Preciso examiná-las. Scott tem meio e motivação, por causa do caso amoroso, mas a dúvida é: ele teve a oportunidade? Pego um bloco na mesa de cabeceira e faço algumas anotações. Escrevo *Scott Summer*. Ao lado, acrescento *oportunidade* e circulo.

Poderia haver mais alguém? Se ela estava tendo um caso, o que mais poderia estar fazendo? No que mais poderia estar metida? Quem mais ia querer matá-la? Anoto seu local de trabalho, *Seth's Coffee*. Preciso falar com os colegas de trabalho, com clientes, com amigos e qualquer pessoa que a conheça melhor.

Meu celular toca. Não reconheço o número, então hesito em atendê-lo. São nove da noite, mas pode ser Adam ligando do hospital. Eu deveria ter voltado lá para ver como ele estava.

Resolvo atender.

"Sarah Morgan."

"Oi, Sarah, aqui é o xerife Stevens. Só estou ligando para saber como você está e para avisar que Adam está bem. Acabei de sair do hospital, e ele está acordado."

"O que o médico disse sobre os ferimentos?"

"Disseram que sofreu uma pequena concussão e está com muitos hematomas. Mas vai se curar. Mandei a papelada para nossa seguradora, então você não precisa se preocupar com os custos."

"Não estou nem aí para os custos. Minha única preocupação é se ele está bem."

"Bem, está. Desculpe incomodá-la", diz, parecendo prestes a desligar.

"Xerife Stevens!"

"Ryan, por favor, me chame de Ryan."

Ele está tentando ser simpático, e eu também deveria fazer isso. Vou precisar do máximo de ajuda que conseguir para este caso — e talvez consiga a dele. Ele já me ajudou uma vez, desistindo das acusações contra Adam. Está claro que não está seguindo rigorosamente a lei, optando por se proteger em primeiro lugar. Posso usar isso a meu favor.

"Ryan...", exclamo. É esquisito chamá-lo pelo primeiro nome. "Agradeço pelas notícias e por concordar em me levar à cena do crime. Acredito na inocência do Adam e só quero prová-la. Mas tudo isso é diferente para mim, porque minhas emoções estão envolvidas e devo controlá-las o tempo todo. Então muito obrigada por se preocupar com meu estado. É muita gentileza sua."

Ouço seu suspiro.

"Não precisa agradecer. Compreendo sua situação, senhora Morgan. Sei que tudo isso que está passando não deve ser fácil, mas meu único objetivo é fazer justiça por Kelly Summers. Encontro você amanhã na casa do lago às onze da manhã para mostrar a cena do crime. Os peritos provavelmente já vão ter terminado o trabalho. Então vamos estar sozinhos."

"Até amanhã, xerife Stevens", respondo.

Ele não corrige seu nome desta vez.

"Boa noite, senhora Morgan."

"Boa noite." Encerro a ligação. Uma notificação surge na tela, é uma mensagem de Matthew.

*Desculpa pelo que eu disse. Você tem razão. Não é da minha conta, mas tô aqui pra ajudar se precisar de mim. Vou ter uns dias muito ocupados, mas te vejo assim que puder.*

Reajo com um coraçãozinho e deixo o celular de lado. Deito, descansando a cabeça no travesseiro e fecho os olhos.

## 17

# ADAM MORGAN

Depois que o xerife Stevens foi embora, pensei em ligar para Sarah, mas não tive coragem, pelo menos não por enquanto. Sei que está fisicamente bem, mas não consigo conceber o que estou causando a ela no âmbito mental e emocional. Sarah é a pessoa mais forte que conheço, mas todo mundo tem um limite. Tenho vontade de lhe dizer para desistir do caso e contratar outra pessoa, afinal de contas, ela não merece essa situação. Não deveria ser responsável por arrumar a minha bagunça.

Claro, no íntimo sei que não matei Kelly, mas tive um caso extraconjugal com ela e, se não fosse esse detalhe, nada disso estaria acontecendo. Pelo menos, acho que não. Talvez Scott tivesse matado Kelly mesmo assim, mas então o crime não teria ocorrido em nossa casa e eu não estaria metido nessa confusão.

Fecho os olhos e tento dormir, mas minha mente fica reprisando não só os acontecimentos de hoje como também os dos últimos dezesseis meses. Penso em todos os momentos que passei com Kelly. Tento evitar pensar neles, mas não consigo. Apesar de ser casado, não consigo evitar o luto pela morte de Kelly, minha amante. Sei que é doentio. Mas eu a amava. Amo minha esposa também, mas isso não anula os sentimentos que eu nutria por Kelly. Algumas lágrimas escapam do meu olho que não fecha por causa do inchaço, e permito que rolem até chegarem ao travesseiro. Choro por Kelly e choro pelo que fiz com Sarah.

## 18

# ADAM MORGAN

## DUAS SEMANAS ANTES

Eu tinha acabado de passar um dia inteiro escrevendo e, com isso, me refiro a um dia inteiro sentado diante da tela do computador em branco, bebericando uísque escocês. Meus olhos se extenuaram de tanto encarar a página em branco do Word. Mas, graças ao uísque, consegui me anestesiar de tudo o mais.

Havia planejado voltar para casa, pois Kelly tinha cancelado sua vinda pela terceira vez naquela semana. Só que não estava mais em condições de dirigir, então decidi ficar. Desliguei o laptop e fui para a sala chacoalhando na mão o copo de cristal com bebida. Acendi a lareira e botei uma música clássica para ouvir. Estava prestes a escolher um livro na estante para me distrair quando escutei uma batida à porta. Imaginei que poderia ser Sarah fazendo uma visita surpresa. Mas ela nunca fez isso, então nem sei ao certo por que pensei nessa possibilidade.

Do outro lado da porta da frente, me deparei com Kelly, atordoada e machucada. Lágrimas escorriam pelo rosto, colidindo com o sangue seco no nariz. O olho direito estava roxo e ela estava toda descabelada. Tomei um susto ao vê-la. Então a levei para dentro e a acomodei no sofá, onde envolvi seu corpo com um cobertor. Busquei uma bolsa de gelo para pôr no inchaço e um pedaço de pano para limpar o sangue seco.

"Quem fez isso, Kelly?", perguntei, comprimindo a bolsa de gelo contra o olho e limpando o rosto.

Não ouvindo nenhuma resposta, falei que ia chamar a polícia.

"Não... Não, não", ela implorou e, em seguida, se calou novamente.

Peguei um copo de uísque para ela e voltei a encher o meu, imaginando que a bebida a ajudaria a relaxar e então ela começaria a falar. Eu precisava saber o que aconteceu. Ela tomou um golinho.

"Ele nunca vai parar", afirmou, enfim, cortando o silêncio.

"Quem?"

"Meu marido."

Eu a puxei um pouco mais para perto de mim. Eu sabia que era casada. Mas presumia que o casamento dela fosse como o meu, desprovido de amor, enfadonho, negligente... e não assim. Achei que as coisas estivessem mal para mim — mas, para Kelly, estavam muito piores. Eu só estava entediado, mas ela estava em perigo.

"Você já foi à polícia?"

"Não posso." Ela balançou a cabeça.

"Por quê?"

"Simplesmente não posso."

Ela estava exasperada. Então entendi que não deveria forçar a barra. Ela devia ter seus motivos. Kelly tomou o resto que havia no copo, e o completei com mais uísque.

"O que posso fazer por você?", perguntei, alisando o cabelo dela.

"Não pode fazer nada." Seus olhos estavam vidrados e não havia esperança neles.

"Eu posso te ajudar a fugir."

"Não é possível."

"Vamos fugir juntos... você e eu", sugeri e estava falando sério, creio.

"Às vezes, acho que o único jeito de fugir dele é morrendo."

"Por que você diria uma coisa dessas?"

"Tem umas coisas a meu respeito que você não sabe, Adam." Ela olhou fixamente nos meus olhos, mas depois desviou o rosto, como se estivesse arrependida do que acabara de dizer.

"Eu te amo, Kelly. Essa é a única coisa que preciso saber. Eu te amo e quero te ajudar. Então me diga como posso te ajudar."

"Acho que não pode. Meu marido tem total controle sobre mim."

"Como? Ou *o que* ele tem contra você? Por favor, me diga." Apertei a mão dela com força.

Ela respirou fundo e depois virou de um gole só o copo quase todo, como se fosse a coragem de que precisava para me contar.

"Já fui casada e meu nome... não é Kelly Summers. É Jenna Way. Precisei trocar depois do que aconteceu, depois que fui acusada de matar meu primeiro marido." Ela fez uma pausa. Eu deveria ter ficado assustado com a revelação dela, mas não fiquei. "No dia em que ele morreu, a gente tinha brigado, mas não foi nada muito sério. Só um bate-boca. Quando saí do trabalho e voltei para casa, naquela noite, ele estava morto. Eu era a principal suspeita." Ela balançou a cabeça. "Não o matei. Nunca seria capaz. Mas fui acusada de assassinato. Porém, algumas das provas foram extraviadas durante o julgamento, então as acusações contra mim acabaram sendo anuladas. Foi Scott, meu atual marido, que garantiu minha liberdade, e por isso agora ele é meu dono. Então, na verdade, não sou livre. Ainda estou pagando por um crime que não cometi. Ainda estou cumprindo a minha pena. Só que não numa cela, e sim com Scott." Ela baixou a cabeça.

Fiquei sem saber o que dizer. Aquilo não era nada do que eu esperava ouvir. Achei que conhecia essa mulher, mas não sabia nem o nome verdadeiro dela.

Como não respondi de imediato, ela pareceu tensa. Seus olhos percorreram a sala. Ficou balançando a perna e depois se ajeitou no sofá.

"Não sou uma pessoa ruim", declarou, respirando fundo. Levantou-se, e pensei que estivesse indo embora; no entanto, eu não queria que fosse.

"Espera", falei, pondo-me de pé.

Ela parou e se virou para me encarar. Dei alguns passos e me posicionei a centímetros dela.

"Eu conheço você como Kelly, não como Jenna."

"Eu sei. Sinto muito", me interrompeu.

Pousei um dedo em seus lábios para silenciá-la.

"Deixa eu terminar de falar", pedi.

Ela assentiu.

"Eu me apaixonei pela Kelly, não pela Jenna. Não me importa quem você era. E atos do passado não vão mudar o que sinto por você. Este último ano e meio foi um dos melhores da minha vida, e tudo isso é por sua causa. O que você enfrentar, vou enfrentar junto. Suas necessidades são as minhas necessidades. Eu juro, Kelly, o seu marido nunca mais vai te machucar." Dei um leve beijo em sua testa. Ela olhou para mim. Percebi que os olhos dela se iluminaram um pouco. Eu a beijei nos lábios, e ela estremeceu um pouco por causa do machucado, mas não se afastou. Às vezes, o prazer compensa todas as dores.

## 19

# SARAH MORGAN

As portas do elevador se fecham, e ele começa a subir para os escritórios da Williamson & Morgan. Fecho os olhos por um instante, reunindo todas as forças que tenho dentro de mim. Assim, tenho a impressão de estar totalmente no controle e de me recompor, graças à minha roupa feita sob medida e à maquiagem profissional. Ela conseguiu encobrir o hematoma em minha testa, no entanto, o corte ainda está com o curativo. Preciso exibir um visual correto. Preciso parecer forte.

As portas se abrem, e Anne está me aguardando já com um copo de café.

"O que aconteceu? Está bem?" Seus olhos focam no Band-Aid em minha testa.

"Tudo bem. Vamos dar uma volta e conversar."

Num tom baixo, relato a Anne todos os acontecimentos à medida que atravessamos o escritório. Ela mantém uma expressão neutra. Conforme caminhamos, ouço murmúrios entre os colegas. Ninguém sabe a história completa, pois a imprensa ainda não divulgou nada, porém isso não impediu a circulação de rumores. Não sou de cancelar reuniões ou de desaparecer do escritório até mesmo por uma tarde. Além disso, não compareci à reunião mensal dos funcionários ontem. Então tenho certeza de que Anne teve que informar a todos que minha ausência foi em virtude de uma emergência familiar. Devem ter pensado que alguém morreu, e não deixa de ser verdade… mas esse alguém é a amante do meu marido.

Anne fecha a porta da minha sala.

"Isso é inacreditável!", exclama Anne, com os olhos arregalados. Agora que estamos longe da vista de todos, pode expressar plenamente seu choque e surpresa. "Tem certeza de que está bem?"

"Não sei, mas vou precisar que você faça uso dos recursos da empresa para verificar os antecedentes de Kelly Summers e de Scott Summers."

Ela assente. "Claro, vou agilizar isso para te entregar até o final do dia."

"Ótimo, preciso saber tudo sobre eles. Que desculpa você deu para a minha ausência ontem?", pergunto, assumindo meu posto atrás da mesa.

"Deixei no ar. Só falei que foi uma emergência familiar."

"O que as pessoas estão dizendo?"

"Um pouco de tudo. Morte na família. Que você deu o bolo. Bebeu demais no almoço... e problemas conjugais."

"Acertaram ao menos uma coisa." Reviro os olhos. "Bob andou sondando?"

"Ainda não."

"Ótimo."

"Acha que foi ele? O Adam, digo" Anne contrai o rosto assim que termina de fazer a pergunta.

"Eu... não sei."

"Desculpe", fala, balançando a cabeça e apertando os lábios.

"Não tem problema. É loucura demais. Num momento, eu e você estávamos nos divertindo durante o almoço, comemorando a vitória no julgamento, e, de repente, fico sabendo que meu marido é o principal suspeito do assassinato de sua amante." Balanço a cabeça, incrédula.

"Que loucura", repete. "Já acusaram Adam formalmente?"

"Não, mas suponho que vão assim que o resultado do teste de DNA sair. Ele foi a última pessoa que esteve com ela, e o corpo dela foi encontrado na cama da nossa casa do lago, então é plausível." Solto um suspiro.

"Você falou que ele chegou em casa tarde da noite. Você não serve como álibi para ele?"

"Eu só posso confirmar que ele chegou em casa por volta das duas da manhã. Se a morte ocorreu antes de, digamos, 01h15, considerando o tempo de viagem do lago Manassas até Washington, naquele horário da noite, então ele não tem nenhum álibi", explico.

"E tem certeza de que eram duas da madruga quando ele chegou?" Ela bate com a ponta do indicador no queixo. "A gente ficou no bar até..."

"Depois da meia-noite", afirmo. "E sim, tenho certeza de que eram duas horas da madrugada quando ele chegou em casa."

Percebo pelo rosto de Anne como seu cérebro está trabalhando a mais, tentando descobrir como pode ser útil.

"Anne, por favor, não se preocupe com isso. Não é problema seu", declaro com um leve sorriso. "Você já me ajudou muito mais do que pode imaginar."

Ela começa a ficar um pouco chorosa, mas abana o rosto com a própria mão para se recompor.

"Não me peça para não me preocupar. Você é minha melhor amiga, Sarah. Só lamento muito por tudo isso que está acontecendo, e quero ajudar."

Eu me levanto, caminho até Anne e a envolvo num abraço.

Olho para o relógio na parede atrás dela e percebo que preciso ir. Afasto-me e então compartilhamos um olhar compassivo.

"Obrigada, Anne. Conseguir os antecedentes deles é a maior ajuda que você pode me dar agora."

Ela assente. "Sim, sim, claro."

"Vou me encontrar com o xerife Stevens e, depois, assim espero, Adam vai poder terminar de me contar tudo que sabe."

Começo a recolher meus pertences, mas paro assim que sinto a mudança de pressão no ar. A porta do meu escritório se abre, e viro-me lentamente para ver quem é e, de algum modo, parece até que eu já sabia.

Primeiro, o cheiro delator de Chanel Nº 5, tão clássico, tão previsível. Ela usa uma roupa monocromática, o visual não ostenta nem um pingo de personalidade. Suas feições são rijas e mantidas por visitas rotineiras ao cirurgião plástico, mas daquele tipo que faz um trabalho excelente, de modo que somente um olho bem treinado seja capaz de perceber que a pele não é 100% natural. A entrada triunfal é pontuada pelos estalos dos saltos Manolo Blahnik pretos (jamais um Louboutin, pois "vermelho é espalhafatoso demais"). Está pronta para receber sua cota de atenção, que, de acordo com os padrões dela, é sempre toda a atenção disponível.

"Olá, Sarah!", Eleanor me cumprimenta e, sem ser convidada, se aproxima sem nenhuma cerimônia. "É um prazer te ver." Ela se oferece para me dar um abraço e, embora nos abracemos, quase não nos tocamos.

"Você chegou rápido, Eleanor", disparo. Um pouco rápido demais. Eu esperava que fosse demorar coisa de um ou dois dias antes de me agraciar com sua presença.

"Claro. Afinal, estamos falando do meu filho." Ela mantém a cabeça erguida e mantém a bolsa Chanel preta clássica perto do corpo enquanto se senta em frente à minha mesa. Olhando ao redor, comenta: "Seu escritório é uma gracinha!". A observação é, na melhor das hipóteses, condescendente. Sento-me na minha cadeira.

Anne ergue as sobrancelhas para mim e então sai e fecha a porta. Eleanor não fez a menor questão de demonstrar perceber a presença dela.

"Agora", começa, cruzando as pernas e pousando as mãos no joelho. "Me diga o que está acontecendo com Adam."

Já sei que ela não vai gostar nadinha de ouvir isso. Para ela, Adam é um espécime perfeito. Ele é tudo o que resta do falecido marido. O pai de Adam, há cinco anos, faleceu inesperadamente em consequência de um infarto. Dizem que foi por causa dos maus hábitos alimentares e do estresse no trabalho, ele era gestor de investimentos, mas gosto de pensar que Eleanor desempenhou um papel crucial na tragédia. É uma mulher muito exigente. No entanto, para o bem deste caso, vou deixar nossas diferenças de lado e engolir todos os sapos, insultos e comentários desdenhosos que saírem daquele buraco na sua cara.

"Adam é suspeito de homicídio..."

"Impossível", interrompe Eleanor. "Meu menino nunca faria isso!"

Não adianta discutir com ela. Os pais geralmente são delirantes a respeito dos próprios filhos. Até mesmo Ted Bundy e Jeffrey Dahmer tiveram pais amorosos que não tinham consciência do mal que habitava nos filhos.

"Ele é suspeito de assassinar a amante." Mantenho contato visual com Eleanor na expectativa de que ela compreenda o que estou dizendo; espero que compreenda que Adam não é tão perfeito quanto ela imaginava.

Ela aperta os olhos por um instante, depois relaxa.

"Ele te traiu?", pergunta.

A dedução é óbvia, mas, com certeza, ela espera que eu diga com todas as letras.

Faço que sim.

Ela se vira para o lado oposto e ergue o queixo. Eu diria que está de nariz empinado, mas esta é sua postura comum.

"Quero vê-lo. Preciso que ele mesmo me conte sua versão dos fatos." Ela me olha.

"Ele está detido no hospital no condado de Prince William."

"O quê? Por quê?"

"Ele se envolveu numa briga na delegacia ontem à noite", explico. Não entro em detalhes, porque já fiz um acordo com o xerife. Ele não vai acusar Adam por agressão, e não vou processar a delegacia. Além disso, vou poder ver a cena do crime.

"Meu filhinho... Por que não me contou tudo logo?"

Minha porta se abre parcialmente, e Anne enfia a cabeça.

"Sarah, você precisa sair agora se quiser encontrar o xerife Stevens a tempo."

Silenciosamente, agradeço a ela por me tirar deste papo com minha sogra.

"Xerife Stevens? Por que não está indo ver o Adam?", quer saber Eleanor, franzindo a testa outra vez.

Eu me levanto, e ela imita meu gesto, botando a alça da bolsa no ombro de forma teatral.

"Vou conferir a cena do crime, mas depois vou lá visitar o Adam." Pego minha bolsa tote e o celular.

"Vou com você", declara. Não é uma sugestão. É uma imposição.

"Você não pode ir. O xerife concordou apenas com a minha presença. Por que não se instala, come algo e mais tarde eu te mando uma mensagem? Anne pode te ajudar, se você precisar."

"Não preciso de ajuda", retruca num tom desafiador.

"Tá bom. Entro em contato então, Eleanor." Saio bem rápido do meu escritório, avisando a Anne que não volto hoje, mas ligo mais tarde.

"Eu te vejo depois, Sarah", grita Eleanor, já a certa distância, e então ouço apenas os estalos dos saltos sobre o piso.

• • •

Uma hora depois, estou encostando o carro perto da casa do lago. O veículo do xerife Stevens já está parado à entrada da garagem, e ele está apoiado na lataria, de uniforme. Também usa óculos modelo aviador e, ao ver meu carro, acena em saudação. Percebo que a outra mão está segurando uma pasta e deduzo que contém os resultados dos exames forenses. Estaciono logo atrás e saio do carro.

"Bom dia, senhora Morgan!", cumprimenta ele quando começo a andar em sua direção.

"Bom dia, xerife Stevens!"

Ele aperta minha mão e percebo que está suado, apesar do tempo frio. Por que está tenso? Será que sabe de alguma coisa? Alguma informação nessa pasta que ele está segurando o deixou nervoso?

"Os peritos terminaram o trabalho hoje de manhã, e a busca nesta casa vai ser feita de tarde. Então temos um tempinho para dar uma olhada", conta. "Se notar algo fora do normal, agradeceria se avisasse."

Eu não notaria nada fora do lugar, mesmo que houvesse, já que raramente venho aqui. Esta era basicamente a casa de Adam. Mas não digo nada.

"Toma", diz, oferecendo-me a pasta.

Eu a pego.

"O que é?"

"Os resultados da necropsia preliminar e do exame de DNA", explica.

Abro a pasta e começo a folhear as páginas, buscando o máximo de informações possível.

"Foi encontrado gama-hidroxibutirato no organismo de Kelly Summers?"

"Correto."

"E no Adam? Também acusou a mesma substância nele?"

"Não conseguimos fazer o exame no Adam durante o período correto", revela, contraindo toda a boca.

"Conveniente", respondo em tom sarcástico.

Observo o horário da morte registrado na necropsia preliminar: entre onze da noite e meia-noite e meia.

Franzo a testa. "Ela estava grávida?", exclamo, olhando para o xerife.

Ele fica visivelmente chateado e baixa o olhar. Remexe os pés e parece se recompor com rapidez suficiente para não deixar transparecer que a notícia o incomodou.

"Correto, cerca de oito ou nove semanas de gestação, então o laboratório conseguiu fazer o teste de DNA pré-natal. O ministério público vai denunciar Adam por duplo homicídio."

"Qual foi o resultado do exame de DNA pré-natal? Adam era o pai?"

Ele respira fundo e gesticula que sim.

Não acredito que Adam engravidou essa mulher. Será que ele sabia? Tal informação não é importante para o caso, porque, de todo jeito, o ministério público vai usá-la como motivo. Mas para mim é importante. Será que estava escondendo isso de mim também?

O xerife Stevens remexe os pés outra vez.

"Escuta, vou me sentar ali na varanda, se você concordar."

Respondo que não tem problema. Ouço o barulho feito pelos coturnos no cascalho, levanto os olhos do papel e fico observando enquanto ele se afasta. Eu não tinha notado como seus ombros são largos. Ele realmente gera uma atração dominante. Chegando à varanda, senta-se nos degraus e flexiona e estica o joelho direito repetidas vezes. Deve ser um ferimento antigo. Em menos de dez minutos, leio todo o relatório, já que é preliminar. Pelo que entendi, Kelly Summers morreu em consequência das facadas. Trinta e sete, ao todo. Seu organismo continha GHB e álcool no momento da morte. Foi registrado o nível de alcoolemia de 0,19 g/L, mais que o dobro do limite permitido para dirigir nos Estados Unidos. Também apresentava hematomas nas costas, nos ombros e no quadril, os quais foram causados pelo menos 24 horas antes de ela ser morta. A pele sob suas unhas era compatível com a de Adam. Havia sêmen na vagina, no ânus e na boca — e também compatível com o de Adam. A informação mais chocante deste relatório é que foram encontrados na vagina dois outros sequenciamentos de DNA que não correspondem ao de Adam.

Fecho a pasta e caminho até Stevens. Ele ainda está sentado, olhando para a floresta à esquerda, admirando a vista.

"Pronta?", pergunta, olhando em minha direção ao se pôr de pé.

"Já determinaram de quem são as outras duas amostras de DNA?"

"Scott Summers fez voluntariamente o teste hoje de manhã. Ainda não saiu o resultado, mas presumo que ele seja compatível com uma delas. Isso só prova que ele fez sexo com a esposa."

"Mas e a outra?"

Ele dá de ombros. "Não sabemos."

"Estão investigando isso? Conversando com os colegas de trabalho, amigos, familiares? Revendo os históricos do celular dela para descobrir se ela estava saindo com outra pessoa?" Balanço a cabeça.

"Estamos investigando tudo."

Estreito os olhos de leve, porque não acredito nele totalmente. Ele já prendeu Adam, então acha que é o culpado. Caso encerrado.

"Vamos entrar?", convida, gesticulando com a mão.

Solto o ar pelo nariz e começo a subir os degraus. No segundo, tropeço e quase caio para a frente, mas o xerife Stevens me agarra. Uma das mãos no meu braço, e a outra no meu quadril.

"Tudo bem?"

Viro-me para ele, e ficamos nos encarando por um instante, a poucos centímetros de distância — em seguida, faço que sim. Ele apoia a mão nas minhas costas e me ajuda a terminar de subir. Só a tira quando entro na varanda.

Ouço o rugido de um motor e me viro para ver uma viatura que vem pela longa estrada que cerca a floresta. Os pneus esmagam as folhas mortas e a terra seca. O veículo encosta ao lado do carro do xerife Stevens no gramado, marcando o território. O subxerife Marcus Hudson sai do carro e parece um bonequinho dos Comandos em Ação, de uniforme e óculos de aviador.

"O que está fazendo aqui, subxerife Hudson?", grita Stevens. Hudson se aproxima de nós e cruza os braços, como se de fato estivesse ali para proteger e servir.

"Só vim verificar se você precisa de ajuda." Hudson olha ao redor com indiferença e se volta para o xerife.

"Não preciso", retruca Stevens com desdém.

O subxerife Hudson tira os óculos escuros e aperta os olhos... seu olhar parece ser para mim. Mas talvez seja para o xerife. Não sei ao certo.

"Se importa se eu esperar aqui, então?"

"Fique à vontade", responde o xerife Stevens, virando-se para mim. Ele gira a maçaneta da porta da frente vedada com a fita amarela que sinaliza a cena de crime.

Passo por baixo da fita amarela e entro primeiro. Lá dentro, a casa está pacata e silenciosa — como se nada extraordinário tivesse acontecido aqui. Assim que passa pela porta da frente, Stevens a fecha e fica perto de mim à medida que eu caminho pelo hall de entrada até a sala ampla com conceito aberto que abrange a área de estar, a cozinha e a sala de jantar. Parece que tudo está em ordem. Dou alguns passos em direção à sala de estar, e o xerife me imita. Ao examiná-la, noto a garrafa de uísque destampada em cima do bar.

Aponto para ela.

"Por acaso, testaram aquilo ali?"

O xerife Stevens olha para onde estou apontando e acaricia o queixo.

"Não que eu saiba. Por que deveríamos testar?"

"Detectaram GHB no corpo de Kelly. Será que foi assim que foi para lá?"

Ele assente.

"Vou pedir que coletem e testem uma amostra quando fizermos a busca pela casa."

Atravesso o corredor, passando pelo banheiro e os dois quartos de visita, antes de chegar à suíte master. Assim que entro, o cheiro de ferro e podridão me atinge como um tapa na cara. Cubro o nariz, tentando respirar pela boca. Noto vários pedaços de carpete cortados e arrancados do chão. A cama está sem lençol, mas, na lateral direita do colchão, enxergo uma mancha larga e vermelho-escura.

Stevens para logo atrás de mim. Sinto sua respiração praticamente no meu pescoço.

"O colchão foi levado como prova, correto?"

"Correto, os peritos tiveram que esperar o colchão secar para, depois, ensacar e remover, mas já foi tirada uma amostra para teste."

Enquanto encaro a mancha de sangue, não consigo deixar de me perguntar se Adam planejava me abandonar. E ele teria de fato me largado se Kelly ainda estivesse viva? Ou será que simplesmente continuaria tendo um caso extraconjugal pelo resto das nossas vidas? Será que ele sabia que Kelly estava grávida de um filho seu? A raiva toma conta de mim e sai em forma de lágrimas. Não choro quando estou triste. Choro quando estou com raiva.

"Tudo bem?", pergunta o xerife Stevens.

Viro-me para trás e respondo que sim. Ele vê as lágrimas e imediatamente me abraça, acolhendo-me num colo reconfortante. É inapropriado, mas não falo nada nem me distancio. Acho que preciso de consolo só por um instante. Seco as lágrimas e balanço a cabeça para cima e para baixo.

"Vamos?", pergunta ele, apertando meu ombro.

Respondo com um gesto afirmativo, e sua mão se abaixa.

Saímos da suíte e atravessamos o corredor, voltando à área de estar principal. Meus olhos correm pela cozinha, pela sala de jantar e, então, pela sala de estar mais uma vez. Eles pousam na escrivaninha de Adam, me aproximo e passo as mãos na madeira de cerejeira. Lembro-me do dia em que trouxe o móvel de surpresa para ele. Foi logo depois de ele ter fechado o primeiro contrato para a publicação de um livro. Eu estava incrivelmente orgulhosa dele e nunca o tinha visto mais feliz. Essa lembrança me faz sorrir, me traz a recordação de como a gente era antes de tudo isso acontecer. E então me lembro do que me atraiu naquela escrivaninha, do que me levou a escolher exatamente aquela. Minha mão desliza pelo tampo, e toco a tampa de correr do lado direito. E a empurro. Ela estala, e o compartimento secreto se abre. Lá dentro há um revólver e um envelope pardo. Não me assusto com a arma. Eu sabia que estava ali. Adam a comprou logo depois de adquirirmos a casa. A intenção era usá-la como proteção — função que ela jamais conseguiu cumprir. Na verdade, é o envelope pardo que me deixa desconfortável.

"Ora, que merda. Não imaginava que íamos encontrar isso", comenta Stevens.

Pego o envelope, amaldiçoando meu momento de nostalgia.

"Espere", exclama, pegando dois pares de luvas de látex e me entregando um. Visto, depois pego o envelope, abro lentamente a aba rasgada e retiro de dentro uma fotografia 5 x 7. É uma foto de Adam e Kelly dentro do lago, com a água pelo joelho. Reconheço nosso píer ao lado. As pernas dela estão em volta do quadril de Adam, e os braços envolvem os ombros dele. As mãos dele estão na bunda de Kelly, e os dois se beijam com paixão. Ele está usando cueca boxer; e ela, calcinha fio dental. Se eu não conhecesse bem, diria que eles eram um casal feliz... porque parecem felizes.

Stevens solta uma tosse constrangida. Então saca do cinto de utilidades um saquinho de alojar provas. Começo a botar a foto de volta no envelope, mas paro no meio do caminho e a retiro de novo. Alguém tirou esta foto, e parece que nem Adam nem Kelly tinham ciência de que estavam sendo clicados naquele momento.

Viro a fotografia e vejo escrito no verso com marcador: "ACABE COM ISSO OU EU VOU ACABAR". Olho para Stevens, e seus olhos se arregalam ao ler a mensagem.

Ele suspira.

"Alguém sabia do caso deles. Isto aqui é uma ameaça", afirmo, tremendo a foto. "Quem enviou a foto pode ser o responsável pelo assassinato de Kelly."

"Isso favorece muito Adam."

Enfio a foto de volta no envelope e a acomodo no saquinho de provas que o xerife Stevens segura aberto.

"Vamos mandar para a datiloscopia", anuncia.

"Podem mandar para o grafólogo também?"

"Vou precisar de amostras de caligrafia para comparar", pondera, erguendo uma sobrancelha.

"Claro." Estou botando o carro na frente dos bois. Preciso desacelerar. Mas espere aí... Se a foto estava escondida na escrivaninha de Adam, então ele estava ciente dela. Por que não falou nada? O celular do xerife toca, e ele atende sem demora, "Xerife Stevens".

Não consigo ouvir a pessoa do outro lado da linha, mas está claro que eles se conhecem. A ligação dura mais ou menos um minuto.

Ele abaixa o celular, num movimento nervoso, batendo contra a palma da mão e o guarda no bolso.

"Era o promotor Josh Peters", conta, olhando para mim.

Assinto, esperando que ele prossiga.

"Eu provavelmente não deveria te contar isso, mas o Peters apresentou a denúncia contra Adam para o grande júri* hoje de manhã. E os jurados a acolheram. Adam é acusado de duplo homicídio doloso."

"É sério? Como fizeram isso tão rápido?"

O xerife dá de ombros.

"Não sei ao certo. Peters me contou que, quando saiu o resultado dos testes de DNA, ele protocolou o processo, que já entrou na pauta da vara criminal ontem à noite. E Adam vai aguardar na prisão."

"Preciso ir. Preciso ver Adam e explicar para ele o que está acontecendo."

"Beleza... Ah, Sarah, acho que estamos quites agora, não?" Ele inclina a cabeça.

"Estamos, sim", digo, reforçando minha resposta com um meneio de cabeça.

Saímos da casa, e, lá fora, o subxerife Hudson está apoiado contra a viatura, esperando-nos. Não sei ao certo qual é o problema dele.

"Ei!", exclama Hudson, desencostando da lateral do veículo. "O que está rolando aí? Por acaso tem um segundo caso extraconjugal que a gente deveria estar ciente?" Um grande sorriso estampa o seu rosto enquanto ele masca chiclete de uma forma nojenta e ruidosa para pontuar a ousadia de seu comentário.

"Que nada, Hudson. Lembre-se de que sua presença aqui não foi exigida nem solicitada e é altamente suspeita."

"Levar a esposa e advogada do réu para passear pela cena do crime também é altamente suspeito, xerife." Hudson empina o nariz.

Stevens aperta os olhos e contrai toda a boca, mas não fala nenhuma palavra.

---

\* O "grand jury" não tem equivalente no Brasil. É um júri preliminar encarregado de decidir pelo recebimento ou rejeição da acusação, avaliando se há indícios suficientes da autoria e da materialidade do crime. Posteriormente, o réu é julgado por um outro júri, denominado "petit jury" [N.T.].

## 20

# ADAM MORGAN

Estou deitado no meu beliche, usando o uniforme de presidiário — calça e blusa de algodão azul-marinho. É uma cela padrão com um beliche, um vaso sanitário e uma pia. O hospital me deu alta não faz muito tempo, deduzo que foi a pedido do Departamento de Polícia, porque os policiais já estavam prontos e esperando para me trazer preso.

Um guarda bate o cassetete nas barras da minha cela, dizendo que posso ir até a sala de recreação. Ele destranca a porta, e o acompanho por um longo corredor de celas enfileiradas. Atravessamos uma porta de aço pesada e entramos numa salinha onde há algumas mesas e cadeiras e uma televisão no canto. Há apenas uma dúzia de presos aqui. A maioria ou está jogando cartas e conversando ou assistindo à TV. Há um cara sentado numa mesa, lendo um livro. Praticamente todos eles me olham assim que entro na sala, menos o leitor. Ele não levanta os olhos. O livro deve ser bom. Provavelmente não é nenhum escrito por mim.

Sento-me à mesa vazia mais perto da televisão. Apresentar-me ou fazer amigos, isso não me incomoda, porque não planejo ficar muito tempo aqui... ou pelo menos não espero. Uma reportagem especial é exibida na tela, e, em seguida, corta para uma repórter parada em frente à minha casa do lago, com um microfone em riste. A fita de isolamento sinalizando a cena de crime se agita ao vento atrás dela, enquanto policiais se movem pela casa. Eles entram de mãos vazias e saem carregando caixas de papelão, provavelmente cheias de coisas.

"Um assassinato brutal abalou a pequena cidade de Gainesville, Virgínia. O corpo de Kelly Summers, de 27 anos, moradora da cidade e esposa do policial Scott Summers, do Departamento de Polícia do Condado de Prince William, foi encontrado na manhã de ontem na casa atrás de mim. O corpo foi descoberto pela faxineira. Acabamos de ficar sabendo que uma pessoa foi detida. Os detalhes do crime ainda não estão claros, mas, de acordo com uma fonte, a polícia prendeu Adam Morgan, escritor de 34 anos. Nós vamos continuar acompanhando essa história de perto e vamos divulgar novas informações assim que soubermos. Queremos manifestar nossos mais sinceros pêsames à família de Kelly Summers. De Gainesville, Amanda Edwards, DCNewsNow."

Abaixo-me na minha cadeira e balanço a cabeça, incrédulo. Como é que isso está acontecendo? Não acredito em nada disso. Parece que estou preso em um pesadelo do qual não consigo acordar.

"Morgan!", chama um guarda. "Você tem visita."

Torço para os outros presos não fazerem a associação óbvia, o nome Morgan mencionado no noticiário e o nome que o guarda acabou de chamar. Me levanto e o acompanho, evitando contato visual com todo mundo. Atravessamos um longo corredor até o guarda parar em frente de uma porta e exibir o distintivo. Ele a abre e gesticula para eu entrar. Dentro da salinha, vejo Sarah sentada à mesa. Há uma pilha de pastas à sua esquerda e um caderno aberto diante de si. O guarda fecha a porta quando cruzo a sala.

"Estou tão feliz em te ver aqui." Quero abraçá-la. Quero beijá-la.

Ela olha para mim e aperta os lábios. Espero um comentário sobre o estado do meu rosto, todo inchado com uma mistura de cores, mas ela não diz nada. Capto a dica e me sento diante dela. Ela faz anotações e folheia as páginas de sua papelada.

"A denúncia contra você foi acolhida pelo grande júri", afirma.

"Fiquei sabendo."

"Sabe o que isso significa?"

Inclino-me para a frente e faço que não.

"Significa que não vai haver uma audiência preliminar. Você será apresentado ao juiz, e vamos praticamente direto para o julgamento, sem a exibição de provas. É um grande ponto negativo para você", explica ela, deixando sair um suspiro.

"Eu já achava que estava em grande desvantagem. Mas como isso foi acontecer? Parece que foi tudo tão rápido."

"Eu não sei como aconteceu, e você tem razão, foi muito rápido mesmo. Normalmente demora semanas para poder apresentar um caso para o grande júri, às vezes, meses. Mas alguém deve ter mexido uns pauzinhos, talvez o marido de Kelly. É uma cidade pequena, e ele é o primeiro subxerife, com um longo histórico militar. Então vai saber com quem conversou. Mas o promotor claramente quis esconder o jogo e evitar a audiência preliminar. Essa manobra não é comum, mas às vezes é usada em casos de tráfico de drogas, para surpreender o réu, ou em casos de homicídio de grande comoção. Assim, o promotor pode fazer uma forte declaração tanto para a defesa quanto para o público. Mas isso não significa que ele tem um caso forte."

Respondo com um leve meneio de cabeça. A maioria das palavras que ela disse parece grego para mim, mas entendi a essência.

"Então, o que vamos fazer agora?", pergunto, inclinando-me para a frente e descansando os cotovelos sobre a mesa.

"Precisamos conversar sobre a noite em que Kelly foi assassinada", afirma Sarah, indo direto ao assunto. Ela abre o bloquinho numa página em branco e pousa a caneta no papel, preparada para fazer suas anotações.

"O que você quer saber?"

"Tudo."

Ela me encara com os olhos semicerrados. Sei que, do ponto de vista jurídico, ela quer saber tudo, mas, por ser minha esposa, não deveria ter de ouvir nada disso. No entanto, talvez queira ter noção do quanto sou repugnante.

"Tem certeza?", pergunto.

Sarah bate a caneta na mesa.

"Adam. Eu te disse ontem. Você precisa ser completamente sincero aqui. A sua infidelidade não importa neste instante. Está claro que você é culpado disso. O objetivo é montar um caso. Preciso provar que existe dúvida razoável de que você assassinou sua amante, Kelly Summers."

"Tá legal." Apoio a cabeça e suspiro fundo. "Eu só não quero te magoar."

"Já magoou." Ela pega a caneta e escreve "data" e "horário" no topo do papel. "A que horas Kelly Summers chegou à casa do lago?"

"Pouco depois das cinco da tarde."

"Conte-me o que aconteceu depois que ela chegou."

E então conto tudo: que bebemos uísque, que transamos várias vezes, que foi sexo selvagem, o quanto gostei, o quanto Kelly gostou, como implorou por mais sem sequer dizer uma palavra, e que a deixei sozinha no meio da noite para voltar para casa, e que deixei um bilhete.

Sarah não dá nenhum sinal de descontentamento comigo. Nem mesmo um gesto, uma cara feia ou um comentário malicioso enquanto narro tudo. Ela apenas escuta e anota, com cara de paisagem. E então me pergunto: ao menos se importa? Ela dá alguma importância para o fato de eu tê-la traído? Não sei dizer.

"A que horas vocês dois adormeceram?"

Faço um esforço para relembrar, mas não me recordo nem mesmo de ter dormido, ou mesmo de estar cansado. A última coisa da qual me lembro é do sexo com Kelly.

"Não sei dizer."

"Você não faz ideia de que horas foi dormir?" Ela arqueia uma sobrancelha.

"Não, acho que a gente simplesmente apagou."

"Quer dizer que tem um intervalo de tempo naquela noite do qual você não se lembra?"

"Acho que sim." Dou de ombros.

"Acha que sim? Você está sendo acusado de assassinato, e *acha* que sim?" Ela balança a cabeça.

"Ora, que diabos você quer que eu diga?"

"Sei lá. Mas não é nada bom. A promotoria vai pegar essa declaração sua e transformar facilmente em... bem, se você não consegue se lembrar dos acontecimentos, talvez também não se lembre de tê-la matado. Você precisa se lembrar. Precisa ter certeza."

"Eu me lembro de ter ouvido a porta de um carro sendo fechada com força. Foi o que me acordou."

"Tem certeza?", questiona ela com uma dose de ceticismo. "Tem certeza de que não foi um galho de árvore caindo ou uma castanha atingindo o telhado? A floresta tem um monte de sons."

"Sim, tenho... pelo menos acho que tenho." Esfrego a testa como se pudesse fazer as lembranças perdidas daquela noite se materializarem em minha mente.

"Você não acha. Você tem certeza", afirma. "Agora, você e Kelly estavam bebendo uísque?"

"Sim... não."

"Estavam ou não estavam?"

"A gente estava, mas tomei uma dose de Pappy Van Winkle e, depois, voltei para o uísque."

"Tá legal", exclama, anotando a informação. "E a foto?"

"Qual foto?" Franzo a testa.

"A que encontrei na sua escrivaninha."

Arregalo os olhos. Como é que eu poderia ter me esquecido disso? Sou um idiota mesmo.

"Mas como foi que você encontrou? Não está na cena do crime?"

"Fiz um acordo com o xerife. Ele concordou em desistir das acusações a mais contra você e me mostrar a cena do crime em troca de a gente não processar Scott Summers por agressão." Ela levanta uma sobrancelha.

"Como é? Quero processá-lo pelo que fez comigo. Olha a minha cara!" Levanto o queixo e aponto para a parte inchada e roxa do rosto.

"Você vai sair ganhando com este acordo, Adam, confie em mim. Principalmente porque encontrei essa foto e as acusações contra você eram graves. Além disso, Scott provavelmente vai ganhar algum tipo de punição. Vão alegar que está com transtorno de estresse pós-traumático ou insanidade temporária por conta da perda da esposa, e o júri, com certeza, vai ter piedade dele." Sarah me encara, esperando uma resposta para poder prosseguir.

"Tá bom", digo, bufando.

"Agora, quando recebeu a foto?", pergunta, olhando para o bloco de papel.

"Algumas semanas antes. Estava na caixa de correio da nossa casa do lago. Alguém colocou lá pessoalmente, porque não tinha selo nem nada." Tento fazer contato visual. "Alguém está tentando me incriminar, correto?"

Ela respira fundo.

"Não sei, mas você tem que começar a se lembrar de tudo. Sua vida depende disso, e essa foto é outra arma que podemos usar para gerar dúvida."

Ela está certa. Não estou sendo de grande ajuda aqui. Preciso analisar tudo minuciosamente, do mesmo jeito que analiso um dos meus livros durante a edição. Onde estão os buracos na trama? Quais as pontas soltas? Quem de fato está conduzindo a história? E por quê?

"A polícia consegue determinar quem enviou a foto para mim?"

"É possível, mas não vai ser fácil. Os peritos estão procurando digitais nela."

Sarah abre uma pasta e folheia os documentos.

"Consegui ler o relatório da necropsia preliminar, graças ao meu acordo com o xerife. Acho que foi a cereja do bolo, e o modo de ele ter certeza de que não vamos processar mesmo."

"Tá legal. O que descobriram?"

"Encontraram três amostras diferentes de DNA no corpo de Kelly Summers", revela.

A princípio, não entendo direito. O que isso quer dizer? Aperto as sobrancelhas, e Sarah logo percebe minha confusão.

"Uma delas é sua. A outra é provavelmente de Scott. E a terceira é desconhecida."

"O que quer dizer?"

"Estou dizendo que você não era o único homem com quem ela estava traindo o marido. Estou dizendo que você não era especial. Estou dizendo que era uma vagabunda." Depois que se dá conta de suas palavras, Sarah parece tão surpresa quanto eu.

"Meu Deus, Sarah!"

"Desculpe", fala, olhando para o relatório, como se estivesse envergonhada por ter se descontrolado. "Eu só... Ainda estou processando tudo isso."

"Tudo bem", digo, recostando na cadeira. Não posso ficar brava com ela depois de tudo o que fiz.

"Talvez tenha sido estuprada pelo terceiro homem", sugiro.

"Talvez."

"Talvez esse terceiro cara tenha matado ela." Estou tentando compreender o cenário, mas nada faz sentido. Como é que Kelly poderia estar saindo com outra pessoa? Por que ela faria isso? Eu não era o suficiente?

"O relatório preliminar indica o horário da morte entre onze e meia-noite e meia. Quando você saiu da casa do lago?", indaga.

"Depois de uma... isso significa que ela morreu antes mesmo de eu sair da casa." Arregalo os olhos e os sinto marejando.

Sarah aperta os lábios.

"O júri vai ter muita dificuldade para acreditar que você saiu da casa sem perceber que Kelly estava morta."

"Mas foi o que aconteceu. Estava um breu no quarto. Não liguei nenhuma luz, porque não queria acordá-la. Ela estava toda enrolada no cobertor, que nem um casulo."

"Como pode afirmar isso, se não conseguiu enxergá-la?", estranha Sarah.

"Pus a mão nela, mas era só um monte de coberta. Deduzi que tinha sentido frio no meio da noite."

"Então você saiu depois da uma hora. Sabe que horas acordou?"

Nem preciso pensar muito, pois me lembro dos números no despertador e da decepção que senti por ter apagado. "Meia-noite e quarenta e quatro."

Ela levanta a sobrancelha.

"Tem certeza disso?"

Respondo com um gesto veemente.

"Tenho, olhei para o despertador. Era meia-noite e quarenta e quatro."

Sarah anota o horário.

"Também detectaram GHB no corpo de Kelly e o nível de alcoolemia de 0,19 g/L. É óbvio que vocês dois beberam muito, mas você..."

"Não, não droguei Kelly", afirmo, interrompendo Sarah. "Mas que porra! É isso que eles acham?" Enterro a cabeça nas minhas mãos.

"Não importa o que eles acham, mas, sim, o que podem provar."

"Também detectaram GHB no meu sangue, ou saliva, ou urina, ou sei lá mais o que que colheram de mim ontem?"

"Fiz a mesma pergunta para o xerife Stevens, mas ele disse que deixou passar o período em que a droga poderia ser detectada no organismo. O GHB metaboliza muito rápido e só pode ser detectado até doze horas após a ingestão. Mas vão fazer esse teste na garrafa de uísque", explica.

"E se der positivo, isso não prova que também fui drogado?"

"Não necessariamente. O promotor vai provavelmente argumentar que você não bebeu dessa garrafa."

"Mas bebi!", afirmo, inclinando-me para a frente.

"Scott provavelmente batizou a garrafa, esperou a gente apagar e, depois, matou a Kelly enquanto eu estava deitado bem ao lado." Enfatizo minhas palavras com um meneio de cabeça.

"Sabe, é uma teoria que podemos apresentar na audiência para gerar dúvida razoável de que você é o autor, mas até onde sei não existe nenhuma prova ligando Scott ao assassinato de Kelly."

"Mas ele era abusivo. Ela mesma me contou isso, e tem todas aquelas mensagens que ele enviou na noite do assassinato. Além disso, você viu o que ele fez comigo." Meus olhos visualizam o pequeno curativo na testa de Sarah. "E com você."

"Vou ver o que consigo descobrir assim que passarmos pela exibição das provas, mas, se ele tiver um álibi sólido, nada disso vai fazer diferença", declara ela. "Neste momento, temos você na cena do crime, seu DNA está por todo o corpo dela, que continha a droga 'boa noite, Cinderela' e um nível alto de álcool, e você foi o último a vê-la viva." Sarah retira um papel da pasta e o coloca na minha frente. "Além do mais, tem isto aqui."

É o bilhete que escrevi para Kelly na noite em que ela foi morta. Foram minhas últimas palavras para ela, mas ela não conseguiu ler, porque já estava morta quando as redigi.

Mentalmente, leio o bilhete de novo.

*Kelly,*
*É você. Nem sempre foi, mas sempre vai ser você.*
*Você representa as palavras de uma história que venho tentando escrever durante toda a minha vida, e nesta noite já determinei seu fim.*
*Te amo, Adam*
*P.S.: A faxineira vai chegar às 9h. Por favor, tente ir embora antes disso.*

"E que fim foi esse que você determinou?" Sarah me encara, com olhos reluzentes.

Gaguejo, tentando encontrar as palavras. Não quero revelar para ela, mas sei que tenho que me abrir quanto a tudo. É o único jeito de conseguir me ajudar.

"Eu tinha decidido largar você para ficar com ela."

Ela baixa os olhos para as anotações. Seus lábios tremem de um modo sutil, e uma lágrima molha o papel, espalhando a tinta preta. De imediato, Sarah seca e rabisca a mancha de tinta.

"Só que mudei de ideia, Sarah", acrescento. "Quando você me disse que queria ter um filho e iniciar uma família comigo, decidi que ia terminar com Kelly e me dedicar completamente a você e à nossa família."

Sarah levanta a cabeça e gesticula para a anotação.

"O júri poderia interpretar este bilhete de duas maneiras: esta que você acabou de declarar, ou de uma outra forma bem mais sinistra. O fim proposto poderia muito bem ser a morte dela, e esse seu P.S. no final, uma mera tentativa de fazer parecer que Kelly ainda estava viva quando você escreveu essas palavras. Mas acredito nas suas alegações porque só um imbecil tentaria encobrir um assassinato com um bilhete."

Ela pega as anotações e guarda de volta na pasta.

"Desculpe, Sarah", afirmo, apertando sua mão.

Ela afasta a mão e revira os papéis.

"Kelly estava grávida", revela Sarah, encarando-me nos olhos. Não há nem um leve toque de emoção em sua voz.

Fico de queixo caído enquanto tento compreender isso.

"Estima-se que estava com oito ou nove semanas de gestação", acrescenta. "De acordo com o resultado do teste de paternidade pré-natal, conseguiram concluir que você era o pai, Adam."

Suas palavras são mais dolorosas do que a surra que levei de Scott ontem. É uma punhalada no coração. Tento falar, mas as palavras não saem. Eu me levanto bem rápido. A cadeira tomba para trás e emite um baque surdo. Boto a cabeça entre as mãos e esfrego sem piedade, desejando nunca ter ouvido o que ela acabou de me contar. Solto um uivo alto pelo meu filho natimorto.

"Você sabia que ela estava grávida?", indaga ela, encarando-me.

Afasto as mãos da cabeça.

"Você acha que eu sabia? Não, nem a pau, e talvez Kelly não soubesse também. Veja bem, ela estava bebendo, pelo amor de Deus. Como pode achar que eu sabia que estava grávida?" Há raiva na minha voz, e sei que estou focando na coisa errada. Não estou bravo com Sarah. Estou bravo comigo mesmo.

Seus olhos brilham de raiva.

"Do mesmo jeito que eu achava que você me amava ou que era fiel a mim? Do mesmo jeito que eu achava que você estava falando sério ao dizer 'sim' no nosso casamento? Do mesmo jeito que eu achava que a gente ia passar o restante da vida juntos? Do mesmo jeito que eu achava que você não estava emprenhando outras mulheres pelas minhas costas? Pois é, porra, como eu poderia achar uma coisa dessas, não é, Adam?"

Quando se cansa de gritar comigo, Sarah está meio em pé, e, por um segundo, fico achando que vai me agredir fisicamente, mas ela não faz isso. Então ajeita o blazer e se senta na cadeira de novo.

Eu fico lá parado em pé que nem um cervo olhando para os faróis do carro, com a cara do maior idiota inconsequente de todos os tempos. Ela está certa. Não posso exigir que acredite em nada do que digo, depois de tudo que fiz. Tudo o que falo ela poderia ser cética e questionar. Porque não lhe dei nenhum motivo para confiar em mim. Levanto minha cadeira do chão e, lentamente, me sento. Não sei como Sarah e eu vamos superar isso e, se conseguirmos, não estou convencido de que faremos isso juntos.

"Desculpa", peço, apoiando a cabeça nas mãos.

Ela não aceita minhas desculpas.

"Vou investigar Scott Summers. Quanto à terceira amostra de DNA, você faz ideia de alguém com quem ela estava saindo?", pergunta, mudando de assunto e voltando a se concentrar no caso.

"Não, eu nem sabia que ela estava saindo com outro." Mordo o lábio inferior.

"E a foto que te mandaram? Alguém, fora você e Kelly, sabia do caso?" Ela arqueia uma sobrancelha.

"Acho que não. A gente era discreto." Abaixo o olhar para meu colo, não consigo manter o contato visual com ela.

Ela solta um suspiro.

"Tá legal, então, vou investigar essas duas coisas, e tomara que encontre algo. Mas preciso que conte sua historinha direito."

"Não é uma historinha", retruco, bufando.

"Entendeu o que eu quis dizer, Adam."

"E aí, o que faço agora?"

"Agora espera a primeira audiência. Deve ser nas próximas 72 horas, e vou estar aqui para te ajudar com isso."

Estendo minha mão para pegar a dela, e, desta vez, ela não se afasta. Me permite segurá-la.

"Obrigado, Sarah, por ficar do meu lado. Sinto muito por tudo e sei que isso não conserta as coisas, mas vou te amar pelo resto da minha vida."

Ela não diz nada, mas aperta minha mão. Então sei que existe uma parte dela que ainda me ama. É nisso que vou me agarrar. Sarah solta minha mão e começa a arrumar suas coisas. Assim que termina, ela se levanta e para.

"A propósito, sua mãe está na cidade."

"Sério? Como ela está?"

"Ela está… como sempre, sua mãe."

Sarah vai até a porta e bate duas vezes para indicar ao guarda que está pronta para sair. Seus olhos me encaram mais uma vez.

"Como Kelly Summers estava grávida, a promotoria vai acusá-lo de duplo homicídio doloso. Falaram isso para você quando te prenderam?"

"Não sei. Talvez. Eu estava fora de mim, e me pegaram de surpresa."

Ela assente.

"Por causa dos fortes indícios contra você e da extrema brutalidade do assassinato, a promotoria pode pedir a pena máxima em caso de duplo homicídio doloso no estado da Virgínia." Ela tenta manter a voz firme.

"E qual é essa pena?"

"Execução."

## 21

# SARAH MORGAN

Anne entra no meu escritório trazendo dois cafés da Starbucks, um em cada mão, e uma pasta de arquivo debaixo do braço esquerdo. O cabelo está todo penteado para trás num coque perfeito, e ela usa uma saia lápis preta. A cada dia, se parece mais comigo. Usa o quadril para fechar a porta atrás de si e então se senta diante de mim, entregando-me um dos cafés e colocando a pasta no colo.

Eu deveria ter vindo ao escritório ontem, após meu encontro com Adam, mas não deu. Não contei nada do que descobri a Anne e acho que as notícias ainda não chegaram ao escritório. O sobrenome Morgan é bem comum, e Adam não vai comigo a um evento ou festa da empresa há sabe Deus quanto tempo. Não converso sobre a minha vida pessoal com ninguém além de Anne. E, neste momento, estou grata por ter conseguido separar a minha vida pessoal da profissional.

"Como está Eleanor?", pergunta Anne, tentando deixar o clima mais leve, porque ela não tem noção de como a situação ficou séria desde ontem.

"Não pronuncie o nome dela. Vai que o diabo aparece." Abro um sorriso malicioso e tomo um gole de café.

Anne dá risada.

"E aí, como foi com o xerife?" Ela se inclina para a frente, dando-me atenção total.

"Bem, ele me deu o relatório da necropsia preliminar e o resultado dos testes de DNA. Encontraram três amostras de DNA dentro do corpo de Kelly."

"Três?", pergunta Anne, levantando três dedos.

Confirmo, e ela arregala os olhos.

"Uma de Adam, a outra é provavelmente do marido, e a terceira é desconhecida."

"Ela estava dormindo com três homens?"

"Parece que sim."

"Nossa... Bem, será que essa pessoa desconhecida é o responsável pela morte dela?"

"Foi exatamente isso que Adam falou. Ele também acha que poderia ser Scott, o marido, porque supostamente era abusivo", informo.

"Que bom. Quer dizer, não para Kelly, mas para o caso. São mais possibilidades."

"É, mas, de acordo com a necropsia, o horário da morte de Kelly foi entre onze e meia-noite e meia. Adam alega que dormiu até 00h44 e só saiu da casa do lago depois da uma da manhã. Não sei como vou conseguir convencer alguém de que existe dúvida razoável de que Adam seja o culpado, com essa linha do tempo dos eventos." Balanço a cabeça, preocupada.

"Como isso é possível? Como ele não percebeu que ela estava morta, ou não acordou enquanto ela estava sendo assassinada?"

"Isso mesmo. Foi encontrado GHB no corpo de Kelly, mas não fizeram o teste em Adam no período correto para ver se ele também foi drogado. Estão examinando a garrafa de uísque que os dois, supostamente, beberam, mas a promotoria pode argumentar que Adam não bebeu uísque dessa garrafa." Pego uma caneta de cima da minha mesa e a bato contra a palma da mão.

Anne suspira fundo.

"Parece ser um caso impossível."

"É por isso que já processaram Adam e estão acusando de duplo homicídio doloso."

Anne franze a testa.

"Duplo?"

"Kelly estava grávida."

Anne fica boquiaberta.

"Como é que é?"

Confirmo a informação, meneando a cabeça várias vezes.

"Entre oito e nove semanas de gestação, e Adam é... ou era o pai."

"Puta merda. Sinto muito, Sarah."

Aperto os lábios.

"Ele sabia?"

"Ele alega que não. Alguém mandou uma foto para Adam algumas semanas atrás. Tiraram foto dele e de Kelly juntos, sem eles saberem, e ainda havia uma ameaça escrita no verso. 'Acabe com isso ou eu vou acabar!' Então alguém sabia do caso deles e não estava nem um pouco contente com isso." Levo a ponta da caneta à boca e a mastigo por um instante.

Anne engole em seco, leva o café aos lábios e bebe uma boa golada.

"Isso poderia ajudar a gerar dúvida razoável, mesmo que você não saiba quem mandou a foto", pondera ela.

"Foi o que pensei. Não tenho nenhum outro argumento antes de passarmos pela exibição de provas. Então, o marido abusivo, o DNA desconhecido e essa ameaça são os meus únicos argumentos por enquanto." Suspiro fundo e jogo a caneta na mesa.

Anne tira a pasta do colo e a coloca na minha frente.

"Quem sabe isto te ajude um pouco. Chegaram os antecedentes de Kelly e Scott que você pediu. Bem, não sou como você quando se trata de trabalho investigativo, mas descobri uma coisa que me pareceu bem estranha."

Levanto uma sobrancelha e abro a pasta.

"O que você descobriu?"

"Para começo de conversa, Kelly Summers não é o nome verdadeiro dela. É Jenna Way."

"Mas por que a troca de nome?" Folheio os papéis e vejo que Scott tinha um longo histórico militar antes de virar policial.

"Bem, ela foi casada antes de se casar com Scott. E o marido anterior foi assassinado."

"O quê? Como? Por quem?"

"Ele foi esfaqueado, e Kelly... ou devo dizer Jenna... foi acusada como autora do crime. Mas o processo foi extinto no meio do julgamento."

Anne arqueia a sobrancelha.

"Isso é muito estranho. Como é que uma coisa dessas foi acontecer?"

"Pelo visto, as provas principais desapareceram, e o juiz declarou a ré inimputável. Mas adivinhe só quem foi um dos policiais envolvidos no caso?"

"Quem?"

"Ninguém menos que Scott Summers."

## 22

# ADAM MORGAN

O guarda abre a porta e entro na saleta. De pronto, meu corpo é envolvido pelos braços da minha mãe. Ela cheira ao perfume habitual e está toda de preto, como que vestida para o meu velório. O guarda nos diz que o horário de visitação termina em dez minutos e, depois, fecha a porta.

"Meu anjinho!", exclama ela, beijando minhas bochechas. "O que eles fizeram com você?" Ela examina meu rosto, cutucando e o apertando para ver se está cicatrizando direito. Não é médica, mas já consultou tantos médicos que acha que sabe o que está fazendo.

"Não é nada, mãe." Eu a puxo de volta para um abraço, para que ela pare de tentar ajeitar o meu rosto. Então a conduzo para uma cadeira e pego a outra que está em frente. Ela toma minhas mãos, segurando-as, e fica só me olhando.

"Você está horrível", afirma.

Eu reviro os olhos.

"Valeu, mãe."

"Na verdade, você sempre foi o garoto mais lindo, mas seu rosto está medonho."

"Não dói tanto quanto parece."

Abre a boca, fecha, abre de novo, como se estivesse procurando as palavras certas.

"O que foi, mãe?"

Ela não diz nada. Só continua me olhando.

"Está tentando me analisar para descobrir se fui eu?"

"Não." A resposta é resoluta.

"Não?" Inclino a cabeça.

"Você é meu filho. Sei que não foi você." Ela aperta minhas mãos. "E vou tirar você daqui."

"Mãe, eu estava dormindo com a Kelly. Encontraram o corpo na minha cama. Tinha DNA meu no corpo." Balanço a cabeça. Verbalizar isso me faz perceber como estou fodido.

"Ter um caso extraconjugal não é crime", retruca minha mãe.

"Mãe! Foda-se o caso extraconjugal. Você não ouviu as provas que eles têm contra mim? Além disso, o horário da morte foi quando eu ainda estava lá na casa." Solto o ar devagarinho.

"Não importa. Vou conseguir o melhor advogado de defesa para você."

"Eu já tenho uma advogada."

"Quem?"

"Sarah!"

Minha mãe nunca foi justa com minha mulher. Independentemente do que Sarah fizesse, ela jamais seria capaz de corresponder às expectativas de sucesso da minha mãe, pois o conceito de sucesso de ambas nunca se alinhou.

"Sarah?" Minha mãe contrai a boca. "Foi ela quem o colocou nesta confusão."

Solto as mãos dela.

"O quê? Como?"

"Bem, se ela estivesse mais focada em te amar do que na própria carreira, você não estaria aprontando por aí, para início de conversa. Além disso, ela te privou da paternidade e me impediu de ser avó." Ela cruza os braços.

"Nada disso é verdade. Ela só não estava pronta ainda. Você sabe pelo que ela passou." Estreito os olhos.

Como ela é capaz de falar uma coisa dessas da minha esposa? Sarah já passou por tanta coisa... Não precisa desse tipo de animosidade por parte da minha mãe.

"Tá, tá, tá. Todo mundo tem uma historinha triste, Adam."

"Já chega, mãe!" Minha voz sobe num volume que jamais usei com minha mãe. Ela nem sequer estremece. Nem pisca. Eu poderia literalmente jogar esta mesa do outro lado da sala e depois lhe dar um soco na boca, e ela ainda me olharia como se eu fosse a motivação do Sol para nascer todas as manhãs.

"Ah, querido! A prisão já está te deixando temperamental." Ela se estica por cima da mesa e acaricia minha bochecha. "Vou trazer um pouco daquele chá de hortelã de que você gosta. Te ajudava a ficar calminho quando você era criança." Sorri para mim.

Respiro fundo mais de uma vez.

Um guarda abre a porta, e penso que o nosso tempo acabou, mas, então, vejo Sarah. Minha mãe vira o pescoço para olhar para ela.

"Eleanor! Adam!", Sarah nos cumprimenta.

"Oi, Sarah!" A saudação da minha mãe é fria como sempre.

"Adam não deveria receber visitas antes da primeira audiência", observa Sarah, encarando minha mãe. "Como conseguiu entrar?"

Mamãe sorri.

"Eu tenho meus meios."

"Cinco minutos", anuncia o guarda, antes de fechar a porta.

"O que está fazendo aqui?" Olho para Sarah. "Alguma boa notícia?"

Sarah dá alguns passos para dentro da sala e fecha a porta.

"Só vim dizer que sua primeira audiência foi agendada para amanhã." Ela faz contato visual constante comigo e com minha mãe. "Mas amanhã de manhã volto para conversarmos melhor. Eu só... Eu só queria te avisar."

"O que isso significa?", pergunto.

"O juiz vai ler as acusações, e você tem a opção de confessar ou negar."

"Isso é ridículo, Sarah." Minha mãe se levanta da cadeira. "Você precisa resolver isso", exclama ela, apontando o dedo para minha esposa.

"Estou trabalhando nisso, Eleanor. Não há muita coisa que possamos fazer neste momento, enquanto não começar o julgamento."

"Mas eu não deveria nem ser acusado, porque não fui eu!" Meus olhos umedecem, e minha voz oscila ao compreender o que, de fato, está ocorrendo e saber que não há nada que eu possa fazer.

"Eu sei, querido", diz minha mãe, abraçando-me. "E vamos conseguir para você o melhor advogado que o dinheiro pode pagar, e, assim, tudo vai acabar em breve."

Sarah suspira.

"Já estou indo." Ela dá meia-volta.

O guarda abre a porta e fica plantado como um soldado em posição de sentido.

"Eleanor, o horário de visitas acabou", anuncia.

Minha mãe me aperta ainda mais e sussurra: "Amanhã eu volto, ursinho".

"Não me chame assim, mãe. Isto aqui é uma cadeia", protesto, desvencilhando-me.

Sarah contorna o guarda para sair.

"Sarah, espere aí! Quero te levar para jantar. Sabe... para a gente discutir os próximos passos", insiste minha mãe.

Sarah para e olha para minha mãe.

"Eu tenho muito trabalho a fazer e..."

Mamãe ergue a mão espalmada.

"Suas desculpas não vão funcionar comigo. A gente vai jantar, sim."

## 23

# SARAH MORGAN

Eleanor e eu estamos frente a frente em uma mesa no The Modern, escolha dela. O restaurante tem cardápio fixo e, embora eu tenha certeza de que a seleção será divina, é só mais um exemplo de como gosta de estar no controle da situação.

"Por onde nós vamos começar, Sarah?", pergunta.

"Nós?" Levanto a sobrancelha. "Não vamos começar de lugar nenhum. Você não é advogada nem policial, então não tem por que analisar provas ou qualquer outra coisa para auxiliar Adam. Você só precisa me deixar fazer meu trabalho", digo sem rodeios.

Com sorte, vai entender minha diretíssima e largar mão dessa ideia de se unir a mim para salvar o filhinho.

"E como espera que eu faça isso?" Ela empina o nariz.

"Faça o quê, Eleanor?"

"Que eu deixe tudo nas suas mãos. Assim, como é que vou poder confiar em você para fazer o melhor possível neste caso?" Examina o cardápio de bebidas enquanto fala como se estivéssemos comentando sobre o clima ou alguma outra coisa mundana.

"Como é que é?"

Ela me olha nos olhos.

"Acho que você precisa aceitar sua parcela de culpa nisso também."

"Espere aí, o quê?" Balanço a cabeça.

"Maridos normalmente não traem esposas amorosas."

"Uau!" Pisco várias vezes e balanço a cabeça, incrédula.

Mas ela prossegue.

"E Adam sempre quis ser pai... e eu, avó, mas você nos negou essa alegria. Não é nenhuma surpresa Adam ter se envolvido nessa encrenca."

Minha vontade é dar um tapa na cara dela e esbagaçar seu Botox na marra.

"Olha, sei que você teve uma infância difícil com a morte do pai e o vício em drogas da mãe, mas não dá para ficar se apegando a isso pela eternidade..." Ela faz uma pausa quando a garçonete chega. "Vamos querer dois Manhattans." Então fecha o cardápio de bebidas e o entrega à moça.

Eu meio que poderia me levantar e ir embora, mas sei que isso não vai adiantar. A última palavra sempre tem que ser de Eleanor. Então quanto antes eu a deixar falar, mais rápido ela vai largar do meu pé.

"Na verdade, vou querer uma vodca-soda com limão", corrijo. "Dose dupla."

A garçonete assente.

"Pode trazer os dois Manhattans", acrescenta Eleanor. "Vou precisar de dois drinques."

Viu? A última palavra tem que ser sempre dela.

"Agora... O que eu estava dizendo mesmo?", prossegue ela.

Minhas mãos estão sob a mesa, cerradas com tanta força que as unhas estão cravadas nas palmas. Sinto um pontinho úmido e quente sob as unhas, sinal de que perfurei a pele.

"Ah, sim... Também já perdi entes queridos. Meu marido morreu, mas você não me vê deixando de viver por causa disso." Eleanor meneia a cabeça enquanto fala, como se estivesse me dando algum tipo de discurso motivacional, mas a única coisa que ela está me motivando a fazer é virar a mesa e ir embora.

Relaxo as mãos, olhando para elas por um instante. Tem dois risquinhos de sangue em cada palma. Agarro o guardanapo dobrado em cima da mesa e o ponho no colo. Em seguida, o enrolo, agarro e torço com as duas mãos sob a mesa, imaginando que é o pescocinho idiota de Eleanor. Eleanor continua tagarelando sobre isso ser minha culpa, e me esforço ao máximo para as palavras dela entrarem por um ouvido e saírem pelo outro.

A garçonete volta com nossas bebidas, uma vodca-soda e dois Manhattans. Assim que ela nos serve, pego meu drinque e viro quase tudo. Sinto alívio.

"... e o vício nitidamente está presente na sua família, Sarah. Você é viciada em trabalho. Só estou tentando ajudar e quero ter certeza de que Adam vai ter a melhor defesa possível." Dá um golinho no Manhattan enquanto mantém contato visual comigo.

"Ele já tem a melhor defesa possível, e para ele é favorável que a esposa, com quem está casado há dez anos, não somente o esteja apoiando como também disposta a defendê-lo formalmente."

"É o mínimo que você pode fazer, Sarah."

"É, acho que tem razão", afirmo com um sorrisinho. Levanto minha taça e aceno para a garçonete do outro lado do restaurante. Ela acena de volta.

"Agora, tem certeza de que está apta a lidar com isso?" Tenta erguer uma sobrancelha, mas o rosto infestado de Botox não obedece.

"Sem sombra de dúvida."

"Imagino que, pela primeira vez, seu vício no trabalho vá nos trazer algum benefício." Eleanor sorri, maliciosa.

Reviro tanto os olhos que eles quase saltam das órbitas.

"Suponho que sim."

"Argh! Eu realmente queria que você tivesse dado mais atenção ao meu filho e cumprido suas obrigações conjugais. Se tivesse sido diferente, Adam não estaria vivendo este pesadelo. Que pena!" Ela balança a cabeça enquanto fala.

E vai ficar nessa lenga-lenga a noite inteira, a menos que eu diga logo o que quer ouvir. Respiro fundo.

"Você tem razão, Eleanor. Eu deveria ter sido uma esposa melhor para Adam. Mas prometo, vou ser melhor e vou fazer de tudo para que Adam receba a justiça que merece", declaro, assentindo com convicção.

A garçonete traz o primeiro prato, junto com minha segunda vodca-soda. Ela explica o que é o prato e, em seguida, se retira.

Minha sogra pega o garfo e sorri para mim.

"Eu sabia que você ia enxergar as coisas do meu jeito, Sarah. Agora, vamos aproveitar nosso jantar."

## 24

# ADAM MORGAN

Mais uma vez, me flagro deitado em um beliche de metal com um colchão que — eu juro — tem a espessura de uma folha de papelão. Das últimas 42 horas, passei 34 deitado nesta cama pensando em como me meti nesta confusão. Ainda não sei bem como fui de um sujeito com um caso extraconjugal a principal suspeito do assassinato da minha amante.

Sarah não sente mais nada por mim, mas não posso dizer que a culpo. Mesmo que, por algum milagre, ela consiga me livrar da prisão, a gente nunca mais vai ser como antes — se é que éramos alguma coisa. Será que eu era apenas uma conveniência, um corpo quente para se aninhar em casa? Não, tenho certeza de que havia amor, mas agora olho para ela... e não existe mais nenhum sentimento. Quer dizer, ainda sente algo por mim, mas é ódio, raiva, tristeza, arrependimento. Contudo, veio me visitar mais uma vez ontem à noite, para me avisar da primeira audiência. Ela não tinha que fazer isso, ou talvez tivesse. Não sei ao certo quais as obrigações de um advogado. Fico só imaginando como foi o jantar dela com minha mãe. Acho que não foi nada legal. Minha mãe é uma pessoa muito difícil.

Um guarda bate o cassetete nas barras da minha cela.

"Morgan, você tem visita", anuncia, destrancando a porta e a abrindo.

Deduzo que seja a minha mãe ou Sarah. São as únicas duas pessoas no mundo que viriam me visitar. Fico em pé e passo pela porta da cela. Acompanho o policial até ele parar e exibir o distintivo. Ele abre a porta e fala para eu entrar. Lá dentro vejo um homem de cabelos loiros sentado em uma das cadeiras. Está de costas para mim. Um novo advogado, acho. Talvez Sarah finalmente tenha ficado de saco cheio e minha mãe tenha contratado um novo advogado. Entro na sala. O guarda fecha a porta atrás de mim enquanto dou a volta na mesa e sento de frente para o homem. Finalmente, olho para ele e, num piscar de olhos, estou de pé, recuando em direção à parede. É Scott Summers.

"Relaxe, só vim aqui para conversar." Ele levanta as mãos, tentando mostrar que não é uma ameaça para mim... desta vez. Sua voz é grave e rouca. É a primeira vez que o ouço falar. Da última vez em que nos encontramos, só os punhos dele falaram. Olho para a porta trancada e, depois, para a cadeira posicionada do outro lado da mesa, tentando me decidir. Está na cara que Scott fez um acordo com o guarda, talvez tenha cobrado um favor que este lhe devia para poder me falar o que precisa. Provavelmente não vou sair daqui enquanto isso não acontecer. Com cautela, me sento.

Na verdade, pode ser que Scott cometa um deslize e eu descubra algo que me favoreça. O que tenho a perder? Minha vida? A essa altura do campeonato, essa perda não seria lá grandes coisas.

"Como disse, só vim para conversar." Ele se inclina para a frente, pousa os cotovelos na mesa e aperta uma mão contra a outra.

"Sobre o quê?", indago. "Ou veio aqui para me dar outra sova?"

Ele abaixa o olhar e esfrega as mãos.

"Eu quero saber o que aconteceu. Quero saber o que você sabe." Scott levanta o olhar e me encara. Seus olhos estão injetados de sangue, com olheiras, e a barba está desgrenhada. Evidentemente, não anda se cuidando.

"Já contei para a polícia tudo o que tinha que contar. Está tudo nos meus depoimentos, e sei que você tem acesso a eles. Então, por que veio aqui?"

"Sim, li tudo, mas não entendi", afirma.

"Como assim não entendeu?"

"Você falou para Hudson que eu abusava de Kelly. Por que falou isso?" Ele aperta os olhos.

"Porque foi o que a Kelly me contou."

Scott balança a cabeça.

"Isso não é verdade. Nada disso é verdade. Nunca encostei um dedo nela." Ele bate o punho na mesa também, gesto que não favorece muito sua argumentação.

"Eu vi os hematomas. Pouco mais de duas semanas atrás, ela apareceu em casa com o olho roxo, o nariz sangrando e o lábio inchado. Disse que foi você que tinha feito isso. Não adianta ficar aí sentado negando tudo. Você teme que isso vá arruinar sua imagem de mocinho? Quem sabe a polícia não vá atrás de você em vez de mim. Sei que foi você quem matou Kelly." Cerro a mandíbula com tanta força que os dentes doem.

"Não fui eu, não. Eu amava Kelly. Eu nunca a machucaria. E isso... foi um acidente. Dei uma cotovelada no rosto dela quando estava instalando uma parede de gesso. Eu não tinha percebido que ela estava atrás de mim. Está me dizendo que ela foi até a sua casa e falou que bati nela de propósito?" Ele está puto, mas também há tristeza nos olhos. Ou é um ator espetacular, ou está dizendo a verdade.

"É, ela me contou tudo, falou que você a machucava fazia anos. Por que mentiria?" Franzo a testa.

"Sei lá. Talvez para despertar compaixão. Talvez para receber atenção. Mas ela fez a mesma coisa comigo quando eu era policial em Appleton, em Wisconsin. Falava para mim que o marido estava abusando dela, que queria fugir, mas não conseguia. Ela se recusou a dar queixa. E aí a gente começou a se ver. Um ano depois, o marido foi assassinado, e pediu minha ajuda de novo. Agora estou começando a achar que talvez ele também não fosse abusivo." Ele balança a cabeça e esfrega a testa.

"Kelly me falou do primeiro marido. Disse que você usava isso contra ela, que tinha tirado as provas e poderia mostrá-las a qualquer momento. Era por isso que ela não te largava."

"Eu realmente dei um fim nessas provas, porque acreditava que era inocente, mas nunca mais toquei no assunto. Quando fomos embora de Wisconsin, deixamos esse capítulo das nossas vidas para trás." Ele me encara, olho no olho. Ele quer que eu acredite, mas não sei se está dizendo a verdade.

"E as mensagens que você mandou pra ela na noite do assassinato? Você fez ameaças!"

"Eu mandei mesmo e me arrependo." Seus olhos marejam. "Eu estava chapado e descobri que ela estava mentindo, talvez me chifrando. E isso acabou se confirmando. Passei a noite inteira com o subxerife Hudson, dormi na casa dele depois que a gente saiu para tomar uma."

"Que conveniente!", exclamo, balançando a cabeça.

"Pois é, que nem a sua história de que você estava deitado ao lado dela enquanto ela era brutalmente assassinada e depois deu o fora sem nem mesmo notar que estava morta." Ele cerra os punhos e me lança um olhar zangado.

"Sei que parece impossível, mas não matei Kelly. Eu a amava e sei que, como marido, você não quer ouvir esse tipo de coisa, mas eu amava Kelly e jamais a machucaria. Não importa se acredita em mim, mas é a verdade."

A porta se abre e lá estão Sarah, a assistente, Anne, e também um sujeito usando terno risca de giz. Levo um segundo para reconhecê-lo. É Matthew, o melhor amigo de Sarah na faculdade de Direito. Faz anos que não o vejo, mas Sarah sempre mantém contato com ele por mensagens, ligações e e-mails. Ela até chegou a visitá-lo em Nova York algumas vezes. Pela expressão na cara de Sarah, sei que está puta da vida.

"Que porra é essa? O que você está fazendo aqui, falando com meu cliente?", grita. Sua atenção está toda em cima de Scott. Ele se levanta da cadeira.

"Eu já estava de saída", afirma, exibindo as mãos espalmadas para indicar que não quer encrenca.

Scott tenta ultrapassá-la, mas ela bloqueia a porta com o corpinho pequenino e esbelto. Empina o nariz para ele.

"Você não está acima da lei, Summers", troveja ela.

"Nem seu marido", retruca, lançando-me um olhar feio.

"Afastem-se", ordena o guarda. "Venha, Scott!"

"Quem deixou ele entrar aqui?", indaga Sarah, fuzilando o guarda e Scott com o olhar.

"Não importa, porque já estou de saída", insiste Scott.

Sarah não se afasta, então Scott precisa praticamente se reduzir a um nada para conseguir passar por ela. O olhar fulminante dela retorna para mim. Seus dois subordinados a imitam. Anne é tipo a marionete de Sarah, fazendo e dizendo tudo o que Sarah ordena. O relacionamento delas sempre me irritou, porque Anne idolatra Sarah. Matthew sempre foi o garoto prodígio de Sarah, e pelo visto o Robin resolveu voltar para ficar ao lado do Batman.

"Você quer perder este caso?" Ela cruza os braços.

Obviamente, é uma pergunta retórica, então não respondo.

"O que foi isso?"

"Nada. Ele só queria saber por que, no meu depoimento, falei que ele era abusivo. Contei que foi o que a Kelly tinha dito, e ele negou."

"Parece que queria massagear o ego", dispara Matthew, encostando-se na parede como se fosse um guarda de vigia.

"O que te traz aqui, Matthew?", pergunto. O tom na minha voz não é nem um pouco simpático, porque sei que ele nunca gostou de mim.

"Vou passar um tempinho na cidade, a trabalho... e acho que o *timing* não é propício, considerando...", diz, olhando em volta com sarcasmo.

"*Timing* nunca foi seu forte", retruco.

"Claramente, também não é o seu", zomba ele.

Sarah e Anne se sentam à mesa.

"Dá pra parar com isso, Adam? Matthew está ajudando no caso, então demonstre um pouco de respeito."

Estalo a língua contra o dente e não falo nada.

"Você sabia que o nome verdadeiro de Kelly Summers era Jenna Way?" Sarah levanta uma sobrancelha.

"Sabia. Ela me contou umas duas semanas atrás."

"E achou que era uma boa deixar essa informação de fora?"

"Era um segredo."

"Segredo? Ela morreu e você é suspeito do homicídio. Não existe mais nenhum segredo dela para você guardar." Sarah está irritada e brava. Dá para perceber pela voz.

Anne cruza os braços. Matthew balança a cabeça. Queria que os dois não estivessem aqui. Não preciso de mais gente fazendo juízo de mim. O arbítrio de Sarah e o meu autojulgamento já são mais do que o suficiente.

"Mas Kelly disse que não foi ela", argumento.

"É o que todos os assassinos dizem", interrompe Anne.

"Não é isso que você vem alegando, Adam?" Matthew sorri para mim.

Sarah se vira e lança um olhar feio para Matthew. Não consigo ver o rosto, mas ele diz "Tá legal, tá legal, parei!", então sei que está me defendendo.

Sarah olha de volta para mim.

"Sua audiência vai ser daqui a uma hora", interrompe Anne.

Ela pega na bolsa uma calça, uma camisa de botões, uma gravata e sapatos sociais e em seguida me entrega.

"O juiz vai ler as acusações contra você, ou seja, duplo homicídio doloso, e você vai ter que se manifestar, dizendo que é culpado ou inocente", explica Sarah. Ela contrai o rosto, e uma lágrima surge, porém, antes que a represa estoure, ela enxuga a gotícula e respira fundo, fechando as comportas momentaneamente... ou talvez para sempre.

Assinto, pois sabia que isso estava por vir.

"Caso você se declare inocente, a promotoria vai pedir pena de morte. Caso se declare culpado, é provável que peça 25 anos sem possibilidade de liberdade condicional. Eu diria que é um bom negócio, considerando os fortes indícios contra você. Qual vai ser a sua declaração, Adam?"

Franzo a testa e solto o ar pelo nariz, puto da vida. Bom negócio o seu cu. Não fiz isso e nunca vou falar que fiz, não importa o tipo de barganha que tentarem me oferecer. Não vou cumprir pena por um crime que não cometi.

"Inocente, é claro!"

## 25

# SARAH MORGAN

Faltam quarenta minutos para a primeira audiência de Adam, então Anne, Matthew e eu caminhamos até uma pequena cafeteria do outro lado da rua.

Matthew se senta ao meu lado enquanto Anne pede café para todos nós.

"Acha que é uma boa ideia ele se declarar inocente, sobretudo com a pena de morte em jogo?", questiona.

"Com base nas provas, provavelmente não. Falei para ele que era um bom negócio, mas a decisão é dele, e não é minha função influenciá-lo."

Anne traz três cafés gelados, os coloca na nossa frente e se acomoda na cadeira.

"Mas é seu marido", argumenta Matthew.

"Eu sei, mas, antes de tudo, é meu cliente."

Matthew assente, dá um gole na sua bebida, e o assunto morre. Ele não compreende que tenho que seguir todas as regras neste caso, e, apesar de Adam ser meu marido, isso não muda nada.

"Ele tem sorte de você ter topado ser a advogada dele, já que te traiu por mais de um ano e meio", declara Anne, um tantinho ousada.

"Pois é. E, se dependesse da mãe de Adam, eu seria a única julgada nessa história." Balanço a cabeça. "Ela disse que é tudo culpa minha."

Matthew quase deixa sua xícara cair.

"Como é que é?"

Anne arregala os olhos.

"Ela falou isso?"

"Ela disse que preciso assumir a responsabilidade porque nenhum homem trai uma esposa amorosa."

"Que filha da puta..." Mal as palavras saem, Anne já leva a mão à boca.

"Voto com a relatora", fala Matthew, rindo. "Ela vai passar um tempo aqui?"

"Acho que sim. Ela está tratando a situação como se Adam fosse o novo protagonista de *Hamilton*, e não um réu acusado por duplo homicídio."

"Vou fazer o possível para mantê-la longe de você", afirma Anne.

"Então vai ter que trabalhar 24 horas por dia", zombo.

"E aí, qual é o plano da sua defesa, imaginando que o juiz vai permitir que você represente Adam?", pergunta Matthew.

Sem perder tempo, Anne saca um bloco de papel, pronta para tomar notas.

"Vou aguardar a exibição de provas da promotoria, embora não espere muito disso, já que as provas associando Adam ao crime são fortíssimas. Mas tenho que lançar dúvidas em relação a Adam ser o autor, e o único indício que pode me ajudar nessa tarefa é a terceira amostra de DNA. Então preciso dar uma olhada nas provas circunstanciais: o passado complicado e repleto de pontas soltas de Kelly e o fato de ter sido acusada de assassinar o primeiro marido; as alegações de abuso contra Scott; a foto com a ameaça que Adam recebeu duas semanas antes do homicídio; e qualquer outra informação que eu encontrar ao conversar com amigos, familiares e colegas de trabalho. Ela estava saindo com outro cara, então preciso descobrir quem era, porque talvez ele saiba de alguma coisa."

Matthew assente.

"E a arma do crime?"

"Acho que não conseguiram localizá-la. Mas, de acordo com a necropsia, acredita-se que é uma faca esportiva grande, com lâmina de vinte centímetros."

"Alguma testemunha que você quer que eu contate depois da audiência?", pergunta Anne.

"Sim. Vou precisar conversar com o xerife Stevens, Scott Summers e o subxerife Hudson. Vamos procurar algum parente do primeiro marido de Kelly, alguém que tenha conflitos com ela, e as pessoas com quem ela trabalhava, talvez alguém lá saiba com quem saía. Se é que tinha amigos. Também vou precisar dos registros telefônicos. Isso pode ajudar a descobrir quem é o dono do terceiro DNA." Tomo um gole do meu café enquanto Anne anota tudo que eu disse.

"Posso cuidar dos registros telefônicos. Conheço um pessoal do alto escalão disposto a baixar o nível... por mim." Matthew abre um sorriso malicioso.

Assinto e dou a ele um sorrisinho.

"Sempre às ordens. Agora, tenho que ir para uma reunião", responde ele, levantando-se da cadeira. "É só me mandar os números de telefone dela." Ele estica os braços e me puxa para me dar um abraço apertado.

"Valeu, Matthew."

"Eu faria qualquer coisa por você, Sarah." Então beija minhas bochechas, se despede e vai embora.

Olho para o relógio e em seguida para Anne.

"Acho que é bom a gente voltar."

## 26

# ADAM MORGAN

Estou aguardando em frente à sala de audiências, algemado e usando as roupas que Sarah me entregou. Tem um guarda ao meu lado, para garantir que eu não fuja — como se eu tivesse para onde correr. Sei que Sarah disse que o acordo que a promotoria ofereceu era um bom negócio, mas vou me declarar inocente porque não cometi o crime. Mas também sei que, em alguns casos, isso não basta para ser considerado inocente. E infelizmente acho que me enquadro nessa categoria. Há muitas provas contra mim. Tenho noção disso. Sarah sabe disso. Todo mundo sabe disso. Vou precisar de um verdadeiro milagre para sair dessa.

Minha mãe entra na sala de audiência toda de branco, como se acreditasse ser meu anjo da guarda. Tira os óculos do rosto e os guarda na bolsa. Então para bem na minha frente, examinando meu traje.

"Você está perfeito, querido", elogia ela, dando beijos em minhas bochechas.

Minha mãe dá um passo para trás e me olha de cima a baixo, observando cada detalhe. Franze a testa ao enxergar as algemas nos pulsos.

"Isto é mesmo necessário?", pergunta, encarando o guarda.

"É uma acusação de duplo homicídio... então sim", retruca o guarda.

"Como é que alguém pode achar que um homem tão bonito e charmoso poderia ser culpado de alguma coisa?" Com delicadeza, ela afasta uma mecha de cabelo da minha testa.

O guarda balança a cabeça e avisa: "Sem contato físico, senhora".

Minha mãe lança um olhar feio para ele e depois examina o saguão.

"Onde estão Sarah e a assistentezinha dela?"

"Elas só foram buscar um café."

"Cedendo aos próprios vícios em detrimento do bem-estar do meu filho? Não me parecem profissionais muito bons." Ela empina o nariz e emite um *hum* agudo.

"Mãe, pare."

"Só estou comentando." Ela gesticula com desdém.

Sarah e Anne entram na sala de audiências, caminhando lado a lado e carregando cafés gelados combinadinhos. Um café cairia muito bem agora, mas, se é para desejar alguma coisa, um copo de uísque seria muito melhor. Onde será que Matthew se meteu? Ele sempre aparece aleatoriamente e depois some com a mesma velocidade. Sarah está usando um dos terninhos com saia, o cinza-claro. Anne adotou estilo semelhante, mas sua roupa provavelmente custa um décimo da de Sarah.

"Ah, aí está você, Sarah", exclama mamãe. "Eu já estava aqui me perguntando quando iria defender meu filho."

"A audiência ainda não começou, Eleanor", retruca Sarah e, em seguida, vira praticamente o corpo inteiro para me encarar. "Vai ser assim. O juiz vai ler as acusações para ter certeza de que você entendeu. Você vai responder se é inocente ou culpado, e vou argumentar para você ser solto sob fiança. O juiz vai conceder ou negar a fiança e então vai marcar a data do julgamento. Entendeu?"

"Entendi. E quais são minhas chances de conseguir a fiança?"

"Eu diria que são boas. Você não tem antecedentes e está cooperando até agora. Mas, por outro lado, o promotor vai provavelmente argumentar que existe o risco de você fugir, por causa da gravidade das acusações, e que pretende pedir a pena de morte."

"Por que alguém iria querer ver meu filho atrás das grades?", intervém Eleanor.

Sarah a ignora e saboreia o café. Seus olhos encontram os meus, e ela segura o copo no alto, oferecendo-me. Levanto as algemas e dou de ombros. Ela põe o canudinho nos meus lábios, e tomo um gole. Talvez Sarah ainda me ame.

"Obrigado."

Ela assente.

Tudo o que acabou de me dizer finalmente faz sentido.

"Espere aí, se a fiança for negada, vou ter que passar todo o período do julgamento na cadeia?", pergunto, muito embora já saiba a resposta. Eu só queria poder conversar com Sarah como marido e mulher, não como cliente e advogada.

"Isso mesmo." Percebo que sua pele empalideceu.

"Isso é ridículo. É melhor você resolver isso, Sarah." Mamãe bate o pezinho no chão.

"Tudo bem, Sarah?", pergunto.

Ela faz um som de engulho, entrega o café para Anne, corre até uma lata de lixo ali no saguão e vomita. Anne logo se põe ao lado dela. Sarah balança a cabeça e dispara até o banheiro.

"Ela já volta", declara Anne, caminhando até mim.

"Ela está bem? O que houve?", pergunto.

"Não acho que esteja apta. É hora de procurar outra pessoa", sussurra minha mãe ao meu ouvido.

"Tenho certeza de que ela está bem", afirma Anne.

## 27

# SARAH MORGAN

Retiro minha nécessaire de maquiagem da bolsa, retoco o pó, uso um pouco de enxaguante bucal, ajeito os cabelos e reaplico o *gloss*. Já estou bem, mas não sei de quem é a culpa: do estresse deste caso, do café com o estômago vazio, das noites maldormidas ou de Eleanor.

Pego o celular e envio uma mensagem para Anne: *Estou bem. Volto em alguns minutos.*

Dando uma olhada no espelho, encontro no reflexo a mulher que preciso ser. Ela é forte. Ela é determinada. Ela vai me guiar.

Pego minha bolsa, saio do banheiro e dou de cara com o promotor Josh Peters. Na trombada, o café que ele segura espirra um pouco em nós dois.

"Sarah, me desculpa", diz Peters.

"Não, Josh, eu que peço desculpas."

"Espere aqui um pouquinho."

Então entra no banheiro masculino e sai instantes depois com um bolo de toalhas de papel. Ele me entrega metade, e nós dois nos limpamos e secamos o café das roupas. A camisa branca dele ganhou umas manchas, mas o terno escuro parece limpo. Me pego olhando para ele enquanto nos enxugamos. O sujeito tem trinta e poucos anos e é superqualificado para o cargo que desempenha. Poderia muito bem ter entrado na área de direito empresarial ou na advocacia privada, mas sua bússola moral acabou por mantê-lo no setor público.

Peters até enxuga o café derramado no chão e, depois, recolhe as toalhas sujas, jogando-as na lixeira mais próxima.

"Olha, sei que estamos em lados opostos, e quero que saiba que lamento muito pelo que você está passando. Mas ainda vou cumprir com minhas obrigações." Sua postura permanece firme e perfeita, o gestual oferece zero indício da compaixão que ele tenta exalar nas palavras.

"Eu não esperaria menos de você, Peters. Você vai se opor a eu representar meu marido?", pergunto, inclinando a cabeça.

A objeção à minha atuação como advogada neste caso teria que vir da promotoria. Ele poderia alegar que há conflito de interesse, que, ao representar meu marido, eu daria a Adam a oportunidade de recorrer com base em uma representação inadequada por causa desse conflito.

"Eu pensei sobre isso, mas você não é suspeita nem vítima do crime. Então não tenho motivo nenhum. Mas o conflito de interesse é outra história. Porém, Adam é um homem inteligente e de sã consciência, e você tem um histórico de advogada impecável. Então, em teoria, ele está com a melhor advogada. Mas realmente acha que consegue se abster das emoções neste julgamento?"

"Você faria essa pergunta a um homem?" Arqueio uma sobrancelha.

Ele suspira e faz que não.

"Sim, não permito minhas emoções atrapalharem meu trabalho, Peters."

"Então não tenho nenhuma objeção, mas vou ficar de olho em você. E, se houver alguma coisa estranha na sua atuação como advogada, vou reclamar para o juiz."

"Ótimo, concordo", respondo.

"Ótimo. Preparada?"

"Na verdade, gostaria de falar com você sobre o acordo."

"Claro." Ele eleva sua postura. Lá está a postura aberta moldada para sinalizar um tom convidativo enquanto ele aguarda para ouvir minha oferta. Tenho que lhe dar o crédito; todas as nuances dele são calculadas de forma impecável.

"Podemos esquecer a pena de morte e cogitar vinte anos de prisão em caso de declaração de inocência? Você sabe tão bem quanto eu que os jurados têm dificuldade para condenar o réu quando a pena é de execução; além do mais, há um terceiro DNA desconhecido." Estendo as mãos, com as palmas voltadas para cima, como se estivesse oferecendo um objeto físico para ele.

"As provas contra Adam são muitas, com ou sem esse terceiro DNA. Você sabe disso, Sarah." Ele cruza os braços de novo e fecha a postura, como se dissesse: *a hora de fazer um acordo acabou.*

"Sei disso, mas os jurados não vão gostar dessa pessoa desconhecida. Esse DNA é uma ponta solta que gerará muitas perguntas sobre Kelly, e nenhuma delas é boa."

Ele suspira. "Muito bem. Vamos fazer o seguinte. Se ele se declarar culpado, vou reduzir a pena de vinte e cinco anos para vinte anos, sem liberdade condicional. Mas essa oferta expira em cinco minutos."

"Vou conversar com meu cliente. Obrigada."

Adam ainda está algemado em frente às portas da sala de audiências com um guarda ao lado. Eleanor está absorta numa conversa com ele. Nada de bom pode resultar disso. Anne está sentada sozinha num banco, olhando em volta sem muito foco.

"Ei!", digo interrompendo Eleanor e Adam.

Anne rapidamente se levanta e se junta a nós.

"Está bem?" Anne e Adam falam ao mesmo tempo.

"Tudo bem", respondo.

"Talvez devêssemos chamar alguém para te substituir", sugere Eleanor, olhando-me de cima a baixo.

"Já falei que estou bem e negociei um acordo para sua declaração."

"Que acordo?", pergunta Adam.

"Peters ofereceu vinte anos sem possibilidade de liberdade condicional caso você se declare culpado. É um bom negócio, considerando sua perspectiva. Não posso escolher o que você deve alegar, mas é minha obrigação apresentar as opções."

Ele franze a cara e fecha os olhos por um instante. Certamente tinha esperanças de um milagre, mas vinte anos ainda é muito tempo para se passar atrás das grades. Quando sair, ele vai estar com cinquenta e poucos anos. No entanto, é melhor do que a alternativa, ou seja, a morte, caso o júri o considere culpado.

"Que acordo horroroso, Sarah! Meu filho é inocente. Vinte anos? Já vou ter morrido quando ele sair." Eleanor bate o pezinho.

*Não posso fazer nada, só esperar.*

Adam olha para mim.

"O que me sugere?"

"Como sua advogada, eu diria para aceitar o acordo."

"E como minha esposa?"

Não era para eu falar com ele no papel de esposa. Olho ao redor para ver se Peter não está por perto e sussurro: "Como esposa, eu diria para lutar até onde der".

"Tudo bem, então diga a ele que não tem acordo." Sua voz se enche de entusiasmo, o que não dá para explicar, considerando o que ele está enfrentando.

Faço que sim para Adam, que retribui meu gesto com um sorriso e um lampejo de esperança no olhar.

Peters se aproxima e cumprimenta todos os presentes antes de falar comigo.

"O que vai ser?"

"Meu cliente optou por recusar o acordo."

"Você está cometendo um erro. Meu filho é inocente." Eleanor cruza os braços.

"Muito bem, Sarah." Peters assente, passa por nós e depois entra na sala de audiências.

Nós o acompanhamos e nos sentamos diante de uma mesa no lado esquerdo do recinto, enquanto Eleanor se acomoda na primeira fila. Espero que fique de boca fechada. Melhor ainda, espero que crie um escarcéu. Talvez, assim, o juiz possa me fazer o grande favor de detê-la por desacato.

"Todos em pé! Está aberta a sessão. O excelentíssimo juiz Dionne presidirá", anuncia o oficial de justiça.

O juiz Dionne, um velhote de cabelos brancos ralos, entra e se acomoda em sua cadeira. De óculos na ponta do nariz, folheia alguns papéis sobre a mesa. Em seguida, levanta a cabeça e ajeita os óculos na parte superior do nariz.

"Caso Povo da Comunidade da Virgínia contra Adam Morgan. As partes, por favor, se apresentem", solicita ele.

"Promotor Josh Peters, representando o povo da Comunidade da Virgínia, meritíssimo."

"Sarah Morgan, representando Adam Morgan, meritíssimo."

O juiz ergue uma sobrancelha quando percebe que ambos temos o sobrenome Morgan. E faz a dedução óbvia de imediato.

"Interessante. Promotor Peters, alguma objeção à escolha de advogado do réu?"

"Não, meritíssimo. Mas gostaria de poder suscitar essa questão no decorrer do julgamento, se houver algum conflito de interesse", declara Peters.

"Concedido. Réu, por favor, diga nome completo para o tribunal."

"Adam Francis Morgan, meritíssimo."

"O senhor está satisfeito com sua advogada, senhor Morgan?"

"Sim, meritíssimo."

"Certo. Senhor Peters, poderia, por gentileza, expor as acusações contra o réu?", solicita o juiz.

"Sim, meritíssimo. O estado acusa Adam Morgan de duplo homicídio doloso contra Kelly Summers e o filho ainda em concepção."

"Antes de ouvir sua declaração, senhor Morgan, devo assegurar que há total compreensão de seus direitos constitucionais e estatutários. O senhor tem o direito de ser representado por um advogado nesta audiência, que vejo já ter sido designado. O senhor tem direito a um julgamento célere...", prossegue o juiz Dionne indefinidamente. Já ouvi esse discurso mil vezes, mas esta é a primeira vez de Adam. Ele escuta com atenção, sem jamais quebrar o contato visual com o juiz. Só percebo que me distraí quando o juiz conclui: "O senhor entendeu os seus direitos?".

"Sim, meritíssimo."

"Senhora Morgan, a senhora acredita que teve tempo suficiente para discutir este caso com o cliente? A senhora discutiu com ele seus direitos, as defesas e as possíveis consequências de sua declaração? A senhora está satisfeita com a compreensão de seu cliente ante o cenário apresentado?", pergunta o juiz.

"Sim, meritíssimo."

"Senhor Morgan, o senhor está preparado para fazer sua declaração?"

"Sim, meritíssimo."

"Senhor Morgan, o senhor é acusado de duplo homicídio doloso. Para esta acusação, como o réu se declara?"

Adam se levanta.

"Sou inocente, meritíssimo", afirma ele com toda a confiança do mundo.

"A declaração de inocência do réu foi aceita. Pelo meu entendimento, trata-se de um caso em destaque na mídia, a seleção dos jurados começará imediatamente. A exibição de provas também se dará hoje. Alguma objeção?"

"Não, meritíssimo", respondemos em coro Peters e eu.

"O julgamento terá início na segunda-feira, 2 de novembro. Alguma objeção?"

"Não, meritíssimo", respondemos mais uma vez em coro. É um tempo bem curto, mas está claro que há alguém por trás mexendo os pauzinhos para este julgamento ser rápido. No entanto, isso pode nos beneficiar.

"A fiança está estabelecida em 2 milhões de dólares."

"Meritíssimo, a promotoria recomenda que Adam Morgan seja detido sem direito a fiança", solicita Peters.

"Meritíssimo, isso é absurdo", imponho.

"Adam Morgan está sujeito à pena de morte. Ele tem meios para fugir. Acreditamos que haja risco de fuga, meritíssimo."

"Meu cliente é réu primário, nunca teve problema com a lei, nem nunca foi multado por excesso de velocidade e está cooperando ao longo de todo o processo. Além disso, o senhor deve ter percebido os ferimentos no rosto dele. Eles foram provocados enquanto ele estava sob custódia do subxerife que era marido da vítima, meritíssimo."

O juiz olha para Adam e levanta uma sobrancelha.

"Defiro em favor da defesa. Estabelece-se a fiança de 2 milhões de dólares, e Adam Morgan ficará detido em prisão domiciliar durante todo o julgamento", decide o juiz.

"Obrigada, meritíssimo"

O juiz bate o martelo e nos dispensa.

"E agora?" Adam olha para mim.

"Vou providenciar o dinheiro imediatamente e pagar sua fiança. Depois, você deverá ganhar uma tornozeleira eletrônica e ser liberado. Vai ter de permanecer na casa do lago durante o julgamento. O xerife Stevens me contou que terminaram o processo de análise da cena do crime ontem à noite, então está liberada. Você só vai poder sair da casa em datas definidas pelo juiz. Se violar qualquer condição, vai ser enfiado de volta na prisão. Entendeu?"

"Sim."

"Vou pagar sua fiança e dar início à exibição de provas, mas vou te ver depois que você se instalar na casa do lago", acrescento.

"Obrigado, Sarah." Ele assente.

Um guarda o conduz para fora, enquanto Anne e eu arrumamos nossas coisas. Quando passo por Eleanor, ela assente e me dá um sorriso satisfeito. É a primeira vez que sorri para mim. Retribuo com um sorriso forçado.

O xerife Stevens já está aguardando na porta da sala de audiências, segurando algumas pastas cheias de papéis.

"Oi, Sarah!", me cumprimenta, fazendo sua melhor imitação de James Dean em *Rebelde sem causa*.

"Xerife Stevens, esta é minha assistente, Anne. Anne, este é o xerife Stevens." Eles apertam as mãos e trocam cumprimentos.

"O resultado do exame do uísque chegou. Encontraram GHB."

"E as outras duas amostras de DNA?"

"Uma é de Scott Summers, como deduzimos. Pesquisamos a outra no banco de dados da polícia, mas não encontramos nenhuma compatibilidade."

"Então tudo que sabemos é que esse terceiro indivíduo não é um criminoso; ou, pelo menos, com passagem na polícia."

Ele assente e aperta os lábios.

"Entreguei uma cópia para Peters, e esta aqui é para você. São os registros telefônicos de Kelly." O xerife Stevens me entrega as pastas. "Conseguimos o histórico das mensagens trocadas dos últimos três meses."

Entrego as pastas todas para Anne, que as guarda na bolsa.

"Detectou alguma coisa incomum?", pergunto.

"As mensagens do número que parecem ser do outro homem com quem ela saía são de um chip sem registro", explica ele.

"Tipo um celular descartável?"

"Exatamente. Quem quer que fosse, não queria que ninguém soubesse do contato com Kelly. Talvez ele tenha sido o autor do crime, ou talvez fosse casado", sugere.

"É possível descobrir mais alguma coisa sobre esse número?"

"Pode ser que uma análise mais minuciosa das mensagens nos dê alguma pista sobre a identidade dele. Porém, como já foi a primeira audiência de Adam, o caso se encerra em nossa jurisdição, e de agora em diante todas as provas vão direto para a promotoria."

"E Scott? Ele foi investigado?"

"Sim. Ele tem um álibi para a noite do assassinato de Kelly."

"E qual é?"

"Ele estava com o subxerife Marcus Hudson", explica o xerife Stevens.

"Os dois estavam de plantão naquela noite?" Bato o pé, irritada com a informação.

"Não, saíram para se divertir."

"Entendi...", digo num tom sarcástico. "E a foto com a ameaça?"

"Colhemos impressões digitais e fizemos comparações com uma base de dados de criminosos. Não há nenhuma correspondência. Assim como vimos na terceira amostra de DNA, a única coisa que isso indica é que a pessoa que a enviou não cometeu crime algum."

A bolsa de Anne cai no chão, emitindo um estrondo e quase espalhando todo o seu conteúdo. Ela rapidamente se abaixa e começa a recolher os pertences.

"Desculpem", diz.

"Mas você receberá todas essas informações durante a exibição das provas. Assim que a fiança for paga, vou escoltar Adam para a casa em Stony Brooks. Talvez a gente se veja lá", fala, afastando-se.

Acho sua despedida esquisita. Mais uma vez, acho esquisito tudo que se diz respeito a Stevens, como o fato de ele pessoalmente entregar esses documentos. Convencido de algo, está na cara. Só não sei do quê.

## 28

# ADAM MORGAN

O xerife Stevens me escolta na viatura policial até a casa do lago. E me explica qual é o perímetro permitido para circulação no terreno, o qual se limita a cerca de vinte metros da casa em todas as direções. Sarah demorou um dia para pagar a fiança, e até me perguntei se fez isso de propósito para eu passar mais uma noite na cadeia. Mas, repito, foi ela que me tirou de lá. Usar meus ferimentos como argumento foi uma sacada brilhante. Minha mãe estaciona o Cadillac alugado na entrada da garagem. É claro que nos acompanharia de pertinho o tempo todo, ultrapassando os sinais vermelhos e desacelerando somente nas placas de "Pare", como se estivesse em plena perseguição em alta velocidade.

"Vamos providenciar sua tornozeleira, e eu mesmo vou instalar o transmissor lá dentro", anuncia o xerife Stevens, entrando primeiro. Minha mãe e eu seguimos atrás.

Ele instala uma caixa preta na sala de estar, onde vai ser a central, e me instrui a sentar no sofá.

Minha mãe olha ao redor e depois para mim. Franze a testa enquanto levanto a barra da calça para Stevens pôr a tornozeleira.

"Você tem vinho, Adam?", pergunta ela.

"Tem algumas garrafas na cozinha." Ela se sente em casa, servindo-se de uma taça de vinho tinto imensa e remexendo nos armários e na geladeira. Ouço a faca batendo contra a tábua. Então sei que está preparando algo.

"A tornozeleira é à prova d'água. Você pode tomar banho sem problemas. Se tentar retirá-la, a gente vai saber. Se sair do perímetro permitido, a gente vai saber. Você teve a sorte de poder ficar numa casa muito boa, então relaxe aqui", recomenda o xerife Stevens, levantando-se.

Ajeito a barra da calça no lugar e solto um suspiro.

"Tem mais alguma coisa que eu deva saber?"

"Não. É tão simples quanto uma coleira de choque para cachorro. Mas o choque que você vai levar é ser jogado de novo na cadeia", afirma, balançando a cabeça.

"Certo. Estou surpreso pela casa não ter sido virada de ponta-cabeça pelo seu pessoal", declaro, observando toda a organização.

"Ah, mas ela foi", responde Stevens, olhando ao redor.

"Chamei uma empresa de limpeza hoje de manhã", grita minha mãe da cozinha. É claro que ela tinha que fazer isso.

"Está explicado", retruca ele. "Kelly alguma vez chegou a mencionar o outro cara com quem ela estava saindo?" Stevens aperta os lábios com força.

"Não, nem sabia que tinha esse outro cara."

Ele emite um murmúrio e coça o queixo. Olho para a cozinha e vejo minha mãe enchendo sua taça de vinho pela segunda vez.

"Ela nunca bobeou e citou o nome de outro cara, ou deu com a língua entre os dentes de outra forma?", pergunta.

Olho para Stevens.

"Não, como falei, nem sequer sabia que ela estava saindo com outro cara."

"Aqui, um lanchinho para você, querido." Minha mãe traz uma travessa com queijo, linguiça e bolachas.

"Obrigado, mãe!"

"Sirva-se, xerife", oferece ela.

Ele hesita, mas se inclina, pega dois pedaços de salsicha e joga um na boca.

"Então quando você vai encontrar o verdadeiro responsável pelo assassinato, xerife Stevens?" Minha mãe toma um gole de vinho e ergue uma sobrancelha.

Stevens pigarreia constrangido.

A porta da frente se abre e fecha, e um par de saltos repicam sobre o piso de madeira. Nem preciso olhar para saber que é Sarah.

"Xerife!?", exclama, claramente surpresa ao vê-lo.

Ele responde com um meneio de cabeça e joga o segundo pedaço de salsicha na boca. Quando vai engolir, começa a tossir, parece que a comida foi para o lugar errado.

"Vou pegar um pouco de água", avisa Sarah, entrando na cozinha e enchendo um copo na pia.

"Tem uma garrafa de vinho aberta também", anuncia mamãe.

Stevens segue Sarah até a cozinha, pega o copo e dá um gole.

Tem alguma coisa errada. Por que o xerife está tão à vontade em minha casa? Mesmo depois de tomar toda a água, não vai embora. Sarah oferece mais, e ele aceita. Ela enche o copo e lhe entrega de volta. Percebo que ele a observa. Seus olhos passeiam pelo corpo dela, de cima a baixo. É um comportamento meio pervertido para mim. Então me levanto, vou até a cozinha e paro bem ao lado dele.

"Também quero um copo de água", peço.

Sarah me olha como se dissesse "Pegue você mesmo, porra!". Mas não fala nada. Pelo contrário, apanha um copo no armário, abre a torneira e deixa a água escorrer por um tempo antes de enchê-lo e me entregar. Tomo e percebo que ela me deu água quente.

"Recebi os documentos do caso ontem à noite e vi que você entrevistou várias testemunhas, colegas de trabalho de Kelly e também fez outra entrevista com Scott."

"Correto. Só estava fazendo o meu trabalho."

"Mas não há nada sobre o primeiro marido dela", dispara Sarah, arqueando uma sobrancelha.

"Não era pertinente a esta investigação."

"Como não? Ela foi acusada de assassinar o primeiro marido, e o processo foi extinto, depois que provas importantes desapareceram."

"Se Kelly realmente matou o primeiro marido...?", grita minha mãe lá da sala. "E, hipoteticamente, se Adam matou Kelly... isso pode ser considerado crime? Tipo, ele então teria matado uma criminosa..." É nítido que o vinho está começando a fazer efeito.

"Sim, Eleanor." Sarah revira os olhos. "Homicídio é crime."

Mamãe soluça.

"Alguém precisa fazer as perguntas complexas, ora."

"Bem, já chegou a minha hora", anuncia o xerife Stevens. "É melhor eu ir." Ele se retira sem demora, e ouço a porta da frente abrir e fechar logo em seguida.

Sarah e eu estamos em lados opostos da cozinha, olhando um para o outro. Está tentando me decifrar, e estou fazendo o mesmo em relação a ela. Será que há algo rolando entre ela e Stevens? Seu olhar se perde no ambiente, sem se fixar em nada, e então ela avisa que precisa ir embora.

"Você não pode ficar?"

Ela fala que não e sai da casa sem pronunciar mais nenhuma palavra.

## 29

# SARAH MORGAN

Passo o resto do dia no fórum para a composição do júri, e estou satisfeita com essa seleção, mas ainda tenho muito trabalho pela frente. Estaciono em frente ao Seth's Coffee e me ponho a observar os clientes que entram e saem. Alguém ali deve ter visto Kelly com outro homem que não fosse Adam ou o marido, Scott. Preciso saber de quem é esse terceiro DNA. É uma ponta solta dessa história, e não gosto de histórias contadas pela metade. Certamente, é alguém com um motivo para querer permanecer escondido. Por que mais ele usaria um celular descartável?

A cafeteria vai fechar daqui a uma hora, então preciso ser rápida. Entro no estabelecimento e observo os arredores, tentando prestar atenção em tudo. A cafeteria é pequena e repleta de decorações e móveis ecléticos. Nada dentro dela combina, mas, de algum modo, tem uma aparência harmônica. Mesas de madeira aleatórias, cadeiras de diversas cores e de materiais variados — plástico, madeira, metal.

Um homem de meia-idade está sentado no sofá no canto. Seu olhar percorre o ambiente, indo do laptop aos clientes, depois para mim, e então de volta ao computador. Há uma mulher sentada sozinha diante de uma mesa, lendo um livro. Uma barista solitária está encostada no balcão, mexendo nas unhas. É uma jovem com cabelos cacheados escuros e enormes olhos castanhos. Aparentemente, a idade dela bate com a de Kelly. Talvez fossem amigas.

Quando percebe minha presença, logo se endireita e me cumprimenta. O nome escrito no crachá é *Brenda*.

"Gostaria de pedir alguma coisa?", pergunta.

"Um café preto pequeno, por favor." Pego minha carteira.

Ela aperta alguns botões na caixa registradora, e lhe dou algumas notas de dólar.

"Obrigada. Já trago para você", afirma com um sorriso.

"Brenda, não é?"

"Isso."

"Olha, confesso que estou aqui para mais do que um café."

Ela franze a testa.

"Você está aqui por causa da Kelly?"

Respondo que sim, um pouco surpresa com a perspicácia dela.

"Uma repórter veio aqui fazer umas perguntas. Para qual jornal você trabalha?"

Cogito corrigi-la, mas então concluo que provavelmente vou conseguir informações melhores se me passar por jornalista em vez de contar que sou a advogada de defesa do sujeito acusado de assassinar a colega de trabalho, e talvez até amiga.

"Eu trabalho para o *Gainesville Times*. Meu nome é Tara Smith." Estendo a mão. Ela me cumprimenta. "Tem um instantinho para conversar?"

"Daqui a quinze minutos, a gente começa a limpeza para fechar... Então, sim, se você for rápida."

"Claro", concordo.

"Vou fazer o café e te encontro em uma mesa."

Concordo dando um aceno de cabeça e vou até uma mesa perto da janela longe das outras pessoas. Pouco depois, Brenda se junta a mim com duas xícaras de café. Ela se senta à minha frente.

"O que você quer saber?"

A maioria das pessoas com quem converso é composta de criminosos ou testemunhas, e geralmente essas pessoas nunca são tão acessíveis. Isso me pega um pouco desprevenida, mas daí, mais uma vez, lembro a mim mesma: ela acha que sou jornalista. Pego um bloco de papel e uma caneta.

"Você conhecia bem a Kelly?"

"A gente trabalhou juntas por dois anos. Nesse aspecto, a gente se conhecia bem, mas eu nunca soube muita coisa da vida pessoal dela", diz Brenda, tomando um gole de café.

"Ela tinha amigos?"

Brenda dá de ombros.

"Acho que Kelly era mais na dela. Mas era divertido trabalhar com ela."

"Chegou a ver Kelly com outro homem?"

"Sim, de vez em quando, o marido aparecia, e aquele tal de Adam que estava no noticiário. Ele vinha aqui com frequência também. Sempre achei os dois um pouco amiguinhos demais. Acho que eu estava certa, né?"

"Entendi... E havia mais alguém?"

"Não, não", diz.

"Ela alguma vez te contou alguma coisa sobre Scott ou Adam?"

"Nada sobre o marido, mas ela sempre fazia questão de atender Adam, porque dizia que era o cliente dela."

"Kelly tinha muitos clientes específicos assim?"

"Tinha um outro cara. Já tem uns dias que não aparece. Mas, sempre que Kelly estava trabalhando, ele vinha", fala com indiferença, tomando outro gole de café.

"Esse outro cara... conversava muito com a Kelly?"

"Não muito, principalmente porque Kelly nunca queria atendê-lo. Ela sempre implorava para eu atender a mesa dele. Dizia que ele a incomodava, pois sempre ficava olhando para ela. E a gente tinha certeza de que ele tinha decorado os horários dela, porque, se a Kelly estava trabalhando, ele estava aqui também."

"Sabe o nome dele?"

"Jesse Hook", revela.

"Ótimo. Você ajudou bastante", agradeço, juntando minhas coisas.

"Você precisa do meu sobrenome para botar na matéria?"

"Claro", respondo.

"É Brenda Johnson."

Levanto-me da cadeira e dou tchau.

"Se precisar de mais alguma coisa pra sua matéria, você sabe onde me encontrar", grita ela enquanto saio da cafeteria.

*Jesse Hook, quem é você? Será que é o dono do terceiro DNA? O que você sabe e o que viu?*

Mando uma mensagem para Anne.

*Ei, preciso que você veja os antecedentes de um sujeito chamado Jesse Hook. É provável que seja morador do Condado de Prince William.*

Cliquei em *enviar* e, instante depois, recebo um emoji de joinha de Anne.

## 30

# ADAM MORGAN

Ainda estou incomodado com o desenrolar das coisas ontem à noite entre Sarah e o xerife Stevens. Ele foi embora correndo, e ela também. O que eles iam fazer, para estarem com tanta pressa? Será que iam se encontrar? Preciso parar de pensar nisso. Esse cara me dá nojo. Essa história já ficou consumindo meus pensamentos ontem até eu adormecer e, depois, consumiu os sonhos. Sonhei que Sarah e o xerife Stevens estavam tendo um caso — que ele trepava com ela na traseira do carro da polícia. Mas Sarah não faria uma coisa dessas. Não é desse tipo. Mas, então, me lembro da noite em que a conheci, naquele porão velho e sujo da faculdade. Ela estava entediada no meio de uma festa animal e praticamente não demonstrou interesse por mim... até que a acompanhei de volta para seu dormitório, e aí ela virou outra pessoa. Ou talvez essa fosse ela o tempo todo. Quero isso de volta, mas parece uma estranha agora, e tenho certeza de que diria a mesma coisa sobre mim.

Levanto-me do sofá e aperto a faixa do roupão xadrez que estou usando sobre uma calça de pijama e uma camiseta branca. Nem sequer me lembro de ter vestido o pijama. Por um segundo, me pergunto se foi minha mãe quem trocou minhas roupas e reviro os olhos, sabendo que provavelmente foi. De imediato, o cheiro de bacon invade meu nariz. Minha mãe está à pia da cozinha, limpando panelas.

"Querido, você já acordou... Tem bacon, ovos, torradas e batatas no balcão, seu café da manhã favorito." Ela sorri e aponta para o prato.

Vou até a cozinha aos tropeços, espeto a comida com o garfo e levo um bocado à boca.

"Vou fazer compras hoje, então preciso encontrar um hotel mais perto daqui." Ela fecha a torneira e enxuga as mãos. "Por mais que eu queira muito ficar aqui com você, aquela cama de visita não está de acordo com meus padrões, e tenho certeza de que vou precisar visitar um quiroprata hoje por causa dela." Ela esfrega as costas e bota uma xícara de café na minha frente.

"Esses julgamentos costumam demorar." Dou uma mordida na torrada. "Você pode voltar para Connecticut, mãe."

"Que absurdo! Você é meu filho, e esse julgamento vai ser rápido porque você é inocente. A gente vai dar um jeito de Sarah resolver tudo depressinha." Acena para mim, convicta. "Tem direito a um julgamento rápido. Foi o que o juiz disse."

Então pega sua bolsa e calça os sapatos de salto.

"Me liga se precisar de alguma coisa. Volto para te ver mais à noitinha", diz, dando um beijo na minha bochecha. "Amo você, benzinho."

"Também te amo, mãe."

Uma batida à porta da frente me assusta e dou um salto do sofá. Faz horas que estou sozinho em casa, alternando entre leitura e TV.

"Entra!", grito.

Pelo olho mágico, vejo uma mulher *mignon*, de cabelos ruivos e olhos castanhos. Está com uma bolsa para laptop pendurada no ombro. Não a reconheço, mas resolvo abrir a porta assim mesmo. Deve ser a solidão que já estou começando a sentir que me faz tomar essa decisão.

"Pois não?"

"Oi! Você é Adam Morgan?"

"Depende de quem pergunta", respondo, sabendo muito bem que estou pouco me lixando para quem está perguntando. Neste momento, eu conversaria com qualquer pessoa, qualquer um disposto a me ouvir.

"Sou Rebecca Sanford, repórter do *Prince William Times*."

"Lamento, mas minha advogada não quer que eu fale com a imprensa." Começo a fechar a porta.

Ela estica o pé e me impede.

"Eu sei. Senhor Morgan, sou uma grande fã do seu trabalho, e eu gostaria muito de saber o seu lado da história."

"Você leu algum livro meu?"

Ela assente.

"Na verdade, fiz o curso de escrita criativa que você ministrou na faculdade comunitária, há mais ou menos um ano."

Depois de comprarmos esta casa no lago, fui convidado a ministrar uma matéria de escrita criativa na universidade local. Quase neguei, mas concluí que a admiração que receberia dos alunos era exatamente o que eu precisava. Também achei que poderia ser uma boa carreira para seguir, mas acabei lecionando por apenas um semestre. Acontece que eu tinha romantizado demais a vida docente, pois no fim das contas eu desprezava a maioria dos alunos e todo o desinteresse deles. Além disso, a qualidade dos textos era majoritariamente deplorável, e ter de lê-los era uma tarefa para lá de árdua.

"Realmente, você me pareceu familiar", digo, porque é a coisa mais simpática para se dizer a uma fã.

Ela sorri.

"Não estou acreditando que você faria isso. E adoraria ajudar, de verdade, visto que você já me ajudou demais."

Faço que sim.

"Então quer dizer que você é repórter? Minha aula deve ter sido boa."

"E foi", confirma ela.

Não devo estar em meu melhor juízo, mas a convido para entrar. Pode ser porque estou sozinho, sei que preciso de ajuda, ou porque estou lisonjeado.

Ela se senta à mesa da cozinha e pega o laptop.

"Vamos lá, então. Há quanto tempo você e Kelly Summers estavam se vendo?", pergunta, sem rodeios.

"Você vai escrever sobre mim?"

Ela faz que sim.

"Então preciso de uma coisa em troca."

Ela engole em seco.

"Tipo o quê?"

"Nada ilegal, mas preciso da sua ajuda para encontrar alguém que fazia parte do passado de Kelly. Você é repórter, então deve ser boa nisso."

"Por que você quer isso?" Suas sobrancelhas se juntam.

"Porque Kelly foi acusada de assassinar o primeiro marido, mas não foi condenada. O julgamento foi extinto porque as provas desapareceram." Não conto toda a história envolvendo Scott, pois Sarah já está investigando isso, e não posso dar na cara que estou apontando o dedo para qualquer um.

Rebecca arregala os olhos e se põe a anotar tudo.

"Se isso é verdade, como é que nenhum jornal descobriu isso?"

"Porque ela trocou de nome, se casou, e se mudou para o outro lado do país. É uma trilha bem documentada. Acho que armaram para mim e desconfio que foi alguém do passado dela."

Ela franze a testa.

"Mas quem ia querer machucar Kelly ou...?"

"Jenna Way era o verdadeiro nome dela. Meu palpite seria um amigo ou um membro da família do primeiro marido. Ela foi assassinada do mesmo modo que matou o marido. Quase uma justiça poética para o autor do crime."

"E o atual marido, o Scott? Ouvi rumores na cidade de que ele supostamente abusava dela."

Fico contente ao ouvir essa informação.

"Também é uma pessoa de quem suspeito, mas quero que se concentre no passado dela."

"Entendi." Rebecca assente. "E o terceiro DNA que foi encontrado no corpo?"

Franzo a testa.

"Isso é de conhecimento público?"

"Ainda não, mas tenho minhas fontes." Ela emite um sorriso tímido.

"Eu não faço ideia de quem poderia ser esse terceiro cara." Conto-lhe também da fotografia com a ameaça.

"Alguém sabia sobre vocês dois?"

"Possivelmente, o marido, Scott, e talvez o colega, o subxerife Hudson também, que convenientemente é o álibi dele para a noite do assassinato da Kelly."

"Então, o que quer que eu faça?", pergunta.

"Bem... Graças a isto aqui", levanto a barra da calça e mostro a tornozeleira, "eu não posso sair desta casa, e isso dificulta a investigação que eu queria fazer."

"E a sua advogada?"

"Se refere a minha esposa? Ela está fazendo o que pode. Mas é a minha vida que está em jogo, e não vou ficar sentado aqui assistindo enquanto tudo é arrancado de mim. Não sem tentar ao máximo descobrir a verdade."

"Compreensível. O que quero é o seguinte: uma entrevista exclusiva e dois mil pelos meus esforços." Ela estende a mão para selarmos um acordo.

Sinceramente, não achei que ela teria colhões de pedir dinheiro.

"Fechado", afirmo, apertando a mão dela, porque não tenho outra pessoa para me ajudar. Então aceito qualquer um que aparecer.

Ela sorri, e percebo que está satisfeita.

"Agora, preciso que descubra o nome do primeiro marido de Kelly e também de qualquer amigo ou parente que fosse próximo dele. Vou precisar de números de telefone e dos antecedentes de cada um. Você consegue?"

"Não deve ser difícil. Você disse que o nome dela era Jenna Way?"

"Isso, e ela morava em Wisconsin", confirmo.

"Entendi. Não devo demorar muito para conseguir tudo isso. Eu perguntaria onde você gostaria de me encontrar de novo, mas já sei a resposta."

"Até logo, então."

"Gostaria de receber adiantado", acrescenta ela.

Franzo a testa, mas atendo ao pedido. Caminho até o armário e pego uma lata de café. Conto mil dólares e lhe entrego. "Aqui tem metade. Te dou a outra metade quando você trouxer o que preciso."

"Dinheiro escondido na lata de café... que clichê." Ela pega a grana e enfia na bolsa antes de sair.

Eu espero mesmo que não tenha aceitado meu dinheiro sem alguma intenção de me ajudar, mas não há muito mais o que eu possa fazer, então vou ter de correr alguns riscos enquanto ainda é possível.

## 31

# SARAH MORGAN

Mal entro no escritório, já sou interceptada por Anne.

"Sarah! Kent quer falar com você. Ele disse que é urgente", avisa ela com um tom de preocupação na voz.

"Ele disse o motivo?"

"Não."

"Tudo bem. Aqui. Pegue minha bolsa e segure todas as minhas ligações até eu voltar, por favor."

Anne assente.

Kent é meu chefe e o outro sócio da empresa. O "Williamson" de Williamson & Morgan. O nome dele vem primeiro, e ele gosta de me lembrar disso de vez em quando. Embora eu seja promissora nas salas de audiência, está há décadas no ramo e tem contatos com os quais eu nem sequer poderia sonhar. Estou tentando manter tudo isso em segredo, mas sei que vazou, já que estou no meio da seleção dos jurados. Eu, de fato, pedi minhas férias, mas meu pedido nunca foi aceito ou negado. Então imaginei que ele talvez soubesse o que eu estava fazendo e estivesse me permitindo trabalhar neste caso durante meu expediente, embora essas horas trabalhadas não sejam rentáveis. Minha hora é, de longe, a mais alta de todo o escritório. Eu poderia tirar seis meses de licença e ainda receber o salário mais alto.

Aproximo-me da mesa da secretária, e Nicole me recebe com um "Ele já está te esperando!". O escritório de Kent é o único na empresa que bota o meu no chinelo. Ele mandou revestir as paredes com painéis de mogno e pendurou, na parede atrás de sua mesa, a cabeça empalhada de um javali, o troféu de uma caçada recente no Texas. A aventura se deu ao lado de grandes amigos lobistas do petróleo a fim de lhes garantir que seus laços seguiam firmes e fortes mesmo depois da minha defesa triunfal no caso do senador McCallan. Creio que não preciso mencionar que não fui convidada para o passeio. A parede atrás de mim tem fotos dele com todos os políticos importantes das últimas duas décadas.

Kent não gosta de sair do escritório, então também tem uma mesa de reunião para doze pessoas, bem basiquinha, dentro do possível. Sem telefone para teleconferências, sem tevê de tela plana; ele faz reuniões à moda antiga. Se não puder ser resolvido com caneta, papel e uma língua afiada, então nem vale a pena para ele.

"Queria me ver, Kent?"

"Sim, Sarah, por favor, sente-se." Ele aponta para uma cadeira em frente à mesa onde está sentado.

"E aí?", exclamo, tentando manter o tom informal, coisa que sei que ele odeia.

"Bom, seu comportamento e desempenho recentes aqui no escritório têm sido... erráticos, por assim dizer. Gostaria de me contar alguma coisa?", dispara ele.

Eu sei que ele já sabe, mas quer ouvir tudo de minha própria boca.

"Estou trabalhando no caso do meu marido, como tenho certeza de que você já sabe."

"Estou ciente e surpreso também por você não ter me contado primeiro, principalmente porque o caso não gerará nenhum lucro. E tenho certeza de que está causando muito tormento para você."

"É um caso midiático que gerará publicidade para o escritório."

"Casos *pro bono* com fins publicitários precisam ser aprovados por mim, então sua conduta está sendo tudo, menos profissional."

"Essa não era minha intenção quando..."

"Apesar das suas intenções." Ele faz uma pausa, em seguida se levanta e contorna a mesa, vindo até a frente e sentando-se na beirada. "Olha, Sarah, não estou aqui para lhe dar uma reprimenda. Sei que você está entre a cruz e a espada e compreendo por que pegou este caso, mas preciso que se comunique comigo, porque, a partir do momento em que não sei o que minha sócia planeja fazer, este escritório de advocacia começa a parecer fraco, e não pense que os outros não estão percebendo."

"Você tem razão, Kent. Sinto muito. Eu deveria ter contado. Só estava... acho que envergonhada e constrangida com a situação." Abaixo a cabeça.

"Eu compreendo. E quem pode culpá-la? Eu certamente não. Diabos! Não consigo nem imaginar." Ele balança a cabeça, e me pergunto se está pensando nas próprias indiscrições. Ouvi rumores sobre ele e a secretária... ou será que eu deveria dizer secretárias, já que tem muitas? "Vou permitir que essa farsa continue porque sei que nada do que eu disser vai detê-la, mas escute uma coisa... você precisa dar logo um fim nisso, e rápido. Por você. Por mim. Pela empresa. Vou te liberar de qualquer caso novo no momento. Mas resolva isso."

"Obrigada. Agradeço pela compreensão", afirmo.

"Ah, não me agradeça ainda. Tem mais uma coisa: como você não está gerando horas rentáveis, a sua parte na participação nos lucros vai ficar suspensa até o encerramento do caso..."

"Kent, você não pode..."

"Fazer isso? Posso, sim."

Eu o encaro com fogo nos olhos, mas decido encerrar a discussão. Quando ele bota uma coisa na cabeça, nada tira de lá. Eu me levanto e vou em direção à porta.

"Ah, Sarah, uma última coisa."

"Pois não, Kent?"

"Sua secretária, Pam."

"É Anne."

"Isso, isso, Anne. Ela não é sua ajudante para ficar te seguindo feito um cachorrinho em todas as incumbências. Ela é paga para ficar aqui e ser um recurso da empresa, não só seu."

"Da última vez que verifiquei, ela era minha secretária, e pago metade do salário dela..."

"Correto, e eu, a outra metade. Então não se esqueça disso." Ele retorna para a cadeira enquanto saio da sala pisando duro.

"Tenha um bom dia, Sarah", deseja a secretária quando passo pela mesa dela.

"Vá se foder, Nicole", disparo sem olhar para trás.

Assim que me acomodo na minha sala, Anne aparece.

"O que rolou ali?"

"Nada", respondo sem tirar os olhos do monitor.

"Foi ruim assim, é?"

"Pode me trazer um café?", bufo. Não é sempre que sou áspera com ela, mas estou puta da vida.

Anne assente e desaparece num segundo.

Fecho a porta do Range Rover, coloco as sacolas reutilizáveis nos ombros e apanho uma caixa abarrotada de coisas. Passei o dia todo no escritório, tal e qual uma funcionária regular, só para que todos ficassem cientes da minha presença. Não parei para o almoço e fiz questão de que Anne assistisse os demais advogados que também precisavam de ajuda. Como é que alguém neste escritório tem a cara de pau de me confrontar? Trabalhei mais do que qualquer outro advogado aqui e conquistei o direito de ir e vir quando bem entender. Já está escuro lá fora, então tomo cuidado para não tropeçar em nenhuma pedra enquanto caminho pela entrada da garagem. Meus saltos estalam a cada degrau, e, quando chego à porta, penso em bater — mas só por um segundo antes de entrar por iniciativa própria.

"Olá!?", grita Adam da sala, tenso. "Quem está aí?"

Não respondo e o encontro sentado no sofá da sala, usando moletom e camiseta branca, bebendo um copo de uísque. Não se deu ao trabalho de fazer a barba ou pentear o cabelo.

"Sarah? O que está fazendo aqui?"

Boto a caixa e as sacolas na ilha da cozinha.

"Trouxe umas compras para você."

"Ah!" Seu rosto se ilumina, e ele se levanta do sofá e vem lentamente para a cozinha, mas ainda mantendo distância de mim.

"Cadê a sua mãe?"

"Ela conseguiu um quarto num hotel."

"Eu tinha quase certeza de que ela ia dormir de conchinha com você", brinco.

"Ah, para com isso." Ele ri. "Ela não é tão ruim assim."

Dou um sorrisinho.

"Quer beber alguma coisa?"

"Quero."

Ele vai até o bar e me serve uma dose de Laphroaig dez anos. Retorna, ficando do lado oposto ao meu na ilha, e coloca o copo na minha frente.

"Imaginei que você precisaria de algumas coisas. Trouxe uns bifes de contrafilé, mais uísque, pãezinhos, salmão defumado, *cream cheese*, ovos, vegetais, macadâmia e sorvete", falo enquanto retiro cada item das sacolas.

"Não precisava."

Olho para ele. Há um sorriso no rosto e esperança nos olhos.

"Eu sei."

Ele toma um gole de uísque.

"Obrigado."

"Também trouxe alguns materiais para você escrever: papel, tinta de impressora, canetas esferográficas e alguns artigos de papelaria." Desembalo mais uma sacola.

"Realmente, não precisava." Seus olhos umedecem ao observar tudo que eu trouxe.

"Eu sei", respondo, levando o copo à boca.

Ficamos ali, em silêncio. Não sei o que dizer e com certeza ele também não sabe o que me dizer. E pensar que já fomos o grande amor da vida um do outro, tão ligados quanto seria possível para dois seres humanos, e agora existe um abismo tão profundo e largo entre nós que é difícil até mesmo se fazer ouvir do outro lado.

"O que tem nesta caixa aí?", pergunta, apontando para a caixa de papelão.

Empurro-a na direção dele.

"Sei que você quer cooperar, então pedi para Anne tirar cópias de todas as provas. Está tudo aí, pode revisar se quiser."

Ele olha para a caixa e depois para mim.

"Só quero que você saiba que estou fazendo tudo ao meu alcance para vencer este caso", acrescento.

"Eu sei, Sarah. Confio em você."

Assinto e lhe dou um sorriso amigável.

"Ótimo. Preciso ir, mas me avise se encontrar alguma pista, ou se precisar de mais alguma coisa. A seleção dos jurados vai acabar em breve e está indo muito bem." Ponho o copo de uísque na mesa e me dirijo para a porta da frente.

"Sarah", ele me chama com a voz baixa, quase um sussurro.

Eu paro e me viro para fitá-lo.

"Sim?"

"Obrigado por tudo." Sua voz oscila. "Não precisava mesmo fazer tudo isso."

Meu lábio inferior começa a tremer. Fecho os olhos por um instante e, quando os reabro, estão marejados.

"Não, você... bem... preciso ir."

Antes que eu possa dar mais um passo para me afastar, ele diminui a distância entre a gente e me envolve em um abraço. Quero impedi-lo. Quero dizer não. Ele não merece me abraçar, mas não resisto. Permito. É disso que ele precisa. Ele beija o alto da minha cabeça e me aperta com força. Diz que me ama várias vezes. Olho para ele — minhas bochechas estão úmidas; o coração está martelando contra o peito.

Então ele me puxa para beijar, e correspondo. Nossas bocas se movimentam em total sincronia. As mãos dele percorrem meu corpo inteirinho. Ele me pega no colo. Minhas pernas enlaçam sua cintura. Me leva até a ilha e me senta ali, os lábios estão colados nos meus o tempo todo. Ele beija meu pescoço e depois minha clavícula, trilhando cada pedacinho possível.

"Eu te amo, Sarah", sussurra ao meu ouvido.

"Eu sei", respondo.

Seus lábios são macios e cálidos. As mãos viajam pelo meu corpo, tirando o blazer, massageando os seios, levantando minha saia. Minha respiração fica cada vez mais ofegante à medida em que sua língua e lábios marcam território em meu pescoço.

Ele abre o zíper da calça e me puxa para a beirada. Então levanta minha saia, abre minhas pernas e afasta a calcinha.

Mas, de repente, o faço parar, o afasto, porque ele não merece. Não me merece. Fecho as pernas, desço da ilha e me arrumo.

Ele está de olhos arregalados, e a boca se abre para iniciar um protesto. Pouso a mão no peito dele.

"Não consigo fazer isso com você."

Saio da casa rapidamente e entro no carro. Ele grita meu nome, mas não pode me seguir, porque está preso — um perímetro invisível o impede de me perseguir.

## 32

# ADAM MORGAN

Sarah saiu há mais de uma hora, e levei quinze minutos para arrancar do meu pau a memória tátil dela. Foi tão gostoso estar pertinho dela de novo, como se houvesse uma chance de reconciliação, mas aí ela foi embora sem mais nem menos. Agora deu para isto: ir embora de repente. Agora estou sentado no sofá, bebendo meu segundo copo de uísque e comendo com as mãos uma tira de contrafilé. Minha mãe ligou para saber como eu estava. Pretendia vir para o jantar, mas, pelo que entendi, tinha uma sessão de massagem. Tenho a sensação de que está tramando alguma coisa. Ela jamais recusaria um jantar comigo, seu único filho.

O telefone toca. Ou é Sarah, ou é minha mãe. As únicas duas pessoas que me ligam atualmente. Vou até o telefone fixo na mesa de canto e, como não tenho identificador de chamadas, sou obrigado a atender para descobrir quem é, como se fosse um mistério.

"Alô!"

"Adam?"

"Isso. Quem é?"

"Sou eu, Daniel. Caramba, como vai?"

Ah, o bom e velho Daniel. Ele é meu agente literário e está comigo desde o primeiro dia. No início, eu era só uma aposta. Então me tornei um bom negócio e um monte de gente tentou surrupiar a posse do meu agenciamento, mas continuei firme com ele. Agora é ele quem está firme comigo... por enquanto.

"Ah, e aí, Daniel? Tudo certo. Estou bem, e você?", respondo, optando por não mencionar as acusações de homicídios e a prisão domiciliar.

"Não vamos falar de mim. Ouvi dizer que você está sendo julgado por homicídio. É isso mesmo?"

Eu deveria ter imaginado que já estava a par de tudo.

"Sim, infelizmente, é verdade, mas não fui eu, isso é pura..."

"Isso é ótimo!"

"O quê? Não, Daniel, eu disse que é verdade. Estou mesmo sendo julgado por assassinato."

"Ah, captei, camarada, e é a melhor notícia que me dão em muito tempo."

"O quê? Por quê?" Colo o fone no ouvido para garantir que estou ouvindo direito.

"Pense só, Adam. Estamos falando de assassinato. Você é escritor, junte tudo e o que temos? Uma revelação em primeira mão, um trunfo."

"Mas, Daniel, eu não matei..."

"Esse poderia ser o seu *A Sangue Frio*, só que melhor, porque você nem vai precisar entrevistar o assassino... que é você mesmo!"

"Daniel, eu não matei..." Cerro os dentes.

"Já estou vendo você fazendo coletivas de imprensa na sua cela, dando autógrafos em horários de visitação. Hum, vou ter que descobrir como caramba eles vão deixar você fazer uma turnê promocional, mas a divulgação vai ser fantástica..."

"Daniel! Eu não matei ninguém, tá legal?! Escuta o que eu tô falando, cacete!"

"Eita, camarada, relaxa aí. Sei que não foi você. Tipo assim, tem hora que você é jogo duro, mas assassino...? Que diabo, você não machucaria nem uma mosca. Mas independentemente de qualquer coisa, as pessoas não precisam saber disso. A meu ver, se tivesse matado..."

"Coisa que não fiz", repito.

Mesmo num momento como este, a mente dele só pensa em ganhar dinheiro. É por isso que ele é um agente tão bom — mas também um sujeito bem bosta.

"Sei lá, Daniel, não estou interessado em me tornar um suposto assassino, sendo que não fiz nada."

"Olha, nós dois sabemos que há anos você carece de uma faísca na carreira, e aí, de repente, bum! Cai bem no seu colo. Só estou dizendo o seguinte: não ignore isso. Se quiser me enviar algumas páginas nesse tema, vou ler. Se não quiser, bem... Aí pode voltar à conclusão do seu 'próximo grande romance', do qual tanto tenho ouvido falar nos últimos anos. Você é quem sabe."

"Sim, claro. Talvez."

"É isso aí, cara. Aguenta firme, rapaz. Em breve, a gente almoça junto." Ele desliga.

Desligo também e afundo no sofá, levando o copo de uísque aos lábios. Ele não está errado. Tenho em mãos uma ótima história, e é a *minha* história. Sei que não fui eu, mas posso descobrir quem foi. Todo um lance de *true crime* para eu revelar ao mundo. Um best-seller garantido no *New York Times*. Mas que título eu poderia dar?

*A Sangue Quente... Não fui eu.*

Porra, estou enferrujado. Pego o laptop e começo a anotar todos os acontecimentos, desde o início.

## 33

# SARAH MORGAN

Faz uma semana que vi Adam. Entendi que era melhor me distanciar dele e me concentrar no caso, principalmente depois que a história foi divulgada nos noticiários nacionais. Os repórteres estão ligando para o escritório sem parar. A única pessoa contente com isso é Kent, porque o escritório de advocacia não recebia esse tipo de atenção fazia eras. Porém, ele ainda não vai pagar minha participação nos lucros enquanto eu estiver trabalhando neste caso. Como eu disse, quando ele bota uma coisa na cabeça, nada consegue tirar de lá. Particularmente, não gosto da atenção extra, mas, por sorte, a seleção dos jurados terminou antes de o caso causar todo esse furor midiático.

A internet está bombando com teorias sobre o assassinato de Kelly. Mandei Anne vasculhar as postagens e os comentários para termos uma ideia de qual é a opinião pública. A maioria parece acreditar que foi Adam, mas, ao mesmo tempo, há teorias com Scott, com o terceiro DNA, com um colega de trabalho, com alguém da sua antiga vida em Wisconsin e com outro policial. Há até mesmo uma teoria com o fantasma do ex-marido. Todo mundo tem uma opinião.

A porta da minha sala se abre e tomo um susto. Anne entra correndo com dois smoothies e uma sacola de comida. Ela coloca tudo sobre a mesa com rapidez.

"O que aconteceu? O que foi?", pergunto.

"Bob está procurando por você." Ela está de olhos arregalados.

"E...?"

"Ele está puto."

Bob aparece à minha porta ostentando um belo terno de alfaiataria e uma belíssima carranca.

"Seus repórteres não só estão congestionando nossas linhas telefônicas, como também agora estão aglomerando na frente do prédio", dispara ele, entrando no escritório a passadas largas e parando bem em frente à minha mesa. Anne se afasta sem pestanejar.

"Não são meus repórteres, Bob." Mexo em alguns papéis sem dar muita atenção a ele.

"Estão aqui por causa do caso que você decidiu pegar."

"Kent aprovou a decisão."

Anne solta uma tosse meio travada, como estivesse se esforçando para não emitir nenhum som.

"Isso foi antes ou depois de o seu caso virar essa palhaçada na TV?" Ele levanta os braços.

"Toda essa publicidade é boa, Bob", rebato, dando de ombros.

"Não do meu ponto de vista." Ele olha ao redor, observando minha sala. "Cara, vou ficar tão bonitão aqui neste escritório quando Kent recobrar o juízo e te der um pé na bunda."

"Você não fica bonito nem no próprio escritório."

"Cuidado, hein, Sarah! Estou de olho em você", ameaça, que, em seguida, se vira para sair. Permiti que a última palavra fosse dele porque é só o que lhe resta.

"O que foi que deu nele?", pergunta Anne, abrindo a sacola de comida e tirando uma caixa de chocolate, sacos de batata frita e dois sanduíches.

"Deve ser o próprio ego", respondo, percebendo que a caixa de chocolate tem um cartão. "O que é isto?"

"Deixaram na recepção."

Abro o envelope e leio o cartão.

*Isto nem se compara a estudar para o exame da Ordem, mas conheço seu jeitinho de lidar com o estresse. Chocolate! Beijos, Matthew.*

Sorrio ao me lembrar de mim e de Matthew saindo para comprar chocolate no meio das nossas sessões de estudo. Abro a caixa, escolho um bombom e o coloco na boca.

"Quer um?"

"Claro." Anne pega um e dá uma mordida. "De quem é?"

"Matthew."

"Eu poderia jurar que ele tem uma quedinha por você." Ela ergue uma sobrancelha.

"Ele é gay."

"Talvez seja bi", alega Anne com a boca cheia de chocolate.

"Acho que não."

"Ah, consegui os antecedentes daquele tal de Jesse Hook", avisa ela, entregando-me uma pasta. Pego e começo a folhear.

"Informações relevantes?"

"Ele tem 32 anos, mora sozinho em Gainesville, largou o ensino médio e não tem histórico de empregos formais. Aparentemente, é escritor e pintor freelancer, pelo menos é o que diz a página dele no Facebook. Não tem família na região, não sei como veio morar por aqui. Nunca foi casado e não tem filhos. Resumindo, é um recluso bem esquisitão. Foi por isso que demorou tanto tempo para descobrir alguma coisa sobre ele... porque não existe muita informação."

"Tem algum número de telefone no nome dele?"

"Tem. Está na primeira página do perfil e é o mesmo número que enviou uma mensagem e aparece com uma dúzia de chamadas perdidas no histórico telefônico de Kelly. Ele lhe mandou uma mensagem escrito 'Desculpe!' bem na noite do assassinato, e todas as ligações foram esporádicas, alguns dias antes."

"Talvez seja o assassino", pondero, declarando em voz alta.

"Acho que vale a pena investigar."

"Vou voltar a Brentsville para ver se consigo falar com o xerife Stevens. Talvez eu consiga convencê-lo a interrogar Jesse."

"Ótima ideia. Vou continuar examinando as provas."

Meu celular vibra, e aparece na tela uma mensagem de Eleanor.

*Estou saindo da cidade, mas volto de noite. Não precisa se preocupar.*

Reviro os olhos. Se não há motivo para me preocupar, então por que ela me mandou essa mensagem? Faz uma semana que estou evitando minha sogra, então não preciso mesmo de nenhuma notícia sobre suas idas e vindas.

## 34

# ADAM MORGAN

Até que enfim, tive notícias de Rebecca. Tinha quase certeza de que ela pegaria a minha grana e se mandaria, mas me ligou ontem à noite e disse que viria nesta tarde. Faz uma semana que não vejo Sarah, e deduzo que está me evitando depois do que rolou entre a gente. Ou é por causa da imprensa. Estou vendo repórteres sorrateiros se aproximando da nossa garagem para tirar fotos da casa ou até gravar um vídeo. Minha vontade é de gritar com eles, mas sei que não ia pegar bem por causa da minha imagem já manchada. Então fico quieto e deixo as cortinas fechadas. É tudo muito solitário, exceto quando minha mãe vem para o café da manhã e para o jantar. Mas ela não veio nesta manhã; por isso, estou comendo uma banana e uma torrada com manteiga de amendoim no sofá. Dois dias atrás, ela me disse que ia dar uma saidinha da cidade, mas não contou por quê. Não sei o que seria mais importante que eu, seu filho.

Como nosso colchão *king size* foi confiscado pela polícia, resolvi encomendar um novo pela internet. Minha mãe tinha razão sobre a cama de visita, as duas, na verdade. São muito desconfortáveis. Então comprei o colchão mais caro, os lençóis com o maior número de fios e os travesseiros e protetor de colchão mais macios. Não vou aproveitar muito tudo isso se terminar condenado, mas, nesse ínterim, vai ser como se eu estivesse dormindo nas nuvens.

O telefone toca, e me estico para atendê-lo. Nem sequer tenho a chance de dizer alô.

"Adam! É o Daniel. Ótimas notícias! Já tenho várias ofertas para você revelar tudo."

"Você botou a proposta no mercado? Mas nem concordei em escrever o livro."

"Adam, você e eu somos iguaizinhos. Nós dois amamos dinheiro. Não seja burro. Essa é uma oportunidade única. Estou falando de milhões de dólares, contratos de filmes, merchandising, o pacote completo."

Meus olhos se iluminam, pensando no dinheiro, na fama, no poder. Um sorriso cresce em meu rosto quanto mais imagino o que minha vida poderia ser, e então não consigo evitar uma resposta espontânea.

"Tá bom. Mas vou escrever a verdade... Nada dessa baboseira de 'eu sou o assassino'."

"Perfeito. As pessoas hoje em dia gostam dessas coisas de *true crime*. Vou organizar um leilão. Então comece a escrever. Volto a entrar em contato, camarada."

Ele desliga de lá, e desligo de cá, atordoado por um instante. Todos os meus sonhos finalmente vão se tornar realidade. Sento-me à minha escrivaninha pronto para encher as páginas. Esta história vai fazer com que as pessoas saibam quem é Adam Morgan. Estalo os nós dos dedos e abro um documento em branco no Word. Digito: *Adam Morgan — O assassinato que ele escreveu*.

Uma batida à porta me traz de volta à realidade. É a Rebecca. É nisso que devo me concentrar. Não posso permitir que nada me atrapalhe de descobrir a verdade. Este livro não vai valer de nada se eu estiver apodrecendo numa cela de prisão ou, pior, morto. Fecho o laptop e corro para abrir a porta. Rebecca entra antes mesmo de eu convidá-la. Seu cabelo está em cachos fechadinhos sob o gorro, e as bochechas estão bem coradas.

"Achei que você tinha me abandonado", desabafo enquanto ela tira o casaco e o gorro e se dirige para a sala de estar.

"Não, fui contratada para uma missão, e sempre cumpro minha missão." Ela se acomoda no sofá e pega uma pequena pilha de pastas.

Sento-me ao seu lado.

"O que você descobriu?"

"Até que bastante coisa. Tá legal! Então, o nome do primeiro marido de Kelly, ou Jenna, era Greg, e eles ficaram casados por um ano e meio. Você já sabe do assassinato, das provas extraviadas e do fato de que Scott Summers ajudou Kelly a escapar impune. Os dois foram embora de Wisconsin depois que o processo foi extinto e acabaram aqui, no Condado de Prince William, no estado da Virgínia."

"Qual é a novidade? Tipo... a família dele ou coisa assim?"

"Calma que chego lá. Os pais ainda estão vivos. Mas não consegui encontrar muita coisa a respeito deles. O pai trabalha no ramo imobiliário, e a mãe faz trabalhos voluntários. Aparentemente, eles não têm nada a ver com isso. Além disso, já estão na faixa dos sessenta anos. É bem improvável que estejam envolvidos" Ela olha para mim.

O envolvimento dos pais sessentões parece, de fato, implausível. Quer dizer, eu mesmo não conseguiria imaginar minha mãe metida em algum assassinato cruel. Mas daí, vale lembrar, Harold Shipman, também conhecido como Doutor Morte, estava lá com cinquenta e tantos anos assassinando pessoas, e aquele casal no Missouri já era setentão quando se pôs a matar andarilhos. Portanto, a idade não define as pessoas. Se não tivermos mais novidades, vou pedir a Rebecca que investigue mais a fundo para tentar descobrir onde os pais de Greg estavam quando Kelly foi assassinada. Faço um gesto com a cabeça para que prossiga.

"Greg tinha um irmão. O nome é Nicholas Miller, e acredito que ele more por aqui."

Meus olhos se iluminam. Só pode ser ele. Quem desejaria assassinar Kelly?

"Onde ele mora? Onde trabalha? Vamos achar esse cara."

"Olha, o negócio é o seguinte. Liguei para a casa da família e falei com a mãe. E essa conversa me influenciou bastante, a ponto de eu achar que os pais não tiveram nada a ver com a história. Ela foi muito simpática e solícita. Inclusive, é alguém com quem eu adoraria falar regularmente, considerando que minha mãe é uma babaca."

"Tá legal, vamos ao que interessa, Rebecca. A gente pode falar dos seus problemas familiares depois que eu estiver livre desta história."

"Desculpe. Enfim. Perguntei sobre Nicholas, a mãe me contou que ele havia acabado de visitá-los, fazia umas duas semanas, e que tinha resolvido voltar para Maryland."

"Maryland. Mas isso não fica no estado da Virgínia", argumento.

"Certo, mas fica muito perto. Há tantas cidades e vilas a menos de duas horas daqui nas quais ele poderia estar... Não seria difícil para ele cometer o crime."

"E o que a gente faz para encontrar esse cara?"

"Ainda estou procurando. Não consegui localizar Nicholas Miller, mas encontrei outros com o mesmo sobrenome. Eu ia começar por aí, para ver se alguém o conhece. Não é um nome tão comum, então talvez eu tenha sorte", explica.

"Bem, 'não tão comum' quanto?"

"Tenho uma lista de 115 pessoas com o mesmo sobrenome em um raio de duas horas daqui e, como você vai ficar à toa nesse meio-tempo, imaginei que poderia me ajudar verificando metade da lista." Ela me entrega várias páginas cheias de nomes, endereços e números de telefone.

"Isso aqui é mais da metade", protesto ao observar as folhas. Deve haver quase duzentos nomes.

"Eu sei. Como alguns não têm telefone, vou precisar fazer visitas domiciliares. Eu não reclamaria se fosse você. Sua vida está literalmente em risco", ela me lembra.

"Eu sei disso." Reviro os olhos.

"Ótimo. Bem, então mãos à obra, e volto quando conseguir mais. Me ligue se encontrar alguma coisa", fala, anotando o número de celular num pedaço de papel e me entregando.

"E você faça o mesmo."

Ela assente, arruma suas coisas e vai embora.

Lanço um olhar para as páginas. Um desses números pode ser meu bilhete premiado — minha loteria particular. Pego o telefone fixo e começo a discar.

## 35

# SARAH MORGAN

Sigo direto para a delegacia a fim de conversar com Stevens antes que ele saia. Preciso da ajuda dele para encontrar Jesse Hook.

"Preciso falar com o xerife Stevens", digo à mulher sentada na recepção. Ela me parece entediada e com aspecto cansado. Acho que "abatida" seria a melhor descrição.

"E você é...?"

"Sarah Morgan."

"Desculpe, ele está ocupado, agora. Você pode voltar mais tarde."

"Não, dirigi mais de uma hora para chegar aqui. Preciso vê-lo agora!"

Ela revira os olhos e, quando está prestes a me dizer não de novo, passo correndo pela sua mesa e vou em direção à sala do xerife Stevens. Abro a porta do escritório com violência e o surpreendo sentado diante da mesa saboreando um sanduíche. Ele olha para mim e larga a comida sobre a mesa.

"Mas que droga, Marge!"

A recepcionista surge atrás de mim.

"Desculpe, senhor. Ela simplesmente passou correndo por mim. A desgraçada é insistente", retruca Marge enquanto tenta agarrar meu braço. Dou uma cotovelada nela, que se curva e aperta a barriga de dor.

"Ah, que bom que você conseguiu um encaixe para mim." Sorrio.

Stevens manda Marge sair e aceita a derrota.

"Do que você precisa, sra. Morgan?", pergunta, recostando-se na cadeira.

"Da sua ajuda."

"Eu falei que não ia poder dedicar mais horas de trabalho a este caso. As acusações já foram formalizadas."

"Então acho que devo formalizar aquelas outras acusações também." Olho para ele com os olhos semicerrados.

Ele se inclina para a frente.

"A gente tinha um acordo."

"Estou pouco me lixando, porque você não fez a porra do seu trabalho direito."

"Não se atreva a questionar minha investigação." Ele aponta um dedo para mim. "Eu peguei o assassino da Kelly. Não é culpa minha se você é casada com ele." Balança a cabeça.

"Idiota", retruco.

Ele dá de ombros.

"Mais alguma coisa?"

"Você sabia que Kelly tinha um *stalker*, correto?"

Ele franze a testa.

"Não, é claro que não sabia de nada." Tiro uma pasta da minha bolsa e jogo em cima da mesa, mas ele não se mexe para pegá-la. "O nome dele é Jess Hook. Pode ser dono da terceira amostra de DNA. Ou talvez saiba quem é o outro caso. Talvez tenha visto alguma coisa, ou tenha visto os dois juntos."

O xerife Stevens arqueia a sobrancelha, se inclina para a frente e abre a pasta. Isso atiçou seu interesse.

"Uma colega de trabalho da Kelly disse que era obcecado por ela. Tinha até decorado os turnos dela. Devia saber onde ela estava o tempo todo. Então, ou foi ele, ou ele sabe quem foi."

O xerife Stevens permanece calado. Percebo que está refletindo depois de tudo o que falei. Ele folheia a pasta até encontrar um recorte de jornal que tem uma foto de Jesse, de quando ele expôs em alguma mostra de arte. É um sujeito de cabelos castanhos desgrenhados e olhar frio. Na foto, não sorri, mas tem um ar presunçoso.

"Já vi esse cara por aí", afirma o xerife Stevens.

"E...?"

"Vou dar uma olhadinha." Ele fecha a pasta e me devolve.

"Eu gostaria de estar presente quando ele for interrogado."

"Sarah, você não é membro deste departamento de polícia."

"Não quero nem saber. Quanto tempo você vai levar para trazer o sujeito?"

Ele esfrega a testa, aborrecido.

"Daí você larga do meu pé?"

"Combinado."

"Beleza, vou ver se a gente consegue encontrar esse cara e trazer para cá nas próximas horas."

"Perfeito. Vou ficar na sala de espera. Me mande mensagem quando ele chegar."

Saio do escritório dele, pego o celular e envio uma mensagem curta para Anne.

*Pegamos o cara.*

## 36

# ADAM MORGAN

Já averiguei mais ou menos metade da lista, sem sucesso. Ninguém nunca ouviu falar de Nicholas Miller. Resolvo fazer uma pausa nas minhas ligações indesejadas e me servir de uma dose dupla de uísque. Viro e depois sirvo outra antes de acender a lareira.

Sento-me no sofá e bebo lentamente. Talvez, quanto mais devagar beber, mais devagar o meu tempo passe.

Ficar remoendo minha própria depressão é um dos meus únicos hobbies agora. É o meu fim? Cometo um erro, e minha vida acaba. Isso é justo? Como é que pode ser justo? Posso merecer muitas coisas, mas cadeia ou pena de morte não estão entre elas.

Quando o uísque já está passeando pela minha corrente sanguínea, tento ligar para Rebecca, mas cai na caixa postal, e, embora deixar recado não seja a coisa mais legal de se fazer hoje em dia, deixo mesmo assim.

"Oi, Rebecca, sou eu... Adam. Já estou na metade da lista e ainda não consegui nada. Estou na expectativa de que você tenha tido mais sorte. Fiz uma pausa agora, mas vou recomeçar. Se quiser vir jantar comigo, fique à vontade. Tenho uns filés no freezer. Enfim, a gente se fala mais tarde." Desligo o telefone. O convite para jantar foi o uísque falando.

Ligo de novo. Toca e toca, e então vem a caixa postal com a voz de Sarah.

"Oi, Sarah! Sou eu... Adam. Estava pensando em você. Estou com saudade. Por favor, me ligue. Eu te amo..." Me calo e desligo o telefone.

Não sei bem por que ela anda ocupada demais para retornar meus telefonemas. Será que pelo menos está trabalhando no meu caso? Ou será que está só nas minhas mãos e nas da Rebecca? Não toquei na caixa de provas que ela trouxe. Ainda acho que alguém do passado de Kelly foi o autor do crime. Se alguém assassinasse a pessoa que amo, eu jamais deixaria isso passar, nunca. Ficaria sempre à espera de uma oportunidade para dar o troco, mesmo se demorasse a minha vida inteirinha.

Daí, novamente, penso que poderia ser Scott também. E, além do mais, tem aquela foto. Quem poderia ter nos flagrado? Scott? Ou talvez alguém próximo a ele?

A porta da frente é aberta e depois fechada. Os saltos estalam no chão, e minha mãe surge usando um sobretudo preto e sapatos de salto alto. Ela bota duas sacolas de compras sobre a mesa da cozinha e começa a esvaziá-las.

"Por onde andou?", pergunto.

"Só estava cuidando de umas coisinhas. E o que você fez?"

Pego as páginas com os números de telefone e as coloco viradas para baixo na minha escrivaninha para minha mãe não ver. Não quero ouvi-la fazendo um milhão de perguntas sobre isso.

"Fiquei trabalhando um pouco", respondo ao me juntar a ela na cozinha. "O que você trouxe?"

"Só uns mimos para você: uns biscoitinhos, tirinhas de queijo, balinhas de goma, iogurte. Todos os seus favoritos quando criança." Ela sorri para mim.

"Obrigado. Recebi boas notícias hoje."

Ela para o que está fazendo. Seus olhos se iluminam.

"Vão retirar as acusações? Encontraram o verdadeiro assassino?" Ela está quase saltitando.

"Não, mãe. Meu agente está providenciando um novo contrato para mim."

A empolgação se esvai, e ela suspira fundo enquanto se ocupa abrindo uma tirinha de queijo, a qual entrega para mim.

Em vez de desfiar a tira, dou só uma mordida na ponta.

"É um livro para revelar tudo. É coisa grande, mãe. Daniel falou em um milhão de dólares e um contrato para um filme."

"Ah, querido! Isso é incrível. Que orgulho de você... Seu pai também ficaria orgulhoso."

Duvido muito que ele ficaria orgulhoso, dadas as atuais circunstâncias. Dou outra mordida no queijo.

"Conversei com alguns advogados."

"Por quê?" Ergo uma sobrancelha. Então era isso que ela estava fazendo.

"Só para garantir que você vai ter a melhor defesa possível, e acontece que todos os advogados com quem conversei concordaram que Sarah era mais do que qualificada. Não sei se acredito nisso. Provavelmente tem a ver com toda essa modinha de 'empoderamento feminino' de hoje em dia", zomba ela.

"Para com isso, mãe."

"Mas fiquei surpresa. Achei que os advogados fossem um bando de urubus sedentos por dinheiro. Nenhum deles sequer demonstrou interesse em aceitar o caso. Falaram de causa perdida e tal... mas é só porque eles não conhecem meu filhinho." Ela aperta minha bochecha afetuosamente.

"Ah, que reconfortante", retruco cheio de sarcasmo.

"Eu sei que você é inocente, anjinho, e gente inocente não vai para a cadeia."

"Isso não é nem de longe a verdade. Existe, de fato, uma organização sem fins lucrativos que ajuda a exonerar pessoas condenadas injustamente."

"Seja como for, você não vai para a cadeia, então não tem que se preocupar com isso. Vou tomar todas as providências para que Sarah resolva tudo o mais rápido possível." Ela abre um pacote de balas e me entrega. "Agora, só vim mesmo deixar algumas comprinhas antes de sair da cidade. Tenho um compromisso inadiável, mas amanhã eu volto."

"Vai sair de novo, mãe?"

"Vou, queridinho. Não queria, mas tenho que ir."

Ela me dá um beijo na bochecha e então grita, "A mamãe te ama", antes de sair de casa.

Enfio uma das balinhas na boca e a mordo. O recheio explode e desperta todas as minhas papilas gustativas, um sabor azedinho e doce ao mesmo tempo. Igualzinho a quando eu era criança. Enfio o resto do pacotinho na boca, volto para a sala e pego a lista de números de telefone. Preciso terminar de fazer essas ligações. Gente inocente vai sim para a cadeia, e não quero entrar nessa lista.

## 37

# SARAH MORGAN

"Já está tudo pronto, Sarah", exclama o xerife Stevens, dando um tapinha no meu ombro bem quando estou mordendo um sanduíche seco comprado na máquina de guloseimas. Demorou mais de duas horas, e eu já começava a pensar que ele não iria me chamar. Ele voltou a me chamar de "Sarah" também, muito provavelmente querendo ser simpático. Não consigo decifrar esse sujeito, mas sinto que está escondendo algo, ou talvez simplesmente esteja omitindo parte da verdade. Jogo o sanduíche na lata de lixo e sigo o xerife pelo corredor.

"Vamos deixar você na sala ao lado enquanto interrogo Jesse Hook."

Ele abre a porta de uma salinha e me faz um sinal para entrar. Há um enorme espelho de observação que dá para a sala de interrogatório, o mesmo lugar onde Scott atacou Adam, a mesmíssima sala onde descobri todas as infidelidades e mentiras do meu marido. Na mesma cadeira onde Adam outrora se sentou, está Jesse Hook. Eu o reconheço pela foto, ainda que tirada anos atrás. Agora ele tem barba, mas ainda é magricela e esguio. Usa um moletom enorme com zíper e calça jeans suja. E parece assustado. Isso é o que mais se destaca.

Será que sabe quem foi? Será que estava transando com Kelly? Ou viu alguma coisa? Está com medo de algo, mas do quê? Parece um daqueles caras ansiosos, e às vezes o nervosismo é confundido com medo. O xerife Stevens fecha a porta da minha sala. Me acomodo, e, instantes depois, ele entra na sala em que Jesse está.

Percebo os olhos arregalados de Jesse. Ele fica inquieto, remexendo-se, desconfortável, na cadeira. Dá para perceber o peito subindo e descendo enquanto ele inspira e expira profundamente. Olha ao redor. O xerife Stevens aperta o botão de gravação na ponta da mesa e se senta em frente a Jesse. Ele permanece calmo e controlado, mas está começando a transpirar, olhando para todos os lados da sala, menos para Stevens. Eu até o pego com o olhar fixo no espelho de observação, e ele parece estar olhando diretamente para mim — quase como uma tentativa de dizer alguma coisa para quem quer que esteja do outro lado.

"Jesse, gostaria de conversar com você sobre seu relacionamento com Kelly Summers", começa o xerife Stevens, recostando-se na cadeira. "Que tipo de relacionamento você tinha com ela?"

"Ela era minha amiga."

"Era mesmo?" Stevens balança a cabeça, incrédulo. "Porque ouvi dizer que essa amizade era unilateral."

"Como assim?" Jesse franze a testa.

"Pelo que me consta, Kelly não ficava à vontade em sua presença. Ela até pedia a uma colega de trabalho que o atendessem todas as vezes que você chegava. Por que acha que isso acontecia?"

O rosto de Jesse ganha um tom de vermelho intenso, e ele solta um suspiro grande.

"Eu não acredito nisso. Kelly até me deu o telefone dela. Por que ela me daria o número se estava tão desconfortável com minha presença?"

"Sim, vimos que você mandou uma mensagem para ela na noite em que morreu. 'Desculpe!' Por que estava pedindo desculpas?"

"Ela não estava atendendo aos meus telefonemas. Achei que estivesse com raiva de mim por algum motivo."

"Não me parece que vocês dois eram realmente amigos", argumenta Stevens.

Jesse dá de ombros.

"Pois é, talvez ela não fosse uma boa amiga para mim."

Ele abaixa o olhar por um instante antes de encarar Stevens, olho no olho.

"Mas, escuta, eu não era o único amigo dela. A vi com aquele tal de Adam do noticiário e com um policial."

O xerife Stevens se inclina para a frente e apoia os cotovelos na mesa.

"Se refere ao subxerife Scott Summers, o marido? Foi com ele que você viu Kelly?"

A sala é tomada pelo silêncio enquanto os dois se encaram. Jesse não mexe um músculo.

Meu celular começa a vibrar nesse momento, sem parar. Então o tiro de dentro da bolsa. Quatro mensagens de Anne.

*Adam recebeu uma ruiva hoje. Não sei quem é, mas vou descobrir.*

*Adam gastou 10 mil numa loja de colchões e roupas de cama.*

*Pelo visto, ela é repórter.*

*Adam fez 140 ligações para números de telefone diferentes nas últimas 24 horas.*

Não tenho tempo para responder, então volto minha atenção para Stevens e Jesse Hook. O clima parece ter mudado durante meus segundos de desatenção — só que não sei dizer o que mudou. Mas que mudou, mudou.

"E você viu, alguma vez, Scott Summers sendo agressivo com Kelly?"

Jesse faz uma pausa, olha ao redor, e em seguida de volta para o xerife Stevens.

"Não, mas ela disse que ele era abusivo."

A porta se abre, capturando minha atenção. O subxerife Hudson entra na sala com um olhar presunçoso.

"A que devo o prazer, subxerife?", pergunto, voltando a prestar atenção ao interrogatório.

"Só estou aqui para ficar de olho nas coisas."

"O xerife Stevens está sabendo?", pergunto, olhando para ele.

"Não sei do que ele sabe."

"E o que quer dizer com isso?" Inclino a cabeça.

"Vai saber!?" Ele dá de ombros. "Mas tomara que eu descubra."

Volto minha atenção para a sala de interrogatórios e vejo que Stevens já está se levantando para sair. Hudson sai sem falar mais nenhuma palavra, fecha a porta e, alguns instantes depois, a porta se abre de novo para o xerife Stevens entrar.

"E agora?", pergunto, levantando-me.

"Ele concordou em ceder uma amostra de DNA. Então vamos poder compará-la com aquele terceiro DNA desconhecido."

"Qual é a sua opinião sobre Jesse?"

Stevens cruza os braços.

"Acho que Jesse de fato não sabe de nada. Acho que tinha uma queda imensa por Kelly e nada mais. Provavelmente confundiu a simpatia dela com outra coisa. E, como está se voluntariando a ceder uma amostra de DNA, aposto que não vai ser compatível."

"Quanto tempo para sair o resultado do teste?"

"Vou mandar para o laboratório. Então, em menos de 48 horas."

"E você vai me avisar?"

Ele suspira.

"Acho que não tenho opção. Senão, você vai vir aqui de novo me ameaçar. Não vou aguentar isso mais por muito tempo." Steven balança a cabeça e franze a testa.

Parece que ele está me ameaçando também agora. Ou está cansado de mim, ou está cansado das minhas perguntas. E, se for a última opção, por que será?

## 38

# ADAM MORGAN

O uísque roubou parte das minhas lembranças. Então espero não ter conseguido nenhuma informação pertinente quando dei os telefonemas, porque, se foi o caso, não sei se seria capaz de me lembrar de qualquer uma delas. Resolvi recomeçar pelo último número de telefone para o qual me lembro de ter ligado.

O sanduíche com batata frita caiu bem, e o cochilo revigorante também. Estou voltando a me sentir eu mesmo de novo — e com isso quero dizer desanimado e deprimido. Estou cara a cara com a pena de morte, então, basicamente esses são os sentimentos que me restam. Mas estou tentando resistir ao uísque por enquanto.

Pego o telefone fixo e começo a discar. Do outro lado, a linha toca, e toca, e toca, e, assim que cai na caixa postal, minha porta da frente é aberta com um estrondo.

"Adam!"

Nem preciso olhar para saber que é ela. Reconheceria essa voz decepcionada em qualquer lugar e a qualquer hora.

Desligo o telefone e imediatamente me largo no sofá, tentando parecer indiferente. Sarah irrompe na sala, com os olhos arregalados e muita raiva.

*Que beleza...* O que foi que fiz desta vez? Bom, não pode ter sido pior do que um caso extraconjugal e a acusação de ter matado minha amante.

"Oi, querida!", cumprimento com uma pitada de sarcasmo.

Pelo olhar, percebo que ela me vê como um mero problema, um cliente que carece de atendimento. O que aconteceu com a Sarah que encontrei uma semana atrás? Aquela que correspondeu ao meu beijo. O amor que havia entre nós parece ter desaparecido, mas quem sou eu para culpá-la, não é mesmo? Olhe só para mim: a barba crescida e desgrenhada tomou conta do meu rosto. Com certeza, meus olhos avermelhados formaram olheiras.

"Não me venha com esse 'oi, querida!'. Que lance é esse da ruiva, desse monte de telefonemas e dos 10 mil dólares que você torrou?" Ela me encara com os olhos semicerrados. Talvez ainda se importe comigo. Quis saber, primeiro, sobre a ruiva. Está com ciúmes? Faz tempo que não a vejo com ciúmes. Ora, pode ser que ainda me ame, afinal de contas.

"Posso explicar tudo", declaro, levantando as mãos.

"Então explique."

"Tá legal, a ruiva... O nome dela é Rebecca. Ela é jornalista..."

"Jornalista? Você andou falando com uma jornalista? Tem noção de que está sendo julgado por homicídio?"

"Eu tenho noção disso, Sarah... mais do que todo mundo." Cerro os dentes. Este é o meu grande problema com Sarah, ela sempre me trata como se eu fosse um idiota. O que espera que eu diga? *Ah, puxa. Obrigado pelo lembrete. Esqueci completamente.*

"Será que você tem noção mesmo?" É óbvio que é uma pergunta retórica.

"Ela está me ajudando."

"Ela é jornalista. Para ela, você é só uma pauta, e você nem conhece essa mulher."

"Rebecca e eu fizemos um acordo. Vou dar a ela uma entrevista exclusiva, e, em troca, ela vai ajudar com a minha investigação."

"Sua investigação? Que porra é essa? Já tem uma investigação em curso, estão investigando Jesse Hook." Ela fica vermelha de raiva e solta um suspiro exasperado.

"Quem é esse tal de Jesse Hook?"

"Exatamente! Você não faz ideia do que está acontecendo no próprio caso."

"É porque você não me conta. Estou trancafiado nesta casa. Não posso sair. Portanto, se você não me contar nada, vou ficar sem saber de nada, e, sem saber de nada, vou querer procurar informações." A encaro com os olhos semicerrados.

Sarah me encara de volta, mas, depois, pega a caixa que está no chão e a joga sobre a mesinha de centro.

"É nisto aqui que você deveria se concentrar."

"Quem é Jesse Hook?"

"É o cara que era obcecado por Kelly. Mandou uma mensagem pedindo desculpas na noite em que ela foi assassinada. Isso é muito estranho. E, de acordo com a colega de trabalho da Kelly, ele a perseguia."

"Então, ele saberia que ela estava aqui na noite em que foi assassinada?"

Sarah assente.

"Correto."

"Então ele deve saber do meu caso com a Kelly."

"Pelo jeito, sim. O xerife Stevens o interrogou há cerca de uma hora. E o DNA dele vai ser examinado para ver se é compatível com o terceiro DNA. Se não for compatível, é um forte suspeito."

Aproximo a mão do meu queixo e fico batendo os dedos nele.

"Então pode ser Scott, Jesse ou alguém do passado da Kelly."

"O que quer dizer com o passado da Kelly?"

"É com isso que Rebecca está me ajudando. Está investigando a família do primeiro marido da Kelly." Me levanto e me sirvo de um copo de uísque.

Sarah suspira.

"É por isso que você está fazendo tantas ligações?"

"Isso mesmo", confirmo, sentando-me de novo. "Sei que você estava ocupada com a seleção dos jurados, a preparação para o julgamento e a investigação das outras pistas. Então, minha intenção era só me respaldar em todos os sentidos e ter várias teorias para falar para os jurados. Não posso ficar aqui sentado sem fazer nada." Tomo um gole.

"Beleza, liga para quem quiser, estou pouco me lixando. Mas tome cuidado para não falar o seu nome para ninguém. A última coisa que a gente precisa é de uma notícia em todas as mídias dizendo que você está assediando pessoas. E está usando *69 quando liga?"

"Estou", minto.

*Merda*, me esqueci desse truque. Também estou falando que meu nome é Adam, mas, pelo menos, não falei meu sobrenome para ninguém.

"Em que você gastou os 10 mil?", dispara.

"Que diferença faz para você? Foi do meu dinheiro, do adiantamento pelo meu livro", rebato de um modo insolente.

Ela balança a cabeça e segue para a porta da frente.

Espera aí, como é que ela sabia da Rebecca, dos telefonemas e do dinheiro? Ou anda me vigiando, ou, no mínimo, tem alguém me vigiando. Mas por quê? O que é que ela acha que estou fazendo?

Antes de sair, ela para e se vira.

"A propósito, se você acabar preso e não terminar o livro, o estorno desse adiantamento vai ficar nas minhas costas. Então, por favor, pare de gastar o *meu* dinheiro, seu idiota."

"Pensei que fosse o nosso dinheiro, Sarah! Nós somos casados. Você se lembra disso?"

"Ah, a gente também era casado quando você meteu até as bolas numa garçonetezinha qualquer?" Ela estreita os olhos para mim.

Desvio o olhar por um segundo. Aí ela me pegou.

"Independentemente de qualquer coisa, você não vai mais precisar se preocupar com o seu dinheiro. Estou escrevendo sobre a minha experiência com este caso, e já tem uma concorrência de lances pelo meu livro." Sorrio.

Sarah fica boquiaberta.

"Você só pode estar brincando comigo. Sabe como isso vai aparecer na imprensa? Vão dizer que você está tentando lucrar com tudo isso. Vão retratá-lo como um monstro de outro mundo. Estou trabalhando para caralho no caso, e o escritório nem está me pagando por causa disso." Ela balança a cabeça, incrédula. "Adam, bem que você poderia confessar que é culpado e aceitar aquele acordo, porque você está destruindo o seu caso."

Engulo em seco, me dando conta de que ela talvez tenha razão.

Então ela dá meia-volta e sai da casa, sem dizer mais nenhuma palavra.

## 39

# SARAH MORGAN

Estou dirigindo de volta à cidade, furiosa, meus olhos estão focados no facho dos faróis.

Ligo para Anne pelo comando de voz do *bluetooth*. Ela atende no primeiro toque, como sempre.

"Oi, como foi com Adam?"

"Nada bom. Pelo visto, ele está escrevendo um relato de tudo, e o agente dele já vendeu o livro."

"Um relato de tudo? Ele é idiota?"

Buzino para uma minivan na minha frente, que está no ritmo de uma tartaruga. Em seguida, troco de faixa e a ultrapasso. Respiro fundo, tentando me lembrar de que vai dar tudo certo.

"Ele é. E também anda bebendo muito e trabalhando na própria investigação com aquela repórter de quem você falou. Preciso que mande desligar a internet e o telefone fixo da casa do lago. Não quero que ele converse mais com o agente sobre este caso ou beba e saia ligando para pessoas aleatórias."

"Vou providenciar. Mais alguma coisa?"

"Sim, marque uma reunião com Bob para amanhã."

"E para quê?"

"Ele falou que ia ficar de olho em mim. Então acho que deveríamos bater um papo."

Anne dá risada.

"Pode deixar comigo."

"Tenha uma ótima noite."

"Você também, Sarah."

Encerro a ligação, e o celular vibra. Olho rapidamente. É uma mensagem de Matthew.

*Jantar hoje? Digamos às 20h30 no The Capital Grille?*

Um garçom uniformizado me acompanha pelo restaurante até a mesa onde Matthew está. Há uma garrafa de champanhe aberta em um balde com gelo. Matthew está usando um terno lindamente cortado. Ele se levanta quando me aproximo e me dá um abraço e um beijo em cada bochecha.

"Desculpa pelo atraso. Estava voltando da casa do lago. Tive que resolver as estripulias de Adam." Eu me sento.

"Não tem problema. O que ele andou aprontando?" Serve uma taça de champanhe e me oferece.

Pego a taça e viro de uma vez.

"Ele anda bebendo e ligando para dezenas de números aleatórios. Está escrevendo um livro sobre o caso, e está confabulando com uma jornalista numa investigação própria."

"Ou seja, não mudou muita coisa." Matthew ri enquanto toma um gole de champanhe.

Encho minha taça de novo.

"Como assim?"

"Adam sempre teve um talento para o drama."

"Ué, ele é escritor." Abro o cardápio e dou uma olhada, muito embora eu peça sempre a mesma coisa: lombo ao cogumelo porcino com vinagre balsâmico envelhecido por quinze anos.

"Como está Eleanor?"

"Na verdade, não tive que vê-la muito na semana passada."

"Que bênção!" Matthew sorri, levantando a taça. "Um brinde a isso."

Dou um sorrisinho, faço tim-tim na taça dele, e bebemos.

Matthew faz uma pausa e olha para mim, com os olhos semicerrados.

"Sabe de uma coisa? Ainda não entendo por que você está defendendo Adam nisso tudo."

"Porque ele é meu marido." Dou um suspiro. "E, independentemente do que me fez passar, no fundo, ainda o amo."

"Ama?"

"Bem, beeeeem lá no fundo." Dou uma risada.

"Só uma mulher muito forte para fazer o que você está fazendo."

"Mas acha que sou louca por estar fazendo isso?"

Ele fecha o cardápio.

"Sinceramente?"

"Claro."

"Acho. Você não deveria ter aceitado o caso, e não acho que seu discernimento esteja na melhor forma, muito provavelmente porque esse assunto mexe com a sua intimidade. Sei que Adam é um merda, mas ele merece uma defesa adequada."

Fecho o cardápio com brusquidão.

"Como assim? Onde que o meu discernimento está afetado?"

"Não seja respondona comigo. Só eu posso fazer isso." Matthew estala os dedos.

"Não brinque comigo."

Ele limpa a garganta.

"Como estava dizendo. Você está forçando para o julgamento acontecer logo, ou, no mínimo, não está fazendo pedidos para ganhar mais tempo para encontrar provas. Por quê?"

Solto o ar, exasperada. Era para ser um jantar agradável. Por que ele está questionando minhas intenções?

"Adam e Eleanor querem um julgamento rápido, e é um direito deles."

"Você deveria aconselhá-los a fazer o contrário." Matthew semicerra os olhos.

"Meu chefe quer que o caso seja encerrado logo também. Vou ficar sem receber minha participação nos lucros enquanto não finalizar isso", sussurro.

"Isso não é desculpa, Sarah. Arranje outro advogado para ele."

"Você sabe que sou a única advogada que tem chances de vencer esse caso." O tom da minha voz aumenta, mas não era minha intenção.

Matthew se inclina para trás.

"Caaaaalma lá."

"Desculpe." Tomo um gole de água. "Eu simplesmente não entendo por que você está me desafiando. Pensei que fosse meu amigo."

"E sou. É exatamente por isso que estou te desafiando. Não quero que questões pessoais atrapalhem seu discernimento. Você é uma advogada famosa. Me dê uma única razão legítima para acelerar o julgamento." Ele cruza os braços e inclina a cabeça.

Olho para o entorno do salão do restaurante e, depois, para Matthew.

"Bem, o passado conturbado de Kelly vazou para a imprensa, e, se conseguirmos levar o caso a júri popular enquanto essa informação estiver fresca na mente das pessoas, isso vai beneficiar Adam."

Matthew assente.

"Não sabemos quem é o dono do terceiro DNA, e, de certa forma, a ausência dessa informação também é uma vantagem, pois, se soubéssemos e o dito-cujo apresentasse um álibi forte, não iria acrescentar nada de útil para a gente. Mas, se soubéssemos, também poderia ajudar. É uma jogada arriscada."

Matthew assente outra vez.

"Isso também vale para quem mandou aquela foto com a ameaça. Se a gente nunca souber quem foi, é menos um álibi para nos atrapalhar."

Ele sorri para mim.

"Isso é tudo o que eu precisava saber. Pelo visto, seu discernimento está mais afiado do que eu imaginava. Agora, vamos comer", afirma Matthew assim que o garçom se aproxima da mesa.

É tarde quando chego em casa depois do jantar com Matthew. Coloco minha marmita com sobras do jantar na geladeira e abro a garrafa de vinho que comprei no caminho. Planejo passar o resto da noite revisando minhas estratégias e bebendo vinho. Mas, depois de um tempo, cochilo.

Já é bem mais tarde quando ouço alguém subindo as escadas. Desde que toda essa provação começou, desejo muito... uma coisa. Sinto a pressão no ar mudando ligeiramente e sei que não sou mais a única pessoa no cômodo. Olho para o teto, mas, como a luz está apagada, ele começa a se metamorfosear em nuvens azuis e pretas, um redemoinho indistinto adiante. Começo a me erguer na cama, e o quarto fica quente, e parece mais familiar do que nunca. Sinto olhos em cima de mim, rondando-me como a uma presa na escuridão, mas não tenho medo, muito pelo contrário. Estou usando calcinha rendada e sutiã rendado, um pedaço de carne guarnecido para degustação.

Sinto um peso no colchão e o hálito em cima mim. Mãos macias deslizam pela minha barriga e depois agarram os seios, massageando-os. Minha respiração acelera. Desejo isto. Preciso disto. Sinto uma viscosidade nauseante se acumulando na minha calcinha. A sensação de fricção aumenta quando começo a gemer, e então sinto algo dentro de mim, todos os meus desejos sendo realizados como se pensamentos estivessem sendo projetados na parede e devidamente decifrados. Quando chego ao clímax, estou mais esgotada do que esses últimos dias. O sono rapidamente me domina quando relaxo na cama, entalhada por uma nova forma de anseio.

Quando acordo na manhã seguinte, há um vazio ao meu lado no colchão. Mal posso esperar pelo dia em que esse buraco será preenchido para sempre. Decido que, independentemente do resultado do julgamento, vou me divorciar de Adam quando tudo isso acabar.

Meu celular vibra, e o pego. É uma mensagem de Anne dizendo que Bob adiantou nossa reunião para às oito e meia.

Respondo confirmando presença.

Ele só está mexendo comigo, porque mexi com ele primeiro, ao marcar esta reunião. Me arrumo rapidamente e corro para o escritório. Geralmente chego muito antes das oito, mas, por causa do meu visitante noturno, acabei me atrasando. Anne me entrega um café assim que as portas do elevador se abrem. Ela está alegre e radiante.

"Bom dia, Sarah! Bob já está na sua sala", anuncia com uma expressão de lamento. Olho o relógio.

"Por quê? Não são nem 08h15."

"Não sei bem. Tentei fazê-lo esperar, mas ele insistiu. Desculpe."

"Não é culpa sua. Segure minhas ligações enquanto converso com ele."

Bob está olhando pela minha janela. Quando ouve a porta se abrindo, ele se vira.

"Que bom que veio."

"Você está quinze minutos adiantado." Boto minha bolsa na mesa e dou a volta para chegar à minha cadeira. "O que quer?" Me sento e começo a examinar alguns documentos.

"Eu quero conversar."

Ele caminha até o outro lado da minha mesa e se senta na cadeira oposta a mim.

"Sobre o quê?"

"Quero saber o que está acontecendo no caso do seu marido."

"Estamos cuidando dele." Tomo um gole do meu café.

"O que posso fazer para ajudar?"

"Não preciso da sua ajuda, e por que você iria querer me ajudar, aliás?"

"Porque quero encerrar esse caso do jeito certo e receio que não é o que vai acontecer."

"Estou cuidando disso."

"Está mesmo? Porque li alguma coisa no jornal *Times* a respeito do livro que seu marido está escrevendo..."

Suspiro fundo.

"Tenho certeza de que são apenas boatos, mas, se você quer mesmo ajudar, preciso que..."

Sou interrompida pelo celular dele. Ele ergue um dedo e retira o celular do bolso. Em seguida, olha a tela e me lança um olhar estranho e ao mesmo tempo curioso. Por fim, atende à ligação.

"Bob Miller", diz ao celular. Então fica em silêncio por alguns instantes. "Número errado." Desliga.

"Repórter?", pergunto.

"Tipo isso." Ele faz uma pausa. "Então, o que você estava dizendo?"

"Já que você conhece os jornalistas da região, preciso que dê um jeitinho em uma moça chamada Rebecca Sanford."

"Um jeitinho como?"

"Ela está visitando Adam e incentivando-o a fazer coisas que podem prejudicar o caso, como ligar para pessoas aleatórias. Você pode resolver?"

"Se posso resolver? Que fofo, Sarah! Considere resolvido." Ele se levanta da cadeira. "Estarei por aqui se precisar de mim", afirma e sai do escritório.

Anne entra assim que Bob sai.

"O que rolou?"

"Ah, só Bob sendo arrogante como sempre."

"Tá certo. A propósito, a companhia telefônica acabou de ligar e confirmou que a internet e a linha da casa do lago vão ser desligadas."

"Maravilha. Uma coisa a menos para me preocupar", desabafo enquanto examino um punhado de papéis.

O telefone na mesa dela toca, e Anne sai correndo para atender. Alguns instantes depois, ela liga para o meu ramal.

"O xerife Stevens está na linha um."

"Pode passar para mim", oriento.

O telefone faz um barulho.

"Posso ajudar, xerife Stevens?"

"Só estou ligando para avisar que chegaram os resultados dos testes de DNA. Jesse não é compatível."

"Obrigada por me avisar", respondo e desligo o telefone.

Se não foi Jesse, então quem foi? Talvez esse terceiro DNA não tenha nada a ver com o caso; talvez tenha. Mas quero descobrir.

## 40

## ADAM MORGAN

Estive a maior parte da noite passada fazendo um monte de ligações, bêbado, tanto que vou precisar telefonar para vários dos números outra vez. Qual é o meu problema, porra? Não consigo nem mesmo resolver minhas questões sozinho. Estou na expectativa de que Rebecca passe aqui nesta manhã; se bem me recordo, ontem à noite, ela disse que viria. Mas posso estar enganado. Independentemente de qualquer coisa, ainda tenho cinco telefonemas a fazer, e é melhor eu resolver isso logo, antes que ela chegue.

Acordei e tomei banho pela primeira vez em dias, aparei a barba (decidi não tirá-la totalmente) e botei roupas mais apresentáveis.

Disco o primeiro número, cai na caixa postal, e a gravação é uma voz feminina que diz que seu nome é Gretchen. Risco o número da lista. Gretchen não é nome de assassina. É nome de uma mulher que tem uma dúzia de gatos e passa o tempo livre tricotando e juntando cupons de desconto.

Ligo para o segundo número, e uma mulher atende. Ela não faz ideia do que estou falando. Risco o nome da lista.

Disco o terceiro número, e um homem atende. Também não sabe de quem estou falando. Ele é meio mal-educado e desliga na minha cara.

O quarto número é de um velho com dificuldade para falar. Parece que passou por uma laringectomia. Desligo quando ele tenta me contar a história da sua vida. O sujeito está velho e solitário; pelo visto, está no mesmo barco que eu — o tempo que nos resta é pouco.

O quinto e último número atende quase no primeiro toque. Atende tão rápido que nem consigo entender o nome dele. Mas não tenho certeza. Como não consigo entender nada do que ele diz direito, imediatamente, começo a me explicar.

"Oi! Estou procurando Nicholas Miller. Ele é irmão de Greg Miller e cunhado de Jenna Way. Meu nome é Adam. Preciso falar com Nicholas. É caso de vida ou morte", explico. É o último número da lista. Rogo a Deus que essa pessoa o conheça. Caso contrário, ou Rebecca não me deu todos os nomes, ou fiz um monte de merda enquanto ligava bêbado.

"Número errado", avisa a voz do outro lado e, então desliga abruptamente. Bato o telefone.

"CARALHO!" Bato o telefone no gancho de novo e soco a mesa de centro. Preciso falar com Rebecca. Preciso dela aqui. Não dá para fazer isso sem ela. Ela é a minha última esperança. Pego o telefone e boto o fone no ouvido, mas não ouço o tom de discagem. Está mudo. Bato o gancho várias vezes, para ver se pega no tranco, mas nada. Merda! Devo ter quebrado essa porcaria. Recosto-me no sofá, cobrindo o rosto com as mãos, repuxando a pele. Isso não pode estar acontecendo. Não é possível que esta seja a minha vida.

Ouço uma batida à porta. Levanto-me num pulo e vou correndo até lá. Abro a porta. Ah, graças a Deus! É Rebecca, e eu não poderia estar mais feliz ao vê-la. Recebo-a com um abraço, e é meio constrangedor, mas não dou a mínima. Ela se afasta, e recolho os braços.

"O que deu em você?" Ela meio que me repele e passa por mim. Joga a bolsa no sofá e beberica um pouco da minha xícara de café.

"Por favor, me diga que conseguiu alguma coisa."

"Talvez." Ela se senta.

"Como assim 'talvez'?" Caminho pela sala de estar, esperando a resposta. A hora é agora.

Meu tempo está acabando. Quebrei o telefone. Não posso sair desta casa, nesse fim de mundo, e meu julgamento começa em menos de duas semanas. Rebecca toma alguns goles do meu café e coloca a xícara na mesa. Em seguida, pega uma pilha de pastas na bolsa, separa três e as coloca sobre a mesinha de centro.

"Estas três pessoas são as mais próximas de Kelly na época do primeiro casamento, e todas moram em um raio de 240 quilômetros do Condado de Prince William. Cada pasta contém uma biografia, uma foto e um histórico. Duas destas pessoas têm antecedentes criminais. A outra não. Isso foi tudo o que consegui nesse tempo curto, mas é um bom começo."

Abro a primeira pasta. É uma mulher de meia-idade chamada Cheryl. Ela mora a uma hora e meia daqui, ao sul. Tem dois filhos, um monte de multas por excesso de velocidade e uma acusação de perturbação da ordem pública. Tem um visual austero, lábios finos e nariz pontudo.

"Esta é Cheryl. Ela é prima de Greg", explica Rebecca.

"Quais são suas desconfianças em relação a ela?"

"Ela é parente de Greg e mora perto o suficiente para ter cometido o crime, mas não creio que ela e Greg tenham sido tão íntimos, e, ao que me parece, ela já tem problemas demais para ter inventado de arranjar mais um."

Fico satisfeito com a explicação de Rebecca, então fecho a pasta e abro a seguinte. É um homem de meia-idade com olhos escuros e cabelo castanho-escuro bem penteado. Meu primeiro pensamento é: "Este cara parece um panaca!". O nome dele é Nicholas Robert Miller. Não tem antecedentes criminais e me parece familiar.

"E este?"

"É o irmão de Greg. Mora em Washington. Eles tinham um relacionamento bem próximo. Ele é definitivamente uma possibilidade, mas não tive tempo de investigar seu álibi na noite da morte de Kelly. Dependendo disso, pode ser o principal suspeito", declara.

"Ele me parece familiar."

"É mesmo?"

"É sério, só não consigo me lembrar de onde, mas tenho a impressão de que já vi esse cara."

"Bom, se ele estiver mesmo envolvido nessa história, há grandes chances de ter passado um tempo vigiando você e Kelly. Talvez você já o tenha visto por aqui, tipo no Seth's Coffee."

"É uma possibilidade, mas tenho a sensação de que até já falei com ele."

"Talvez tenha falado." Rebecca ergue uma sobrancelha.

Fecho os olhos, tentando pescar o momento na minha memória. Já falei com esse cara, mas onde? Onde e quando eu teria conversado com ele? Tento me lembrar de todas as vezes em que me sentei no Seth's Coffee, flertando com Kelly, observando-a e esperando seu horário de saída do trabalho. Vez ou outra, eu papeava com outras pessoas na cafeteria. Será que foi lá que vi o sujeito? Ele teria se aproximado de mim? Fico olhando a foto mais um pouco e, quando percebo que não vou conseguir mais puxar a memória, boto a pasta na mesa. Deixo-a aberta, na esperança de que mais uma olhadinha me desperte alguma coisa.

Respirando fundo, abro a terceira pasta. Não reconheço a mulher da foto. Maddie Burns. Ex-noiva de Greg. *Mignon*, longos cabelos castanhos e jeitinho caseiro.

Jogo a pasta no chão.

"O que aconteceu? O que foi?", pergunta Rebecca.

"Não é nenhuma destas pessoas, cacete. Você deveria ajudar."

Ela toma um susto, quase dá um pulo. Fica de olhos arregalados ante a minha perda de paciência. Vou até o bar, tomo uma golada de uísque direto na garrafa.

"Talvez não seja alguém do passado de Kelly", sugere Rebecca.

Tomo outro longo gole.

"Mas tem que ser."

"Não necessariamente. O que é isto aqui?" Rebecca aponta para a caixa na mesa de centro.

"São todas as provas do caso. Foi minha esposa que trouxe."

"Você já deu uma olhadinha nisto?" Ela se inclina para a frente, retirando o conteúdo da caixa.

Sento-me no sofá e boto a cabeça entre as mãos. Acabou para mim.

"Esta aqui não é a foto com a ameaça, de que você estava falando?" Rebecca a segura. "Aquela que você recebeu duas semanas antes do assassinato?"

Levanto a cabeça e olho para a foto. Não a via desde o dia em que a encontrei na minha caixa de correio.

Rebecca a vira várias vezes, examinando.

"Isto aqui deve servir para alguma coisa", pondera ela. "É uma prova oportuna demais para ser ignorada."

Olho para a mesa e um papel manuscrito chama minha atenção. Olho de novo para a foto que Rebecca está segurando.

"Espera aí", exclamo. Pego a foto da mão dela, olho o verso, e então pego o post-it colado bem em cima de uma das pastas com as provas. Boto ambos lado a lado.

No post-it, está escrito o seguinte: *"Aqui estão as cópias dos arquivos que você solicitou!"*.

"O que foi?", pergunta Rebecca.

"Não está vendo?" Olho para ela e depois volto para o texto da foto e o texto do post-it.

"Vendo o quê?"

Meus olhos passeiam pelas curvas das letras, repetidas vezes.

"É a mesma caligrafia nos dois."

## 41

# SARAH MORGAN

Essa história do terceiro DNA desconhecido continua a me incomodar, e não quero iniciar a defesa no processo sem saber a quem pertence. Não preciso de mais surpresas. Esfrego a testa e tomo um gole de café morno que está sobre a mesa.

"Anne!", grito.

Ela aponta a cabeça na porta.

"Oi, Sarah! Precisa de mais café?"

"Na verdade, seria ótimo." Olho para minha caneca meio vazia. "Mas teria como você contatar o xerife Stevens por telefone?"

Anne assente e desaparece. Espero alguns instantes até ela confirmar que ele está na linha, então aceito a chamada.

"Xerife Stevens falando."

"Oi, é a Sarah."

"O que foi agora?"

"Tenho uma pista sobre o terceiro DNA."

Ele pigarreia e, por um instante, acho que a linha ficou muda. Então solta um suspiro profundo.

"Beleza. Qual é a pista?"

"Revisei o interrogatório com Jesse e percebi que ele mencionou que sempre via Kelly com um policial."

"Sim, e daí...? O marido dela, Scott, é policial", interrompe ele.

"De fato, e durante o tempo todo presumi que Jesse estivesse falando de Scott, mas e se não for? E se Kelly estivesse tendo um caso com o parceiro de Scott, o subxerife Hudson?"

"Essa é uma acusação e tanto, Sarah. Você tem provas?" Há irritação em sua voz, e acho que ele tem todo o direito de ficar assim. Nas últimas duas semanas, um de seus subxerifes foi acusado de ser abusivo com a esposa, e agora acuso outro de estar tendo um caso com a dita esposa e, possivelmente, de tê-la assassinado. Esse não é exatamente o ambiente de trabalho que você esperaria de uma delegacia numa cidade pequena.

"Não, mas Kelly era amiga de Hudson. Eles podem ter desenvolvido alguma intimidade, e isso explica o motivo de ele ter usado um celular descartável e também o fato de eles nunca terem sido vistos juntos em público. Isso é algo muito digno de se esconder", argumento.

"Não vou convocar o subxerife Hudson para interrogatórios nem para exames de DNA se não tivermos provas concretas. Isso é ridículo, Sarah."

"Então vamos convocar Jesse de novo. Vamos pedir descrições para ele."

"Não, Sarah! Acabou." Stevens desliga o telefone.

Boto a cabeça nas mãos e solto um gemido.

"Você está bem?", pergunta Anne, entrando novamente na minha sala.

Olho para ela e respiro fundo.

"Sei lá. Preciso descobrir de quem é esse terceiro DNA. Falei para Stevens que tinha uma pista, mas ele nem quis ouvir."

"Por que não?"

"Ele diz que o inquérito está encerrado."

"O fato de não sabermos de quem é esse DNA não seria bom em relação ao júri? Tipo um enigma... E se o assassino for essa terceira pessoa? Isso deixa espaço para dúvidas sobre a autoria do crime."

"Pode ser, mas quanto mais penso nisso, mais arriscado fica. Se adotarmos essa estratégia e a identidade desse homem for revelada durante o julgamento, digamos, durante a inquirição, então o tiro pode sair pela culatra, principalmente se a identidade desse homem for revelada e ele tiver um álibi. Aí vou perder a confiança dos jurados."

"Ah, sim, entendi seu raciocínio."

"Mas acho que tenho uma boa pista."

"Quem?", pergunta Anne.

"O colega de Scott, o subxerife Hudson. Caramba! Talvez eles tenham matado Kelly juntos. Afinal, eles são o álibi um do outro. Ou Scott a matou, e Hudson concordou em ser seu álibi, por se sentir culpado por conta do caso."

Anne arregala os olhos.

"Por que você acha que foi Hudson?"

"Por causa de uma coisa que Jesse disse e pelo fato de ninguém nunca ter visto Kelly com um terceiro homem. Se fosse o subxerife Hudson, eles teriam que manter segredo total. Além disso, tem o lance do celular descartável."

"Escuta, se você não pode provar que Hudson é o dono do terceiro DNA, e o xerife Stevens não quer cooperar, será que não é melhor botar todas as suspeitas em cima de Scott, o marido dela? As mensagens que ele mandou naquela noite foram bem contundentes." Anne esfrega o queixo.

"Essa é parte da minha arguição, mas a promotoria vai chamar Scott para depor e vai tentar retratá-lo como um herói enlutado. O júri provavelmente vai sentir compaixão dele."

"Existe alguma chance de Scott ter matado Kelly?" Anne ergue o cenho.

"Em minha opinião, pode ter sido qualquer um. Caramba, Anne, pode ter sido até você", brinco.

Anne solta uma risada nervosa.

"Por que você não... hum... conversa essas coisas todas com o promotor Peters? Ele iria gostar dessas informações, não?"

"Não é má ideia. Vou revelar esse palpite sobre o subxerife Hudson e providenciar para que o nome dele figure na lista de testemunhas. Peters vai investigar pensando que tenho algo contra ele, mas, no fim, vai acabar fazendo o serviço todo para mim."

"Genial."

"Vou tentar me encontrar com ele e ver se consigo plantar algumas sementinhas antes de ele entrar com algum pedido referente às nossas descobertas. Você pode ver se ele está disponível para uma reunião informal esta tarde?"

"Com certeza", responde Anne, dirigindo-se para a porta.

"Ah, Anne!"

Ela para e olha para mim.

"Obrigada por ser uma das poucas pessoas de minha confiança, com quem posso contar."

Anne abre um sorriso tímido.

"Imagina, Sarah."

## 42

# ADAM MORGAN

Estou andando de um lado para o outro na sala, agarrando meus cabelos, procurando objetos que eu possa destruir para descontar minha raiva. Como isso me passou despercebido? Como é que não vi isso antes?

"Sabe quem escreveu isto?", pergunta Rebecca pela décima vez.

"Tenho uma boa noção, porra." Estou doido para socar alguma coisa só para aliviar meu ódio.

"Certo. E então, quem foi? Acabamos de encontrar uma bela pista. É uma ótima notícia!" Rebecca está tentando me acalmar, mas não adianta. Estou possesso. A porra dessa piranha mentirosa está bagunçando a minha vida. Está tentando me arruinar. Ela me ameaçou. Provavelmente matou Kelly. Até onde sei, deve estar manipulando as provas agora, enquanto estou tendo esta conversa. A expressão de Rebecca revela que ela está praticamente me implorando por uma resposta; está com os olhos arregalados.

"Foi a assistente de Sarah, a Anne", digo, por fim.

"Merda... e você tem certeza?"

"Veja só a caligrafia. Claro que tenho certeza." Praticamente enfio a foto e o post-it na cara dela, a centímetros do nariz.

Ela me empurra.

"Calma aí. Estou ao seu lado, não se esqueça."

Respiro fundo e recuo um pouco.

"Tá legal, ela mandou a ameaça. Mas, se matou Kelly, qual seria o motivo?", pergunta.

"Como é que vou saber? Não sou um homicida. Esqueceu?" Jogo as mãos para o alto.

"Bem... então pense", pressiona Rebecca. "Não é hora de perder as estribeiras."

Esfrego a cabeça como se tentasse estimular a chegada da resposta.

"Ela é obcecada por Sarah e nunca gostou de mim. Talvez quisesse Sarah só para ela."

"Está dizendo que ela seria capaz de fazer qualquer coisa por Sarah... Tipo matar a amante do marido traidor?" Rebecca ergue uma sobrancelha.

"Não se atreva a pensar isso. Sarah jamais seria mandante de uma coisa dessas." Aponto-lhe um dedo aperto os olhos. Eu poderia muito bem socar Rebecca neste momento. Quanto tempo eu demoraria para cruzar esta sala e nocauteá-la? Para agarrar seu pescoço, esmagar a traqueia com os polegares vendo os olhos ficarem injetados e a vida se esvair deles lentamente...? Seria um jeito de estar no controle de alguma coisa outra vez, enfim. Eu poderia muito bem validar o medo que está estampado na cara dela neste instante.

Sua voz oscila quando ela recomeça a falar.

"Escute, Adam. Não quis dizer isso. Só estou tentando ajudar."

Paro de olhar feio pra ela. Não é a inimiga, me recordo. Só está fazendo perguntas e tentando entender a situação. Mas não tenho tempo pra isso. Não tenho tempo para ficar plantado aqui, pensando nisso. Preciso sair. Preciso confrontar Anne. Preciso que confesse o que fez para que essa história toda, finalmente, acabe. Não, pare, Adam.

"E agora, o que faço?", pergunto, tentando não me precipitar. Concentre-se em Rebecca. Ouça o que ela tem a dizer. Fique aqui com ela. Tudo vai se resolver. Ela já me ajudou muito. Paro de andar e congelo no meio da sala, estagnado no tempo. Rebecca já relaxou, mas está preocupada. Ela olha para mim e, depois, para sua bolsa sobre a mesa e o molho de chaves ao lado. Acompanho o trajeto do olhar dela. Está pretendendo ir embora? Acha que eu seria capaz de machucá-la?

"Posso levar tudo isto para a delegacia e tenho certeza de que eles seriam obrigados a reabrir o inquérito." Seus olhos estão repletos de esperança.

Não sei bem se essa esperança é por ela ou por mim.

"Mas o inquérito está encerrado", alego.

"Sim, mas você não foi condenado. A polícia tem obrigação de investigar todos os suspeitos."

"Mas e se não investigarem? E se eles recusarem?"

"Sua advogada ainda pode anexar tudo isto ao processo. Com certeza, vai ser bem útil para gerar dúvida no júri", explica.

Minha advogada? Você quer dizer minha esposa? Tenho que lhe contar que foi Anne quem mandou o bilhete. Volto a caminhar, agora com mais velocidade e impaciência. Meus olhos se fixam no molho de chaves, como um lampejo de esperança, e, quando me decido, é como se todos os meus pensamentos tivessem evaporado. Simplesmente faço. Não titubeio. Pego as chaves, saio da casa correndo e entro no Chevrolet Cruze de Rebecca.

Ela vem logo atrás de mim.

"Adam, o que você está fazendo? Você não pode sair!"

Piso fundo no acelerador, os pneus patinam, levantando terra e folhas — e assim me afasto da casa. Minha tornozeleira começa a apitar e a piscar.

## 43

# SARAH MORGAN

Matthew senta-se à cabeceira da mesa de conferências.

"Devo bancar o policial mau?" Ele dá um sorrisinho.

"Sempre."

"Tem certeza de que quer brincar com a promotoria a essa altura do campeonato?" Matthew inclina a cabeça e ergue uma sobrancelha.

Eu o encaro de volta.

"Está questionando minha estratégia de novo, Matthew?"

"Estou só verificando seu discernimento."

Uma pilha de caixas cobre parte da mesa — tudo aquilo que descobri, ou melhor, não descobri. Botei ali só para despistar a promotoria e, esperançosamente, fazer com que ela descubra coisas que não consegui, graças ao Departamento de Polícia do Condado de Prince William, que desistiu de cooperar comigo. Tudo nessas caixas foi cuidadosamente escolhido a dedo hoje por mim, Matthew e Anne. Peters deve chegar a qualquer instante.

Ouço uma batida à porta. Anne chega trazendo uma bandeja cheia de lanchinhos e água.

"Por aqui", diz ela.

O promotor Peters entra logo depois dela e lança um olhar curioso ao notar a presença de Matthew.

"Quem é este? Só os advogados podem ter acesso ao processo."

"Este é Matthew Latchaw. Ele está dando assistência ao caso."

Matthew se levanta e estende a mão.

"Estou fazendo mais do que dar assistência."

"Ele ao menos é formado em Direito?", questiona Peters, como se Matthew não estivesse presente. É óbvio que está farto das minhas palhaçadas.

"Sim, nós dois estudamos juntos em Yale."

"E é por isso que hoje sou lobista, e não um promotor público." Matthew sorri e volta ao seu lugar.

Peters não responde à tiradinha sacana, apenas se senta, repousa os cotovelos na mesa e direciona a atenção para mim.

"Por que me chamou aqui?", dispara.

"Primeiro, obrigada por vir tão prontamente", afirmo.

Um aceno de cabeça é sua resposta.

"Devo lembrá-la de que qualquer acordo judicial está fora de cogitação." Anne fecha a porta de um modo sutil ao sair.

"Não aceitaríamos um acordo, mesmo que estivesse em pauta." Matthew lhe lança um olhar severo.

"Muito bem, então, o que você deseja de fato? Acesso às minhas testemunhas? Se for isso, vai ter que esperar até o julgamento." Peters junta as mãos.

"Estou sabendo mesmo que você tem uma lista de testemunhas ordinárias." Balanço a cabeça.

Ele está se referindo ao subxerife Hudson, ao xerife Stevens e ao primeiro subxerife Scott Summers — todos eles se recusaram a ser inquiridos formalmente pela defesa. Contudo, eles têm todo o direito, mas é por isso que chamei o promotor Peters para esta reunião.

"Vamos ao que interessa, Morgan", rebate ele.

Aponto para a pilha de caixas no meio da mesa e à esquerda e, em seguida, deslizo mais algumas pastas na direção dele.

"Isso aqui é o que descobrimos até agora. E tem mais coisas."

Ele amortece as pastas com a mão, impedindo-as de cair em seu colo. Depois, olha para as caixas, avaliando-as, e, então pega algumas pastas e abre. Após um instante, folheando-as rapidamente, volta a fechá-las e me encara.

"Pode ser que você queira olhar com mais atenção. Não sei se te ensinaram isso na faculdade, mas as provas são a parte mais importante de um processo", alfineta Matthew.

Peters revira os olhos sem dar a mínima para o teatrinho de policial malvado de Matthew.

"Você poderia ter mandado isto para o meu escritório, ou eu poderia ter falado para um oficial de justiça vir pegar. Eu não precisava vir aqui."

"Sei disso. Eu só queria te entregar a deferência." Sorrio.

"A deferência de quê? Esse caso é de solução rápida. Não vejo tanta prova concreta num caso desde *Hill contra New Hampshire*. Os jurados chegaram ao veredicto de culpado em seis minutos, e acho que isso vai se repetir aqui."

"É mesmo, promotor? Porque, pelo que descobri, acho que não é bem assim. E é aí que entra minha deferência. Você foi gentil comigo, e não pretendo lhe causar nenhum constrangimento na audiência, então estou apresentando quase todas as nossas descobertas antecipadamente."

Ele fita de novo as caixas e as pastas à sua frente. Um olhar de suspeita começa a surgir quando ele inclina a cabeça — se é de perplexidade ou descrença, não sei. Era exatamente a reação que eu esperava: eu teria feito igual. Boto mais pressão.

"Ah, quase me esqueci." Entrego outra pasta a ele. Aquela que contém a transcrição de uma conversa entre Jesse Hook e o xerife Stevens. Destaquei com marca-texto aquilo que desejo que Peters veja e questione. Preciso que ele convoque Jesse como testemunha e arranque mais informações dele.

Ele abre a pasta e a examina.

"Quem é Jesse Hook?"

"É exatamente isto", retruca Matthew. "Pelo visto, a solução desse caso não vai ser tão rápida assim, não é mesmo?"

"Jesse Hook é...", começo a falar, mas então ouvimos um grito vindo da recepção.

## 44

# ADAM MORGAN

Faz uma hora que entrei no carro e não parei de dirigir. Meu alvo era um só. Eu era um poço de fúria. O mundo ia passando por mim, mas era apenas um monte de borrões rubros, como se o sangue fervendo em minhas veias tivesse se enxertado em cada objeto que eu via. Sabia que sofreria as consequências por ter saído da casa, mas não dei a mínima — ainda não dou a mínima. Quero constatar isso pessoalmente. Preciso ir a fundo. Meu tempo está acabando, e esta é minha última chance, minha última oportunidade de saber o que de fato aconteceu naquela noite na casa do lago, de descobrir quem foi o responsável pela morte de Kelly e, enfim, me libertar deste pesadelo.

Estou a poucos passos de abrir as portas e ficar cara a cara com Anne, uma pessoa que conheço há anos, a mulher que me ameaçou, a mulher que provavelmente matou Kelly, e a mulher que está tentando me incriminar por isso. Como ela pôde? Como conseguiu se aproximar tanto sem se fazer notar? Por que estava na nossa casa do lago? Sei que Sarah a deixou ficar lá nas férias uma vez, mas ela me avisou antes. Então, por que foi lá depois?

Curiosamente, nunca prestei muita atenção em Anne. Ela sempre esteve por perto, com ar de inocente, mas agora estou enxergando os problemas — estou vendo quem é de verdade, um monstro vingativo que quer Sarah só para si. Seu jeito quietinho hoje me indica conspiração e manipulação. Sua polidez excessiva é astúcia. Toda aquela conduta íntegra é só uma fachada para esconder seu verdadeiro eu, uma biscate da mais alta periculosidade.

Estou com a foto e o post-it na mão. Abro as portas e examino o escritório. Algumas pessoas olham para cima, outras parecem assustadas, e outras não dão a menor atenção para o meu visual desgrenhado. Vou me embrenhando pelos corredores. Procuro uma pessoa, uma única pessoa. Sei onde deve estar. Onde sempre está. Sentada, conspirando, esperando. Faço uma curva e percebo que a mesa dela está vazia.

De repente ela aparece, andando na minha direção, conversando com um homem que caminha ao seu lado. Carrega uma pilha de pastas, prestando atenção somente nele e nos documentos em mãos. A princípio, não nota a minha presença.

O sujeito com quem ela está também me é familiar. Já o vi. Bem, obviamente, devo tê-lo visto, mas sinto que esse "já o vi" foi recente. Finalmente, Anne olha para cima e me vê, parado a uns três metros de distância. Arregala os olhos tal e qual um cervo prestes a colidir contra uma tonelada e meia de aço a 100 quilômetros por hora. O homem então percebe que Anne parou e acompanha o olhar dela, pousando, enfim, na minha figura. Força a vista. Ele me reconhece e, num átimo, também o reconheço, mas aí perco o controle quando minha atenção se volta para a diaba na minha frente, a mulher que está tentando roubar a minha vida, a mulher que matou Kelly.

"Adam, você está... Você está bem?", gagueja Anne.

"Você!" Aponto para ela ao mesmo tempo que avanço, pronto para atacá-la, pronto para esmurrá-la, pronto para... Pronto para nem sei o quê. Ela grita. O som agudo perfura o ar viciado do escritório.

"Você matou Kelly. Você armou pra mim. Já sei de tudo, vagabunda desgraçada!" Assim que a alcanço, sou derrubado no chão. Um soco na lateral do meu rosto me leva a nocaute. Agora, Anne está chorando e se escondendo atrás do homem que me socou.

"O que está acontecendo aqui, porra?", grita Sarah, aparecendo com Matthew e outro sujeito no encalço deles. Reconheço o cara do meu julgamento, o promotor Josh Peters.

"Bob, o que você fez?", questiona, tão logo me flagra me contorcendo no chão. "O que está fazendo aqui, Adam?"

"Ele partiu pra cima da Anne", explica o homem que me atacou, apontando para mim. Ele esfrega os nós dos dedos com a outra mão. É o Bob. Ah, sim, conheço Bob. É o sujeito que tem enchido o saco de

Sarah nos últimos dois anos e que está de olho no cargo dela. É um otário. Nunca gostei dele, mesmo antes de começar a implicar com a minha esposa.

"Adam, você está em prisão domiciliar." Os lábios de Sarah mal se mexem enquanto ela fala entredentes.

Anne chora como a rampeira falsa que é. Bob e Matthew tentam consolá-la. Josh Peters ainda está em total espanto, tentando entender a situação, mas percebo logo a expressão de triunfo no rosto porque esta confusão o favorece — a menos, é claro, que eu consiga provar que Anne está por trás de tudo isso, que é a culpada e quem deveria ser a ré deste julgamento, não eu.

"Ela", exclamo, apontando para Anne. Todo mundo, então se volta para ela. Anne chora e lança um olhar de *"Quem, eu?"*. "Ela tirou a foto. Ela escreveu a ameaça. Ela matou Kelly!" Jogo a foto e o post-it aos pés de Sarah, que se abaixa e pega ambos, botando-os em seu campo de visão. Ela arregala os olhos, boquiaberta. Minha acusação pegou todos de surpresa. Há um instante de silêncio. Anne se contorce desconfortavelmente, coçando o braço, enquanto me levanto. Bob e Matthew recuam, mas não fazem mais nada. Sarah volta a atenção para Anne.

"Isso é verdade?" Ela segura a foto e o post-it.

Anne gagueja, encara o chão e arrasta os pés, sem graça.

"Sim. Fui fazer umas fotografias lá no lago, iguais àquelas que te mostrei. Mas aí vi Kelly e Adam... juntos."

"Meu Deus do céu", bufa Sarah.

"Mas não matei Kelly. Jamais faria isso. E queria te contar. Mas não consegui, então simplesmente... mandei a ameaça. Eu queria que ele admitisse a traição." Anne balança a cabeça, tentando convencer a todos nós, mas principalmente a Sarah, de que está dizendo a verdade. Eu é que não compro esse teatrinho nem por um segundo.

"Ela é perigosa, Sarah. Ela ameaçou a minha vida e a vida de Kelly. Você não está vendo? Deve estar por trás de tudo isso", estou quase implorando para que me ouça.

"Não!" Anne olha para Sarah. "Não foi uma ameaça de morte, foi uma ameaça tipo 'se você não contar para Sarah, eu conto'."

"Mas você não me contou, Anne." Sarah está visivelmente ofendida. Está chateada, sentindo-se traída. Dá pra ver na expressão dela. É evidente que não sabia que Anne havia descoberto meu caso com Kelly. Anne abaixa a cabeça e chora ainda mais.

"Como é que você escondeu isso de mim, Anne? Você é minha assistente. Você é minha amiga. Você é praticamente da família." A voz de Sarah está trêmula.

"E-eu-eu...", gagueja Anne.

"Todo mundo parado!" Stevens surge, com arma em riste. Ao lado dele estão o subxerife Hudson e vários outros policiais, com armas em punho também.

Ergo as mãos para cima, assim como várias outras pessoas. Ouve-se um grito e mais choro. Sarah parece irritada, assim como Bob.

Deus, onde vi esse cara, porra? Boto meu cérebro para trabalhar, tentando me lembrar. Já tem um tempinho que Sarah não me leva para nenhuma festa do escritório. Talvez ele estivesse na audiência naquele dia. Talvez tenha dado alguma entrevista sobre o caso, e eu o tenha visto na TV ou no jornal.

"Adam Morgan, você está preso por violar a prisão domiciliar", anuncia Stevens enquanto o subxerife Hudson e outro policial me agarram e algemam minhas mãos atrás das costas.

"Esperem aí! Foi a Anne! Foi ela que mandou a foto com a ameaça. Ela matou Kelly." Solto uma das mãos, apontando para a cobra traiçoeira. Um policial rapidamente mobiliza minha mão e leva para trás das minhas costas.

O xerife Stevens troca um olhar com Sarah e o subxerife Hudson. Hudson estreita os olhos e já parte para cima de Anne sem fazer nenhuma pergunta. Anne grita enquanto ele tenta algemá-la.

"Esperem aí!", grita Bob. "O que vocês pensam que estão fazendo?"

"Você ouviu. Ela está metida no assassinato de Kelly. Ela deve vir com a gente", retruca Hudson.

"Não pode simplesmente prendê-la", interrompe Sarah. Matthew e Peters engrossam o coro.

Onde Sarah estava quando vieram me prender? Estou de olhos arregalados, é inacreditável. Por que não está me defendendo?

"Sarah! Ela mentiu pra você."

"Calma, vou verificar essa história. Mas Anne tem direitos a serem assegurados." Sarah balança a cabeça.

Anne agradece.

"Não fale comigo", avisa Sarah.

Anne se encolhe e abaixa a cabeça.

"O que quer fazer, chefe?", pergunta Hudson, segurando-me pelas algemas.

Stevens esfrega a testa.

"Que pesadelo! Vamos levar a moça para prestar esclarecimentos. Se ela não quiser vir, providenciaremos um mandado", orienta Stevens.

Anne levanta a cabeça e assente.

"Eu vou. Não tenho nada a esconder."

"Até parece", digo baixo, mas alto o suficiente para ser ouvido por todos.

"Já chega!", exclama Bob.

E é nesse momento que percebo onde vi Bob recentemente. É a expressão dele que ressuscita a lembrança. Fico boquiaberto, incrédulo.

"É você!"

"Eu o quê?", pergunta, cerrando os dentes.

"Você. Você é Nicholas Robert Miller. Você é o irmão do ex-marido de Kelly. Ela matou o seu irmão."

A raiva de Hudson ainda é latente e só se intensifica a cada momento.

"Não vou permitir que vocês me metam nisso", responde Bob com naturalidade.

"Ela matou o seu irmão, então você matou Kelly, não foi?"

O rosto de Bob se contrai.

"Não vou ouvir essas bobagens. O senhor Morgan deveria ser preso por violar a prisão domiciliar."

"Isso é verdade?" Hudson enfrenta Bob. "Você era cunhado de Kelly?"

Bob abaixa a cabeça.

"Sim, mas não tive nada a ver com isso."

Sarah solta um suspiro.

"Pelo amor de Deus! Era para esse caso já estar resolvido", exclama o xerife Stevens, exasperado. Hudson começa a ficar ofegante e, em um átimo, ele e outro policial estão em cima de Bob, distribuindo porrada, numa tentativa de prendê-lo.

O xerife Stevens grita, ordenando para que eles parem. Depois de uma cacofonia de gritos e um emaranhado de ternos de poliéster, o caos se abranda, e uma respiração arquejante começa a preencher o espaço.

"Vou pedir sua exoneração!", berra Bob para Hudson e o outro policial, empurrando-os para longe e ajeitando o terno. Seu rosto está vermelho de raiva e vergonha.

Peters se vira para Sarah.

"Vou adiar a análise das provas, porque, pelo visto, você vai ter mais coisas para anexar ao processo. É só ligar para o meu escritório, que mando alguém vir buscar tudo quando estiver pronto." Ele sai rapidamente, imagino que doido para se livrar dessa baderna.

Sarah assente e suspira fundo enquanto ele se afasta. Matthew esfrega o ombro de Sarah, a fim de consolá-la. Deveria ser eu ali esfregando o ombro dela, não Matthew.

"Tá legal, acabou. Vamos para a delegacia agora!", ordena o xerife Stevens.

Creio que voltarei ao meu antigo reduto, afinal.

## 45

# ADAM MORGAN

Antes mesmo do meu ataque de fúria, já sabia que a coisa toda ia acabar mal para mim. Sabia que ia acabar aqui na delegacia de novo. Lar doce lar. Sou uma besta e tenho certeza de que Sarah vai aproveitar toda e qualquer oportunidade para me lembrar disso. Neste momento, porém, minha principal preocupação é a dor extrema causada pelo par de algemas que apertam e retorcem meus pulsos com muita força. Stevens as torceu enquanto me trazia para a delegacia. Parece que a pele está começando a descascar como aparas de um apontador de lápis. Durante o caminho, ele falou que queria ter outra conversinha comigo antes de me levar para a prisão. Talvez eu o tenha feito perceber o erro, ou talvez ele só esteja brincando comigo.

"Não precisa apertar tanto", imploro ao xerife.

"Com todo o respeito, senhor Morgan, mas não creio que o senhor esteja em posição de decidir o que é melhor. Então, por favor, se puder se calar e me acompanhar até a delegacia, ficarei muito grato." Há condescendência suficiente no tom dele para humilhar até o mais bravo dos sujeitos.

Fico doido para dar uma resposta malcriada, mas meu bom senso me alerta que isso só iria piorar minha situação. Então simplesmente obedeço. Pelo menos, estou em melhor situação do que Bob agora. E a mera noção disso faz com que um sorrisinho brote em meu rosto. Porém, pelo que notei, não o prenderam. Pelo visto, as prisões são reservadas apenas para mim.

"Este procedimento já deve ser bastante familiar para você, senhor Morgan. No entanto, ao contrário da última vez, não vamos nos esforçar para tirá-lo daqui depois de uma ou duas noites de cana. Algo me diz que vai demorar mais um pouco", zomba o xerife Stevens.

Por alguma razão, quando ele me chama de senhor Morgan, é mais desrespeitoso do que se me chamasse de Adam. Quase como se não quisesse intimidade com uma "escória" feito eu.

"Infelizmente, tudo aqui já me é familiar", afirmo. Tento manter meu sarcasmo sob controle, pois a única coisa que desejo é que esta noite acabe logo.

"Espero que, de uma forma ou de outra, seja sua última vez conosco." A depender do desfecho, isso pode ser bom ou ruim, e eu mesmo não sei como me sentir em relação às possibilidades. Sinto o início de um ataque de pânico, mas faço um exercício respiratório e me concentro no fato de que, neste momento, não vou ter como resolver nada, nem aqui nem agora, pelo menos, e então me estabilizo.

"Vou deixar você com esses caras por um minuto." O xerife Stevens assente para dois cavalheiros de uniforme azul com expressões carrancudas. "Só uma perguntinha... Por que fez isso? Você sabia que estava de tornozeleira. Sabia que a gente ia te pegar. Sabia que isso só ia piorar as coisas. Então, por quê?"

"Porque não matei Kelly, e ninguém está me dando atenção."

"Entendi." Stevens fica parado por um instante, olhando para o chão, como se de algum modo fosse encontrar uma resposta escondida no descascado da tinta cinzenta pintada sobre o concreto instalado de modo tosco. Então olha para mim e faz menção de falar, mas se limita a um suspiro.

"Subxerife James, coloque-o na prisão", ordena o xerife.

Ele balança a cabeça e segue para a porta de saída.

"Senhor Morgan, correto?", pergunta o policial.

"Correto, sou eu mesmo."

Ele masca chiclete fazendo o barulho mais alto possível, como se fosse curtir o que vai acontecer. Pelo visto, a polícia não trata muito bem os fugitivos e gosta de deixar isso bem claro.

"Vamos fazer do jeito mais fácil, ou vou ter que te arrastar pelas algemas...? Porque topo qualquer um dos dois", declara o policial com um sorriso cheio de dentes.

"Não vou causar problemas nesta noite, senhor." Estou cansado demais para continuar lutando.

"Sábia decisão."

Eu me pergunto o que Sarah deve estar achando disso tudo. Assim, já tenho consciência do óbvio: da raiva, da decepção, do choque pela minha estupidez... Mas o que quero saber é: e em relação às novidades que eu trouxe? Lá no fundo, ela deve entender que eu jamais teria fugido da prisão domiciliar sem um bom motivo, pois estava muito consciente de que isso só traria um mundo de sofrimentos. Só espero que alguém, qualquer pessoa, finalmente comece a escutar o que tenho a dizer. Mas agora qual é o tamanho da merda na qual me meti? Suspiro fundo. Não sei se quero saber a resposta.

## 46

# SARAH MORGAN

O estacionamento para visitantes está quase vazio quando Matthew e eu chegamos à delegacia. Enquanto segura a porta para mim, ele meneia a cabeça e me lança um olhar de alento.

"Você dá conta", reforça.

"Valeu!"

Entro na sala de espera com os ombros aprumados e o nariz erguido. Vou precisar reunir todas as minhas forças e minha autoconfiança para enfrentar esta noite.

"Posso ajudar?", pergunta Marge, fechando a porta lateral que dá para o guichê, a mesma que abri com ímpeto na última vez porque ela, convenientemente, tinha deixado entreaberta. É evidente que ela já passou da idade de se aposentar e tornou-se um passivo para a corporação muito maior que qualquer outra coisa.

"Só estou esperando."

"Preciso que vocês assinem aqui", diz, empurrando uma prancheta por baixo do vidro.

Assinamos os registros de visitantes e nos sentamos na recepção, aguardando Bob e Anne. Vou deixar para lidar com Adam depois de ouvir o que ambos têm a dizer.

"Acha que eles vão sair hoje?", pergunta Matthew.

"Se forem inocentes, vão", pondero, embora não esteja convencida de que a autorização de saída vá estar diretamente ligada à inocência de ambos. Mas, como dizem, quem não deve, não teme. Bob disse que queria falar com Kent para explicar o que aconteceu antes de sair do escritório e ele concordou em trazer Anne, de modo que os dois poderiam resolver isso juntos. Graças a Deus, Kent já tinha saído do escritório quando o mundo caiu. Senão, eu estaria levando um esporro dele.

Menos de vinte minutos depois, Anne e Bob aparecem. Sentam-se no lado oposto da sala de espera. Toda essa situação é muito atípica, sobretudo porque o inquérito se encerrou e o processo está em juízo — porém o xerife Stevens precisa seguir à risca todo o protocolo para não sobrar para ele. Bob está com o olhar perdido, esfregando as têmporas, e Anne ainda chora sem parar. Não consigo nem olhar para ela. Faço uma cara nítida de nojo. Como pôde mentir para mim?

O tempo escorre lentamente enquanto nós quatro flutuamos no purgatório. Nosso único castigo é estar na companhia um do outro. O constrangimento da situação e a vergonha de Anne misturada à raiva de Bob são palpáveis e fazem o tempo se arrastar ainda mais devagar.

Justamente quando penso que as coisas não poderiam piorar, a porta da frente da delegacia se abre e Eleanor aparece, toda de preto, a Dona Morte em pessoa. Fico em pé, pronta para deixá-la a par de todos os acontecimentos, mas, antes mesmo que eu possa cumprimentá-la com toda a minha falsidade, ela se planta bem na minha frente com os lábios tão franzidos que seu preenchimento labial parece prestes a explodir.

"Como é que você deixou isso acontecer? Passei um dia fora, um dia!" Ela praticamente cospe na minha cara.

"Eleanor. Seu filho é adulto e responsável por suas ações. Não posso vigiá-lo o tempo todo."

"Não, obviamente, não pode. E provavelmente é por isso que você tomou um chifre." Ela empina o nariz.

Respiro fundo. *Não dê na cara dela. Não dê na cara dela. Não dê na cara dela.*

"Olha, isso é injusto. Estou fazendo todo o possível no processo dele." Aprumo a postura um pouco mais, tentando parecer maior do que ela.

"Não deveria nem ter processo. Ele é inocente. Mas agora vai enfrentar acusações de agressão e fuga da prisão domiciliar porque você não conseguiu ficar de olho nele."

"Eleanor! Pare com isso." Balanço a cabeça. "Está descontando a raiva na pessoa errada. Você está sendo ridícula."

"Estou? Você não conseguiu ficar de olho nem na própria *mãe*... Veja o que aconteceu com ela." Ela dá um sorriso, como se estivesse muito satisfeita com esse comentário escroto.

Anne solta um suspiro audível. Bob se remexe desconfortavelmente na cadeira. Matthew começa a se levantar, pronto para atacar. Eu adoraria bater o crânio dessa vaca no chão repetidas vezes até conseguir enxergar o cérebro dela, se é que tem um. Mas não preciso de mais um processo de homicídio nas minhas costas. Preciso é tirar Eleanor desse caso e da minha vida e sei exatamente o que dizer. Algo que vai feri-la profundamente e fazê-la reagir de um modo que vai me dar uma saída. Respiro fundo e a fuzilo com os olhos.

"Seu filho é um mentiroso, um traidor e possivelmente um homicida. Adam só está nessa confusão por causa de seu excesso de mimos e exageros maternos. No papel de mãe, a melhor coisa que você poderia fazer é aceitar o meu conselho e se matar."

Ela arregala os olhos em níveis estratosféricos e fica boquiaberta. Então levanta a mão e me dá um tapão na cara.

"Você jamais vai saber o que é o amor de mãe, sua biscate."

Dói pra valer, e boto a mão no rosto. Quando retiro os dedos, tem uma mancha de sangue no ponto onde o anel dela me acertou.

Eleanor dá um passo para trás. Ela está com os dentes cerrados, e o fogo em seus olhos ainda arde.

Matthew corre até mim e examina meu rosto. Então se vira para Eleanor e fala calmamente:

"Vai embora. Até porque você não vai poder ver Adam esta noite."

A porta reforçada adjacente à recepção emite um sinal sonoro, e uma figura imensa cruza a soleira.

"Que diabos está acontecendo aqui?" O xerife Stevens olha para mim e depois para Eleanor. Ela se apruma, empina o nariz e dá meia-volta, indo embora sapateando, rumo a sabe-se lá qual buraco cinco estrelas onde está hospedada.

"Não foi nada. Vamos resolver tudo isso logo", respondo.

"Tem certeza?" Stevens franze a testa. "Tem uma bela marca aí."

"Tenho."

Ele aperta os lábios e assente.

"A entrada de todos foi devidamente registrada, Marge?", pergunta Stevens à recepcionista.

"Foi, sim", responde Marge sem sequer tirar os olhos da papelada.

"Muito bem, podem vir comigo." Stevens estende um braço, apontando a direção que devemos seguir.

Nós o acompanhamos por um corredor estreito de concreto pintado. Matthew e eu estamos lado a lado, enquanto Bob e Anne vêm logo atrás. As paredes são brancas em cima e vermelhas embaixo. O contraste de cores é chocante para os olhos, e é bem esse o efeito pretendido sobre as pessoas que são escoltadas desamparadamente até as várias salas para interrogatório.

Stevens nos conduz a uma das citadas salinhas e começa a falar ainda em pé, sem nos convidar a sentar.

"Em primeiro lugar, em nome do Departamento de Polícia do Condado de Prince William, quero agradecer a todos vocês por dispensarem seu tempo no auxílio de uma investigação em andamento. Devo lembrá-los de que nenhum de vocês está detido e em nenhuma circunstância é obrigado a falar conosco. Estando claro e aceitável para todos vocês, ainda desejam prosseguir?"

Todos assentem em resposta. O xerife não está seguindo as regras ao pé da letra. Sei disso. E Bob e Matthew devem saber também. Mas está na cara que o xerife Stevens está tentando limpar a merda que seus dois policiais fizeram ao maltratar Bob e Anne sem nenhum indício de os dois terem cometido algum crime. Estou aqui só porque quero entender o que está acontecendo. Bob e Anne, obviamente, querem limpar seus nomes. E Matthew está aqui para me apoiar, como sempre.

"Ótimo. Bem, como disse, agradeço muitíssimo. Antes de começar, senhor Miller e senhora Davis, eu gostaria de me desculpar pelo contratempo envolvendo dois policiais na tentativa de prendê-los. Como sabem, o que ocorreu foi uma confusão caótica. Os senhores desejam dar queixa?" O xerife Stevens olha para Bob e, depois, para Anne.

"Não, não desejo", responde Bob.

"Não", fala Anne, tímida.

"Eu só quero acabar logo com isso", acrescenta Bob.

"Compreendo plenamente. Agradeço pela cooperação." O xerife Stevens assente. "Vou trazer dois policiais para escoltarem vocês a salas separadas e eu poder tomar seus depoimentos." Uma dupla de policiais entra. "Por favor, podem acompanhá-los." Stevens abre os braços como se estivesse interpretando Cristo no centro da mesa em *A Última Ceia*.

Anne dá uma olhadinha rápida para mim. Cerro os lábios sem lhe dar nenhuma trela. Bob sai com o nariz ligeiramente erguido.

Quando todos se vão, Matthew e eu ficamos cara a cara com o xerife Stevens.

"Então...", começa, expondo a situação, "um show de merdas no alto escalão hoje."

"Pois é", respondo.

"Se ao menos alguns agentes da lei tivessem atuado mais depressa quando disparou o alerta de que um homem acusado de homicídio tinha fugido da prisão domiciliar a 150 quilômetros por hora, talvez tudo isso pudesse ter sido evitado. Mas, sei, é difícil ouvir os alertas sob toda aquela barulheira de mastigação de donuts", zomba Matthew.

O xerife Stevens arqueia a sobrancelha e cruza os braços.

"Nossos oficiais seguiram o protocolo da maneira mais correta possível e estavam a poucos minutos de distância do senhor Morgan. Vocês dois deveriam estar gratos pela rapidez na ação. A cena no escritório poderia ter sido muito pior." Seu tom é sério.

"Talvez. Mas faltou profissionalismo aos dois subxerifes quando tentaram prender Bob e Anne sem motivo", rebato.

"Foi lamentável mesmo, conforme observei."

Minha bochecha está queimando onde Eleanor me bateu, e preciso de uma bebida forte. Resolvo deixar esse bate-boca de lado para podermos acabar logo com isso.

"O que planeja fazer agora?"

"Só vamos tomar o depoimento deles, porque, como já falei, este caso está encerrado para nós."

"É mesmo? Você tem de admitir que essa correlação é bem estranha. Bob tem motivos, e Anne ameaçou Adam. Então eu agradeceria se fizesse mais do que simplesmente tomar o depoimento", afirmo com severidade. "E gostaria de analisar a caligrafia da foto, para comparar com a de Anne."

"Sem dúvida, é suspeito. Se algum deles estiver metido nessa história, vamos descobrir." Ele tenta se equiparar à seriedade do meu tom, mas seus esforços são insuficientes. "Não tem necessidade de análise grafológica. Ela já admitiu ter escrito o bilhete."

"Já ouviu falar em falsa confissão? Vou querer a análise grafológica."

Ele aperta os lábios com força e assente.

"Eu gostaria de acompanhar o interrogatório, já que o testemunho deles será, em última análise, pertinente ao meu caso." É um pedido descabido, e o xerife não deveria concedê-lo, visto que é contra o protocolo. Mas devo lembrar que, no começo deste caso, ele firmou um acordo comigo que também era contra o protocolo. Fazer uma coisa errada é um caminho sem volta, porque, então você tem que fazer outras para compensar. Por isso, me pergunto o que mais ele está fazendo para compensar tudo isso.

"Claro. Não vejo por que não", responde o xerife Stevens. "Você tem alguma preferência de quem vai primeiro?"

"Vamos começar por Anne."

## 47

# ADAM MORGAN

Por que está demorando tanto, porra? E cadê a minha mãe, caralho?

Liguei para ela assim que terminaram de me instalar aqui. Fico passeando pela sala de interrogatório, um lugar com o qual me familiarizei bastante na última semana. Tomara que achem logo as provas que incriminam Anne e Bob. Essa é a minha última esperança, e preciso que Sarah e o xerife Stevens acreditem em mim. Eles têm de acreditar que não matei Kelly, apenas o suficiente para fazerem com que Bob e Anne sejam minuciosamente investigados.

A porta é aberta com tanta força que bate na parede de concreto e ricocheteia em Scott Summers. Ele se retrai de dor e depois entra. Parece um animal selvagem, corado, arfante, com olhos vermelhos, lábios franzidos.

"Precisamos conversar", declara com severidade.

Levanto as mãos, mostrando que não estou procurando briga.

"Relaxa. Não vou te bater. Fiquei sabendo do que rolou."

Dou um passo para trás.

"Vamos lá. Não tenho muito tempo. Eu nem deveria estar aqui. Apenas me conte tudo o que você sabe sobre Bob e Anne." Ele me lança um olhar fugaz e dá dois passos em minha direção.

"E o que ganho com isso?", pergunto. Não sei ao certo por que estou tentando negociar com o animal raivoso diante de mim.

"Se não foi você, então talvez eu consiga descobrir quem foi. É o que você ganha com isso." Ele range os dentes. "Então desembucha... agora!"

Percebo-o cerrando os punhos.

"Tá legal, tá legal."

Então vomito tudo a ele. Tudo o que sei sobre Bob, sobre Anne, sobre Kelly, tudo. Ele fica atordoado com as informações.

"Como descobriu tudo isso?"

"Não posso revelar minhas fontes!", provoco-o.

"Eu não dou a mínima para a proteção das suas fontes. Você vai ficar preso até o julgamento por causa da merda que fez hoje. Sou a única saída que te resta se você quiser se livrar dessa confusão toda. Desembucha." Ele já perdeu a paciência. Está suando e olhando freneticamente para a porta e para o espelho de observação.

"Tá legal. O nome dela é Rebecca Sanford. Ela é repórter do *Prince William Times*." Deus, espero que Scott esteja sendo honesto sobre não ter nada a ver com a morte da esposa; caso contrário, acabei de botar nas mãos dele uma prova irrefutável para minha condenação. Sem Rebecca, não tenho a menor chance de sair dessa. A menos que Sarah tenha conseguido fazer sua mágica para descobrir o envolvimento de Bob ou Anne.

Ele assente e diz que vai voltar a entrar em contato. Não sei se acredito, mas estou esperançoso. Mesmo quando não nos resta mais nada na vida, a esperança é a única coisa que prevalece. Scott sai sem dizer nenhuma palavra. Sento-me à mesa e entro em compasso de espera. Se tem uma coisa que aperfeiçoei bem nos últimos tempos, foi minha habilidade de esperar.

## 48

# SARAH MORGAN

Dou uma passadinha no banheiro para lavar meu rosto antes de retornar à sala de observação para assistir ao interrogatório de Anne. Ela está sentada sozinha, assustada, nervosa — sentindo-se culpada, talvez. Pediu um advogado e olhou para mim, mas eu não podia fazer isso. Então pedi ao Matthew, e ele concordou. Ela fica tamborilando na mesa, depois mexe na bainha da camisa e então se põe a enrolar uma mechinha do cabelo. Não sabe o que fazer. Matthew está sentado, estoico, com uma postura perfeita. Não tem nada a ver com essa história, nada disso é problema dele, e me sinto péssima por tê-lo arrastado para cá, mas sei que quer ajudar.

O xerife Stevens entra na sala de interrogatório e se acomoda em frente a Anne e Matthew. Oferece água, ela recusa. Ele explica seus direitos. Ela assente. Ele avisa que a conversa será gravada e que poderá ser usada como prova. Ela o encara inexpressiva, e então ele começa o interrogatório. Ela trabalha num escritório de advocacia há anos, então conhece muito bem este processo — só não da perspectiva em que está agora.

"Onde você estava na noite de 18 de setembro?"

"Trabalhei até tarde, depois saí para beber com minha chefe, Sarah Morgan."

"Isso é comum?"

"Às vezes. Sarah e eu somos amigas... pelo menos, éramos", afirma ela, constrangida.

Ela está certa. Amigas não escondem que você está sendo traída pelo marido.

"Como você conheceu Kelly Summers?" O xerife Stevens recosta-se na cadeira.

"Eu não conhecia Kelly."

"Mas sabia da existência dela antes do assassinato?" Stevens tamborila os dedos na mesa.

Anne engole em seco e olha para Matthew.

"Defina o que quer dizer com 'conhecer'", solicita Matthew.

Stevens franze a testa.

"A senhora sabia quem era, senhora Davis?"

"Eu só a vi com Adam. Não sabia o nome dela nem nada."

"E o que estava fazendo no Condado de Prince William quando tirou aquela foto do senhor Morgan com a senhora Summers?" Ele inclina a cabeça.

"Eu só estava tirando algumas fotos, porque fotografia é o meu hobby. Eu já tinha ido lá no lago Manassas, adorei o cenário e imaginei que seria um ótimo lugar para o meu portfólio, que é o que estou fazendo para caso resolva profissionalizar esse hobby. Não esperava ver o que vi. Só estava tirando algumas fotos. Foi completamente inocente."

"Inocente?", questiona ele.

"Sim, o que eu estava fazendo foi totalmente inocente. É óbvio que não posso dizer o mesmo de Kelly e Adam."

"Mas você decidiu pegar essa informação e ameaçar Adam com ela?"

"Não foi a melhor atitude." Ela franze a testa. "Eu só não queria ter que abrir o jogo com Sarah. Não queria ser a pessoa a contar, porque não queria que ela se magoasse." Anne mexe em suas unhas.

"'*Acabe com isso ou eu vou acabar!*' me soa como uma ameaça de morte. Você concorda com isso?"

"Não responda", intervém Matthew. "Próxima pergunta, xerife."

O xerife Stevens se endireita em sua cadeira.

"Como queria que essa ameaça fosse interpretada, senhora Davis?"

"Minha intenção era que Adam contasse a verdade para Sarah", declara Anne. "E se não contasse, meu plano era contar tudo para ela."

Stevens arqueia uma sobrancelha.

"Mas você não contou, correto?"

"Eu tentei naquela noite quando Sarah e eu saímos. Mas fiquei bêbada demais, e não deu nada certo. Ela não entendia o que eu estava tentando contar, e ficou tudo muito estranho."

Engulo em seco. Se estava tentando me contar, não foi clara, ou talvez eu não estivesse dando ouvidos. Solto um suspiro breve.

"Até que horas vocês ficaram juntas naquela noite?"

"Até depois da meia-noite."

"Onde?"

"Em Washington."

Ele assente e acaricia o próprio queixo.

"Você chegou a ver Kelly com mais alguém?", pergunta o xerife Stevens.

Eu me inclino para a frente. Que pergunta estranha! O que está pretendendo? Que abordagem é essa?

Anne olha para Matthew.

"Qual é a relevância da pergunta?", indaga Matthew.

Graças a Deus, ele achou estranha também.

"Como a senhora Davis viu Kelly com Adam, eu gostaria de saber se ela presenciou Kelly saindo com algum outro homem." O xerife Stevens empina o nariz.

Matthew assente e faz sinal para Anne responder.

"Não, nunca vi Kelly com outra pessoa. Como falei, eu não a conhecia."

"E a senhora nunca contou a Sarah que Adam tinha um caso?", pergunta o xerife.

"A senhora Davis já respondeu a essa pergunta", manifesta-se Matthew.

"Só quero ter certeza, senhor Latchaw." Ele olha para Anne. "A ameaça 'Acabe com isso ou eu vou acabar!' seria muito mais abominável e fatal se a senhora Davis não cumprisse com o que prometeu." Ele se inclina para a frente de um modo intimidador.

Anne põe as mãos na cabeça.

"Não, nunca contei a ela."

Encaro Anne do outro lado do vidro. Não consigo acreditar que não me contou, depois de tudo o que fiz por ela. Parte do meu cérebro está louca para explodir com ela, então antes que eu consiga me acalmar, invado a sala de interrogatório.

"Sarah, por favor..." As palavras de Anne são interrompidas quando avanço sobre a mesa e derrubo Anne no chão. Começo a socar sua cara como se ela fosse a personificação de todos que foderam a minha vida. Os nós dos meus dedos e os anéis ferem a sua pele. O xerife Stevens tenta me conter, mas dou uma cotovelada em seu nariz, e ele cambaleia. Matthew grita para eu parar, mas não me detém. Anne se rasteja para longe de mim e se ergue lentamente. Ela tenta gritar por socorro, mas a boca está tão cheia de sangue que só sai um gorgolejo fraco e uma névoa rosada. Vou para cima dela de novo, agarro-a pelos cabelos, começo a girá-la em círculos e em seguida a lanço no espelho de observação. Lascas de vidro se espalham para todos os lados, e aí pego um caco particularmente irregular e avanço de novo...

Pisco várias vezes, trazendo minha mente de volta à realidade. Vejo Anne, Matthew e o xerife Stevens ainda sentados na sala de interrogatório. Meu Deus, preciso de uma pausa dessa merda. Minha cabeça está pirando. Todo mundo que achei que fosse de confiança não é. Aprendi que não posso confiar em ninguém. Parece que estão encerrando, já que Stevens fica martelando nas mesmas perguntas repetidas vezes. Nem sei qual emoção predomina agora, então resolvo que é melhor sair e tomar um pouco de ar fresco.

Saio da sala e percorro o corredor até flagrar Marge com o nariz enfiado num romance.

"Com licença. Marge, não é? Vou sair para tomar um pouco de ar, tem algum problema?"

"Isto aqui não é a pré-escola, senhora. Você não precisa da minha permissão para entrar e sair do prédio", responde Marge, ainda sem tirar os olhos do livro.

Lá fora, é como se eu tivesse pulado numa piscina fria. Respiro fundo e solto o ar com toda a intensidade ao mesmo tempo que fecho os olhos e tento desanuviar a cabeça. Estou tentando pensar na brancura imaculada, em um documento de Word virgem, sem uma única linha de juridiquês. Nos monumentos da cidade logo após a limpeza. Meu cérebro tenta imitar a cor e se alvejar, mas, em vez de encontrar o expurgo, fico cara a cara com um poço de escuridão, entre montes de porquês e montes de "e se...?".

Minha frequência cardíaca está acelerada. A pausa desse circo não está me ajudando em nada. Olho para cima e vejo a miríade de sarapintados na imensidão do céu noturno. Tenho inveja do isolamento lá no alto. Uma lágrima brota do cantinho do olho. Mas não, a barreira que construí para segurar minhas emoções, para cuidar deste caso, da minha carreira, do meu casamento precisa aguentar... pelo menos, mais um tiquinho.

Enxugo os olhos e me preparo para voltar lá para dentro.

Matthew está à porta.

"Terminamos."

"Desculpa, eu precisava de um minuto..."

Ele vem até mim e passa o braço em volta do meu ombro.

"Quando a gente acha que conhece as pessoas..." Balanço a cabeça.

"Olha, até onde vejo, acho que Anne tinha boas intenções e acredito que ela tentou de verdade te contar."

"Não comece!", aviso. Não estou nem um pouco a fim de ouvir sobre as intenções de Anne.

Matthew solta um leve suspiro e, como é do seu feitio, continua:

"Como estava dizendo. Anne não é... como você diria? A pessoa mais forte. Ela é uma seguidora, não uma líder. Você não faz ideia do quanto ela te idolatra, Sarah."

Eu sei muito bem, mas não dou o braço a torcer e fico quieta. Idolatrar-me não é uma desculpa para me trair.

"Então, essa ideia de que ela seria responsável por virar o seu mundo de ponta-cabeça... Dá para entender por que não conseguiu. Estava com medo de ser a mensageira das más notícias, a quem você acabaria por abandonar. As pessoas fazem muitas coisas estúpidas quando estão sob pressão extrema, então deixa eu te dizer, sei quando alguém está mentindo ou não, e sei que aquela mulher jamais teria a intenção de te machucar." Ele solta as mãos dos meus ombros.

Sei que Matthew está certo, mas isso não me ajuda a aceitar a situação. Anne é como a irmã caçula que nunca tive, e nosso relacionamento é mais do que entre subordinada e superior. Mais do que um vale-refeição e uma boca para alimentar. Mais do que um degrau de uma escada a ser subida e uma jovem ambiciosa.

"Ah, aí estão vocês." O xerife Stevens abre a porta. "Anne está dando uma amostra de sua caligrafia para fazermos a análise grafológica que você solicitou, mas, com base nessa conversa inicial, acho que ela está limpa."

Damos alguns passos até Stevens.

"Acho que tenho que concordar", admito, apesar de ter perdido minha confiança e eu ainda estar irada com ela.

## 49

# ADAM MORGAN

Scott quer me ajudar. Por um lado, não estou surpreso. Se de fato não acredita que matei Kelly — e não deveria acreditar mesmo, pois não matei —, então, na posição de alguém que perdeu a pessoa que mais ama, ele não deveria se deixar deter por nada para levar o verdadeiro culpado à justiça.

Mas... por outro lado, Scott é conhecido por se deixar guiar pelo seu temperamento forte, e é um babaca de marca maior. Seria surpresa se um merda como ele fingisse que acreditou em mim só para reconquistar a credibilidade junto ao departamento de polícia, ao mesmo tempo em que ele me fode ainda mais? A desgraça é que não estou em posição de escolher, e no momento Scott é tudo o que me resta.

Não posso continuar pensando nisso. Está me enlouquecendo. Minha mente está quase atingindo um estado de iluminação ou insanidade total, pois agora sou capaz de manter dois pensamentos conflitantes ao mesmo tempo.

Por um lado, sei que a esperança é a única coisa à qual posso me agarrar e a única coisa que não pode ser tirada de mim, então devo me apegar a ela para salvar minha vida, independentemente de onde ela brota ou de quem está atrelada a ela. Por outro, não sou ingênuo. Sei que minhas chances são mínimas ou inexistentes.

Outra possibilidade passa pela minha cabeça. E se Scott *for* o assassino? Todo esse comportamento errático dele, a cabeça quente e o teatrinho do viúvo enlutado são ao mesmo tempo um belo disfarce da verdade e uma válvula de escape conveniente para o medo e as emoções de "animal enjaulado" que o dominam. Se for o caso, então só estou lhe dando ainda mais munição para usar contra mim. E não só isso, pois acabei de levá-lo diretamente à única pessoa de fora que estava disposta a me ajudar a descobrir a verdade. Comigo preso aqui e sem ninguém para vigiar Rebecca, Scott pode caçá-la e se livrar dela tão facilmente quanto fez com Kelly. Bom, a essa altura do campeonato, se não acontecer um milagre, estarei fodido de qualquer jeito. Então quem se importa com o que acontece lá fora? A única coisa que me resta agora é sentar e esperar... ou talvez não.

## 50

# SARAH MORGAN

Voltamos lá para dentro com o xerife Stevens. Minha raiva não se dissipou totalmente, mas agora pelo menos estou fazendo o possível para digeri-la. Embora eu tenha o direito de estar brava porque Anne ocultou informações, não foi ela quem fez Adam transar com Kelly, e certamente não foi por isso que Kelly foi assassinada. Suas motivações, embora um tantinho equivocadas, não eram execráveis. Esse é um ciclo de redenção suficiente para fazer reduzir minha pressão arterial a um nível mais humano. Mas agora é a vez de Bob depor.

Quando é o xerife Stevens quem passa pela recepção, em vez de algum advogado chato, Marge muda o tom e fecha seu livro.

"Olá de novo, senhor! Voltando às masmorras? Quer que eu abra o portão eletrônico para o senhor?", oferece ela com um sorriso. Está claramente orgulhosa da própria escolha de palavras e satisfeita com a oportunidade de ajudar o xerife de alguma forma.

"Não, Marge. Tudo bem. Eu mesmo abro. E quantas vezes já pedi, por favor, para não chamar a carceragem assim, principalmente na frente de visitantes?", repreende ele, fazendo troça num tom severo que está longe de demonstrar braveza de verdade.

"Desculpe, senhor. Tentarei me lembrar disso no futuro." Ela sorri ironicamente.

O xerife Stevens responde com um gesto positivo.

Ele abre o portão usando o distintivo e nos leva de volta às salas de interrogatório. Passando pelas mesmas paredes horrorosas, avançamos em sincronia pelo piso barato. Desta vez, na intersecção seguinte, viramos à esquerda, em vez de virarmos à direita.

Bob está sentado atrás de um espelho de observação, nitidamente agitado pela espera. Ele olha em volta como se procurasse alguém ou algo para descontar sua frustração. Sacoleja as pernas e remexe os dedos descontroladamente, e o suor se acumula no alto da testa. Está acostumado a ficar do lado oposto desse tipo de mesa.

O xerife Stevens para um segundo antes de sair.

"Depois disso, acabou", afirma.

"Beleza", respondo, meneando a cabeça junto, porque também quero acabar logo com isso. Ele sai da sala e fecha a porta, de modo que ficamos apenas Matthew e eu aqui. Estou esgotada e ansiosa para ir embora. Minha personalidade de advogada confiante praticamente se esvaiu ao longo da noite, então preciso ir para casa recarregá-la. Estou em uma posição vulnerável sem minha armadura, mas contente por Matthew estar aqui.

A cabeça de Bob imediatamente se vira em direção à porta, então ele aperta os olhos e as pernas inquietas param de se debater imediatamente. Bob é metido, mas é um bom advogado e é implacável nos interrogatórios. Pelo visto, não vai querer ir embora sem sentir o gostinho de porradaria.

"Boa noite, senhor Miller! Lamento fazê-lo esperar tanto tempo. Posso trazer alguma coisa para beber? Água? Café?" O xerife Stevens sabe que a pose de durão que desmantelou Anne em segundos não vai funcionar com Bob. Então começa bancando o cara legal, talvez para manter as coisas civilizadas.

"Guarde suas desculpas e gentilezas. Não preciso de refrescos. Esta não é a minha primeira vez, por isso vamos pular essa bobagem."

"Muito bem, então." Stevens ri sozinho enquanto se senta, divertindo-se com a bravata de Bob. "Vamos começar com o que você sabe sobre Kelly Summers."

"O que especificamente, xerife Stevens?" Bob sabe exatamente quais informações a polícia pode ou não usar no inquérito. Ele decifra todos os blefes e diferencia bem as especulações das provas concretas. As perguntas do xerife Stevens terão de ser firmes feito couro de tambor, senão isso vai se estender pela noite toda.

"Desculpe. Por um segundo, me esqueci de que estava lidando com um advogado. Sem perguntas de aquecimento, então. Você conhecia a vítima Kelly Summers de alguma forma antes do início deste caso?"

"Sim, conhecia."

Todas as respostas de Bob certamente serão precisas e sucintas.

A porta da nossa sala se abre, e o subxerife Hudson aparece, presunçoso como sempre. Os ombros estão aprumados; e o peito, estufado.

"Não tem ninguém aqui para você prender ilegalmente, subxerife Hudson", disparo.

"Ainda não." Ele está atrás de nós, imponente, perto de mim e de Matthew.

"O que está fazendo aqui?", pergunto.

"O meu trabalho, que é observar a lei e a fazer valer."

"Pelo que testemunhei, você não está fazendo seu trabalho. Mas tomara que esteja preparado para quando eu fizer o meu ao inquiri-lo na audiência", declaro, sem nem sequer olhar para ele.

O subxerife Hudson dá um longo suspiro, mas não responde nada. Será que o deixei nervoso? Mas não posso me concentrar nele agora. Então volto minha atenção para a sala de interrogatório.

"Gostaria de explicar como conheceu Kelly Summers ou, melhor ainda, Jenna Way?", pergunta Stevens.

"Ela era casada com meu irmão", responde Bob.

"Que ela assassinou?"

"Eu não disse isso. Ela nunca foi considerada culpada, então qualquer declaração semelhante seria pura especulação", rebate Bob com um tom de desprezo.

Ao que parece, Stevens encontrou a fórmula para mexer com os brios de Bob.

"Peço desculpas. Deixe-me reformular e tentar ser claro. Seu irmão, Greg Miller, era casado com Kelly. Ele foi assassinado. Ela foi acusada de matá-lo e, depois, fugiu do estado e trocou de nome. Mas você nunca fez justiça pelo assassinato do seu irmão." O xerife Stevens está apertando sem dó o botãozinho na cabecinha de Bob que diz "irmão morto".

"Sim, ela foi casada com ele. Sim, ele foi assassinado. Se ela fugiu ou não do estado, em vez de apenas se mudar em circunstâncias normais, isso é, mais uma vez, especulação." Ele parece cada vez mais frustrado.

"Saquei, saquei. Por acaso mais alguém foi acusado depois que seu irmão..." Stevens passa o dedo pela garganta, fazendo uma mímica que representa um degolamento.

"Não", responde Bob com os dentes cerrados.

"Que merda, hein? Tipo, a vida do seu irmão simplesmente se extingue. Puf! E a pessoa que fez isso com ele continua andando por aí. Tipo assim, é uma coisa perturbadora. Especialmente no seu caso, alguém tão familiarizado com o sistema judiciário. Mas, ó, sua função é defender esses mesmos tipos. Assim, caramba, até onde você sabe, ajudou essa pessoa a se safar, ela fez tudo bem debaixo do seu nariz. Pode ter sido qualquer um, certo? Isso é estatisticamente possível, não é, advogado?" O xerife Stevens finaliza sua linha de interrogatório com um tom de voz elevado e a cabeça inclinada, à espera de uma resposta.

Agora o rosto de Bob carrega um tom de vermelho normalmente reservado apenas para caminhões de bombeiros ou talvez para o interior de vulcões em atividade. Ele fica sentado em silêncio por um bom tempo, enquanto suas pernas lentamente recomeçam a tremelicar. O ambiente fica pesado — como o ar noturno pouco antes de uma tempestade. Por fim, Bob expira longamente e uma única lágrima brota no olho esquerdo, a poucos centímetros da veia na testa que parece prestes a explodir. Eu, sinceramente, sinto pena dele neste momento. Stevens está, de fato, na ofensiva. Será que é por suspeitar de Bob?

"Xerife... Vim aqui voluntariamente para um interrogatório. Não estou preso e não fui acusado de nenhum crime. Sendo assim, é meu direito constitucional me abster de responder a quaisquer perguntas, bem como sair por minha conta e não aceitar nenhuma detenção contra a minha vontade. É claro que fico feliz em cumprir a lei e cooperar com as autoridades policiais da maneira que for para ajudar na busca da justiça. Portanto, estou mais do que disposto a sanar outras dúvidas, devendo estas serem apresentadas por escrito e enviadas ao meu escritório." Em seguida, Bob se levanta e sai sem olhar para o xerife Stevens.

"Com licença, senhor Miller...", grita Stevens, mas a porta já está se fechando e as palavras não alcançam o alvo; é como se ficassem congeladas no ar e depois se despedaçassem no chão. Stevens não gosta quando as pessoas o deixam falando só, mas ele merece. Saiu totalmente da linha, principalmente porque Bob veio aqui voluntariamente. Deveria ter pegado mais leve se queria tirar alguma coisa de Bob.

Eu me levanto depressa e abro a porta do corredor. Bob passa por mim. Ele me vê, mas avança sem dizer uma palavra, sabendo muito bem que testemunhei tudo. Ele me lança um olhar de tristeza que eu nunca tinha percebido. E agora entendo por que é desse jeito.

O xerife Stevens sai também e para por um instante, olhando para o chão antes de olhar nos meus olhos. Ele sabe que estragou tudo.

"O que foi aquilo?", pergunto.

"Eu só estava tentando arrancar a verdade dele, e ele não estava cooperando muito."

"Só de ter vindo aqui, mostra que ele estava cooperando. Você foi mais do que cruel." Tento manter minha voz baixa o suficiente para que Bob não me ouça, mas alta o suficiente para que o xerife Stevens sinta minha cólera.

"Achei que, ao ser um pouco insensível, pudesse arrancar algo dele. Eu só estava tentando encontrar um ângulo que fosse ajudar, como você insistiu", alegou.

"Bem, não deu certo. Em vez disso, você praticamente torturou um homem usando seu irmão morto como instrumento. Achou uma ferida, cravou uma faca nela e se divertiu enquanto torcia a lâmina. Ele não é nem suspeito, porque, como você disse, o inquérito está encerrado."

"Ué, talvez devesse ser."

"Então reabra o inquérito", rebato, estreitando os olhos.

Ele desvia o olhar e dá uma risadinha.

"Tá certo. Você não vai fazer isso, porque vai contra o seu ego, mas tomara que sinta ao máximo, sabendo que cagou nisso tudo. É melhor torcer para um dia esse tiro não atingir o próprio pé." Dou meia-volta e saio pelo corredor. Matthew está apenas alguns passos atrás de mim.

Stevens grita alguma coisa sobre sua investigação ser sólida, ou outra coisa do tipo. Eu o ignoro a ponto de nem sequer ter a mínima noção do que ele falou.

## 51

# SARAH MORGAN

Depois de duas doses duplas de vodca Tito's, que consumimos em menos de meia hora enquanto revisávamos toda a documentação do caso, a dor no rosto começa a diminuir um pouco. Só a senti de fato quando a adrenalina baixou, e isso foi logo depois que cheguei em casa.

O machucado que Eleanor causou foi muito além do superficial depois daquela crítica sobre a minha mãe, principalmente porque ela não estava errada. Nunca soube o que era amor de mãe, pelo menos não desde que meu pai faleceu. Ele era o amálgama que nos mantinha todos juntos, era quem me dava força e que trazia alegria para minha mãe. Era o homem da casa no sentido mais tradicional possível, saído diretamente de uma ilustração de Norman Rockwell. Meu pai era o único responsável pelo ganha-pão da família e a única pessoa que mantinha suave a órbita do nosso pequeno núcleo. Mas, um dia, tudo se desfez. Perdemos tudo em virtude de uma única injustiça do destino. Um pai, um marido, um provedor, um protetor, e a única pessoa que impedia minha mãe de cair de seu platô de felicidade e mergulhar em um mar de depressão.

Quando ele se foi, não nos restou nada: nem dinheiro, nem renda, nem centelha de vida. Minha mãe não conseguia trabalhar porque nunca tinha precisado e estava deprimida demais. Ela só dormia o dia todo. Aos meus olhos, era só uma sombra da mulher que costumava ser. E, se antes eu era uma fonte de alegria coletiva para ela e meu pai, agora eu era apenas um símbolo de dor e perda. Fiquei muito ressentida com ela por isso. Mas não só por isso. Verdade seja dita, ela me abandonou no âmbito emocional quando mais precisei, e também passou a fraquejar de um jeito que fez minha empatia se transformar em raiva e vergonha. Toda vez que minha mãe abria a boca para falar, era motivo de briga.

"*Apenas saia da minha casa! Não suporto olhar para você.*"

"*Sua casa? Sua casa!? Esta casa não é sua, é do meu pai. Você nunca trabalhou um dia na vida. Você é fraca e patética. Era para você ser a adulta aqui, não eu!*"

"*Que disparate é esse?! Você não faz ideia de como é...*"

Cenas como essa eram corriqueiras, mas foram ficando cada vez mais espaçadas à medida que minha mãe adotava hábitos mais noturnos e se mostrava menos disposta a sair de sua caverna de melancolia. Presumi que algo nefasto estava para acontecer quando a comida na geladeira começou a ficar escassa e os avisos de inadimplência começaram a chegar pelos correios.

Assim como ocorre com a maioria dos dependentes químicos, no início, minha mãe foi muito competente para esconder seu comportamento. No entanto, em algum momento, o dinheiro do seguro de vida mirrou, e a pensão da previdência social passou a ser insuficiente para cobrir os gastos consequentes do vício crescente dela. Por fim, vários objetos da casa começaram a desaparecer e visitantes aleatórios começaram a acompanhar minha mãe à noite — homens cujos rostos eu nunca via, mas os quais conhecia intimamente pelo timbre e pelos ruídos primitivos de frustração e êxtase.

Quando eu estava com 15 anos, já tínhamos perdido nossa casa, e a partir dali passamos a perambular entre abrigos e quartos de hotéis baratos. Para bancar necessidades básicas como comida, roupas e moradia, eu trabalhava como garçonete de manhã, antes da escola, e também à noite e nos fins de semana. Enquanto isso, minha mãe gastava cada centavo que recebia do governo para bancar suas drogas. Consegui me manter despercebida na escola passando longe das confusões e mantendo as notas altas; que era a vontade do meu pai para mim. Eu poderia ter denunciado minha mãe para o conselho tutelar, mas não denunciei. Preferi me virar sozinha e achava que existia uma chance de minha mãe mudar e ficar forte, de modo que me agarrei a esse pensamento o máximo que pude.

No dia em que completei 16 anos, larguei mão. Esse dia me mudou para sempre. Encontrei o corpo da minha mãe no quarto de motel infestado de baratas onde estávamos hospedadas. Mas não fiquei triste. Senti alívio, porque não precisaria mais cuidar dela, trabalhar quarenta horas por semana para sustentar a nós duas, nem lutar contra os homens que me viam como uma sobremesa depois que ela desmaiava.

Fiquei olhando o corpo esquálido e desbotado por mais de uma hora, uma concha oca e sem vida. Tinha quatro agulhas vazias cravadas no braço. Depois, arrumei nossas coisas e fui até uma cabine de telefone público para chamar a polícia. Foi a última vez que vi minha mãe, e naquele momento prometi a mim mesma que jamais seria como ela.

Ainda assim, minha mãe fez mais por mim do que Eleanor faz por Adam. Minha mãe me tornou sábia, me tornou independente, me fez aprender a lutar por conta própria.

Eleanor tornou Adam um fraco, seu amor só fez sufocar toda a sua capacidade de ser independente. Minha mãe e Eleanor não são tão diferentes uma da outra, assim como acontece com a maioria dos adictos; a única diferença é que Eleanor ainda está alimentando seu vício, enquanto o vício da minha mãe a levou embora há muito, muito tempo.

## 52

# ADAM MORGAN

Logo depois de Scott Summers sair furioso da sala de interrogatório, vejo a porta entreaberta. Primeiro, pergunto-me se ele fez isso de propósito para eu fugir. Depois, indago se é uma armadilha. Uma arapuca? Talvez alguns policiais estejam só aguardando um movimento meu. Levanto e me aproximo, prestando atenção para ver se tem alguém nos corredores. Então dou uma batidinha no espelho de observação, para ver se tem alguém do outro lado.

Após alguns minutos, crio coragem para fazer algo de que certamente vou me arrepender. Abrindo a porta devagarinho, espio o corredor e só me deparo com o silêncio. Não há ninguém me esperando... pelo menos, não ainda. Respiro fundo algumas vezes, saio da sala de interrogatório e corro para reconquistar a liberdade. Já estive várias vezes nesta delegacia e tenho uma boa ideia de sua planta. Penso em ir para o saguão de entrada e sair por lá, mas poderia ser arriscado demais, já que é uma área com grande fluxo de pessoas. Então procuro uma porta lateral, uma que é trancada por fora, não por dentro — uma só para funcionários.

Minha tornozeleira eletrônica parou de emitir sinais, apesar de eu não estar em casa. Devem ter desligado quando me prenderam.

Até que enfim, vejo uma porta no fim do corredor. Ela dá para o que parece ser um estacionamento nos fundos. Um policial sai de uma sala, mas está absorto no celular que carrega na mão. Então rapidamente dou um salto para trás e me agacho atrás do carrinho de limpeza abandonado no meio do corredor. O policial passa e nem me vê, os olhos colados na tela do celular.

Assim que desaparece, percebo que é agora ou nunca. Sou veloz, porém discreto, olhando para trás apenas uma vez. Fico tenso, com medo de algum alarme tocar no momento em que abrir a porta, mas não acontece nada. Do lado de fora, aspiro o ar fresco da noite. Várias viaturas estão estacionadas nesse pátio dos fundos, então corro para as sombras e, depois, para a esquina distante da delegacia. Não sei bem para onde estou indo ou o que estou fazendo, mas não posso ficar aqui. Preciso encontrar Rebecca, porque posso tê-la colocado em perigo.

## 53

# SARAH MORGAN

Esqueci-me de botar o relógio para despertar ontem à noite, o que não é do meu feitio. Então estou atrasada, correndo pela casa para me arrumar e ir ao escritório. Mais uma vez, não tive uma boa noite de sono, porque minha mente estava preocupada demais, depois de tudo o que aconteceu. Eu não conseguia parar de pensar no caso. Tentei me visualizar como uma jurada, sentada na bancada do júri, ouvindo o discurso do promotor Peters e, em seguida, a minha apresentação da defesa. O que eu pensaria se fosse uma jurada? Me agarraria a qual prova? Qual acharia irrelevante? Qual testemunho acharia mais convincente? De qual duvidaria? E, depois de ouvir os dois lados, a qual conclusão chegaria a respeito do que aconteceu na noite em que Kelly Summers foi assassinada? Minhas respostas mudavam a cada instante. É porque ainda não tenho todas as informações.

O terceiro DNA ainda está me incomodando. E não posso ir para a audiência sem saber de quem é. É arriscado demais, mas talvez não tenha opção. Tenho que conversar com Peters para ver se ele descobriu algo sobre aquilo que lhe entreguei. Eu teria uma ideia melhor do que Peters pretende fazer, se Adam não tivesse aparecido e feito toda aquela cena.

Na porta de casa, pego minha bolsa e calço meu salto alto antes de sair. Piso duro no curto trajeto até o carro, enfatizando minha frustração. Estou mais que pê da vida por Adam ter violado a liberdade condicional. Ele só tinha que ficar quieto no seu canto, mas nem isso consegue fazer. Só está aumentando o meu trabalho, porque agora vou ter que entrar com um pedido para que essa informação não seja mencionada durante o julgamento.

Dirijo direto até o escritório. Tenho certeza de que vou ser repreendida por Kent em algum momento do dia pelo que ocorreu ontem enquanto ele não estava. Nem sei se Bob e Anne vão aparecer hoje, mas imagino que sim. Anne vai querer meu perdão, e Bob vai querer exibir sua força. Ao entrar no estacionamento, noto que há mais jornalistas hoje do que antes. Pergunto-me se ficaram sabendo da violação de Adam, ou se só estão aqui porque a audiência vai começar em breve e querem gravar algumas declarações.

Mas não estou a fim de falar e não tenho nada a declarar a esta altura. Minha cabeça está cheia demais, então simplesmente passo por eles, ignorando todas as perguntas e todos os pedidos.

Menos de trinta segundos depois de me sentar à minha mesa, ouço uma leve pancadinha à porta. Ela se abre, e Anne bota a cara pra dentro; a metade inferior de seu corpo ainda está fora do meu campo de visão, para o caso de precisar fugir a fim de escapar da minha ira.

"Posso entrar, Sarah?", pergunta ela timidamente com um vibrato pesado na voz. É a hiena se aproximando do gnu abatido enquanto o leão ainda está comendo. Talvez o leão aceite dividir a carcaça. Ou talvez resolva fazer duas refeições esta manhã.

"Pode, sim, Anne", respondo, assumindo um tom inexpressivo e seco para transmitir toda a minha reserva e cautela em relação a ela.

Ela entra e solta um suspiro. "Eu só queria pedir desculpas de novo. Sinto muito por não ter contado sobre Adam e Kelly. Realmente tentei contar, mas as palavras não saíam. Nunca quis quebrar sua confiança, e entendo se quiser que eu vá embora. Posso esvaziar minha mesa até o final do dia."

Não digo nada. É bom vê-la suar um bocadinho.

Ela aperta os lábios e assente, totalmente derrotada, e começa a sair do escritório.

"Anne, pare", chamo.

Ela levanta a cabeça, e percebo esperança em seus olhos. O certo seria deixá-la ir embora. Deixá-la pedir demissão. A empresa economizaria um bom dinheiro. E isso iria me poupar de uma bela dor de cabeça. Mas, no fundo, sei que estava bem-intencionada. Sei que, no fim das contas, Anne é leal a mim. Também não vou ter tempo para encontrar outra assistente no meio desse julgamento. Portanto, gostando ou não, ainda preciso dela.

"Bob está no escritório?"

"Está, sim. Quer que eu ligue para ele?"

"Não. Ainda não. Mas, enquanto isso, marque uma reunião com Peters para esta tarde." Anne sorri para mim e se vira para sair. "E, Anne...", acrescento.

"Pois não, Sarah!?", responde, encarando-me de volta.

"De agora em diante, até que eu esteja pronta, você é só minha assistente." Deixo as palavras pesarem enquanto giro minha cadeira para ficar de costas para ela.

"Sim, senhora Morgan", murmura ela ao sair do escritório.

Meu celular vibra, e olho para a tela. Mensagem de Eleanor:

*Ainda temos que trabalhar juntas pelo meu filho, mas não estou a fim de ver a sua cara tão cedo. Suas palavras foram cruéis, e lamento por ter permitido que elas me tirassem do sério.*

Reviro os olhos e jogo o celular na mesa, sem lhe responder.

## 54

# ADAM MORGAN

Meus pés estão me matando. Ontem à noite, depois que saí da delegacia, comecei a andar aleatoriamente, sabendo que precisava ir o mais longe que pudesse. Estabelecer uma distância significativa da delegacia era essencial, e, além disso, eu precisava me livrar do uniforme de presidiário que me obrigaram a usar outra vez e encontrar um abrigo, sempre evitando ser reconhecido.

Algumas horas depois da minha fuga, começou a chover. É claro que tinha de começar a chover! Eu nunca tenho sorte. Havia subestimado a distância que havia percorrido no meio do nada.

Tentei evitar as estradas, então me embrenhei na floresta a fim de encontrar algum abrigo. Isso se provou uma tarefa e tanto, pois minha visibilidade não ultrapassava um metro adiante. Depois de uns bons quinze minutos, certo de que estava caminhando num grande círculo, cheguei a uma árvore parcialmente derrubada que ficara presa entre os troncos enormes de duas outras árvores. Parecia relativamente estável e fornecia proteção da chuva, então resolvi acampar ali embaixo. Eu não tinha ilusões de encontrar folhas ou galhos grandes para melhorar minha estrutura. Porra, não sou o Bear Grylls, né?

Então me sentei sob a árvore caída e aguardei. Era difícil me livrar do pensamento intrusivo de que o melhor para mim seria morrer aqui e deixar meu corpo apodrecer e virar fertilizante para a floresta. Até que esse não seria o pior dos fins. O ministério público, sem dúvida, iria gostar disso. Imagine só a coletiva de imprensa. "Sim, é verdade.

O senhor Morgan escapou outra vez; porém, não foi longe e, no final, a natureza fez a justiça que o Estado buscava."

Comecei a sentir os efeitos das baixas temperaturas, e não havia nada que pudesse fazer para me proteger. Tiritando e sozinho, minha única atividade era pensar em como chegara àquele ponto.

Alguns elementos são óbvios. Sim, eu estava traindo minha esposa em nosso leito conjugal, então é lógico que já estou contabilizando todas as consequências naturais disso aí. Mas não é só isso, acho que tem algo mais. Ora, muitas pessoas traem o cônjuge... Tá bom... *Algumas* pessoas traem o cônjuge. Mas imagino que o desfecho mais comum nesses casos seja o divórcio, e não um homicídio.

Quem fez isso provavelmente conhecia a nós dois, e muito bem. Sabia da casa do lago. Sabia que eu passava muito tempo lá. Sabia que Kelly vinha me ver e que, muitas vezes, passava a noite. Sabia como entrar, como não fazer barulho, sabia onde a gente costumava ficar. Sabia praticamente tudo. Impossível imaginar que essa foi a primeira vida que tal pessoa tirou. Essa pessoa deve ter sido paciente e calculista. Não foi um plano rápido. Levou tempo.

Scott teria conhecimento e experiência para armar a coisa toda. Afinal de contas, ele é policial, pelo amor de Deus. Tipo, consigo até imaginar, patrulhando a área, observando a cafeteria e a minha casa e vigiando a gente, aguardando a hora certa para atacar. Ele é ex-militar também. Então, vai saber do que é capaz!

Mas seria tão simples assim? A vingança do marido corno? E como é que Bob se encaixaria nisso, então? E Anne, que sabia da gente? Não pode ser só coincidência, certo? Talvez estejam todos envolvidos nisso, ou pelo menos mais de um deles está. Estou tentando conectar os pontos para ver se seria possível. Bob e Anne trabalham juntos. Ou talvez Anne tenha sido a responsável por contar tudo para Scott, já que não conseguiu contar para Sarah. Talvez tenha achado que seria a segunda melhor coisa a se fazer e que Scott iria expor toda a traição e confrontar Kelly. Mas Scott matou Kelly, em vez de confrontá-la. Mas e Bob? Ele tinha motivos para desejar a morte de Kelly, mais do que qualquer pessoa no mundo. Ora, ela matou o irmão dele... ou talvez não. E ainda tem Jesse Hook, que a perseguia. Onde ele entra nessa história? Ou será que não entra? Não sei muito sobre ele, mas Sarah estava perseguindo essa pista, e não sei no que deu. E ainda há o cara misterioso com quem Kelly estava saindo. Talvez esteja por trás disso tudo, e a gente está que nem idiota apontando o dedo um para o outro.

O torpor que vinha me distraindo se dissipou por um segundo, e comecei a perceber a quantidade de insetos se acumulando em minhas mãos e pernas. Minha primeira reação foi me debater e afastar todos eles, mas aí me lembrei de onde estava. Aquele era o lar deles, não o meu. Eles estavam buscando aconchego e abrigo, assim como eu, então como eu poderia censurá-los? Na verdade, neste momento queria ser um deles. Ter um propósito todas as manhãs. Vagar pela floresta em busca de matéria-prima e comida para levar para a colônia. Eu teria amigos, uma equipe, um senso de direção. Imagine nascer de novo como a Formiga Adam. À noite, poderia descansar ciente de que tivera um dia de labuta honesta. Encher minha barriga. Vez ou outra, esguichar minhas sementes na rainha da colônia. Na verdade, não seria muito diferente da minha vida de hoje. Só que com rumo. E, no final das contas, justa.

Acordo totalmente encharcado e com mais frio do que nunca. Os músculos não reagem. Estão em estase, à espera da chegada do calor. O cérebro lhes diz que não vai ter calor nenhum e, então eles, enfim, cedem. Sigo na direção de onde imagino que esteja a rodovia. Meu palpite se revelou certeiro, pois eu não havia entrado na floresta tão fundo quanto imaginei.

Enquanto continuo a andar, percebo que as mãos estão cobertas de lama seca. A pátina começa a rachar, formando montes de flocos que caem lentamente. Minha trilha de lama à moda João e Maria, acho. Então olho para trás e percebo que a sujeira que se esfarela de mim não deixa rastro na terra.

Depois da caminhada mais solitária e deprimente que já fiz, começo a ouvir um barulho mais constante de trânsito. Em vez de um carro a cada vinte minutos, ouço um a cada poucos minutos. Devo estar perto de alguma coisa, e meu corpo está implorando para correr para a rodovia e gritar por socorro, mas também preciso ser cauteloso. Sou um fugitivo e ainda estou usando o uniforme da prisão.

Continuo a andar e logo percebo que estou numa rodovia pacata com um posto de gasolina, uma parada para caminhões e algumas lanchonetes de fast-food. Avalio minha aparência e concluo que a parada de caminhões é minha melhor aposta. Com sorte, talvez um dos caminhoneiros tenha deixado a boleia destrancada. Isso me permitiria entrar, pegar algumas roupas emprestadas, entrar na área de descanso e tomar um banho rápido. E, assim, eu poderia circular livremente pela região.

Olho ao redor para evitar curiosos, escolho o primeiro caminhão e tento abrir a porta. Trancada. Passo para o seguinte e mais outro, sem sucesso. Finalmente, na quarta tentativa, encontro mais uma porta trancada, mas o vidro está aberto. Enfio a mão pela janela, destravo a porta e entro. Pulo rapidamente para o banco de trás.

Encontro uma mochila embaixo do banco e meto a mão dentro dela. Pego uma calça jeans e uma camisa de flanela xadrez verde.

"Acho que isso já dá", sussurro.

Desço da cabine, fecho a porta silenciosamente e a tranco de novo. No entanto, não sigo em direção aos banheiros, pois fico paralisado quando vejo dois homens vindo em minha direção. Estão fumando, conversando e ainda não me notaram. Tem uma rotatória de cascalho na saída do estacionamento, que leva a um campo de grama de trigo e taboas altas; a floresta densa fica mais além, no horizonte atrás do campo. Quando olho para trás, flagro olhos semicerrados e um caminhar lento, mas constante, o gestual de alguém que se aproxima com cautela, com os ombros caídos e a cabeça apontada para a frente.

"Ei!", berra um deles.

"O que está fazendo?", grita o outro.

Entro em pânico. Não tenho resposta para dar a eles. Ainda mais com esta aparência. Faço a única coisa possível: corro em direção ao campo.

"Ei, filho da puta, estamos falando com você!", insiste o primeiro caminhoneiro quando eles começam a me perseguir.

Eles continuam a berrar enquanto vêm atrás de mim, e minha mente se torna um borrão de pânico.

Chego a um lugar onde há um matagal bem alto. Mas só paro de correr depois que me embrenho na floresta novamente e não consigo mais ouvir as vozes atrás de mim.

Enquanto troco o macacão e boto a roupa de caminhoneiro confiscada, outra gota de água atinge minhas costas nuas e me provoca arrepios na espinha. Olho para cima e vejo os galhos dançando sob uma leve brisa. Acenando para mim, me provocando. Os braços mais uma vez apontando para que eu saia exatamente por onde vim.

"Pois é, também não queria estar aqui", digo, olhando para o céu, mas não tenho opção no momento. Preciso encontrar um mapa ou um telefone, mas, para isso, pode ser que eu tenha de esperar a chegada da noite.

## 55

# SARAH MORGAN

Cheguei cedo à cafeteria na qual Josh Peters concordou em me encontrar. Normalmente, sempre chego alguns minutos atrasada para mostrar que o meu tempo é mais precioso que o dele. Desta vez, não. Sou eu quem precisa do favor. As coisas estavam indo bem, até que Adam estragou tudo quando veio ao escritório e atacou Bob e Anne. Josh estava comendo na minha mão. Ele ia fazer todo o trabalho por mim: descobrir quem é o dono do terceiro DNA.

Fico tamborilando na mesa da cafeteria. O zumbido das pessoas ao redor, o ruído da máquina de café e o tilintar dos pratos são uma boa distração do barulho e da preocupação que vêm esquentando a minha cabeça desde antes de esse processo começar. Fico girando o canudinho na minha vitamina de pêssego e manga. Eu não conseguiria ingerir alimentos sólidos agora nem se quisesse, porque meu estômago está embrulhado.

Vejo Peters assim que entra. Ele não olha em volta à minha procura, mas, em vez disso, vai até o balcão fazer seu pedido. Está atrasado. E sabe disso. Mas não liga, pois tem plena noção de que está em vantagem. Faltam poucos dias para o início do julgamento, e jamais estive tão despreparada para uma audiência em toda a vida.

Quando Peters conclui o pedido, oferecendo seu sorriso perfeitamente simétrico para a menina do caixa, ele me vê à mesa. O sorriso se desfaz um pouco, mas não de todo, ainda sobra um tiquinho para mim — o suficiente, creio, para conseguir convencê-lo a me ajudar; ao menos assim espero. Aponta para o cardápio, perguntando se quero alguma coisa. Balanço a cabeça e mostro minha bebida. Ele assente, pega o recibo e se junta a mim.

"Achei que não veria você antes da audiência, principalmente depois do ocorrido ontem." Ele desabotoa o paletó.

Faço uma pausa antes de falar, pois não posso parecer muito ansiosa. Descontração é o nome do jogo. Dou um golinho na vitamina pelo canudo.

"Verdade, mas achei que a gente não conseguiu terminar o que estava fazendo, graças ao meu cliente, que violou a liberdade condicional."

"Que cena!" Ele arqueia uma sobrancelha. "Não ouvi nenhuma notícia do juiz Dionne sobre isso, se é o que está querendo saber."

Uma garçonete nos interrompe, colocando uma cesta de batatas fritas, um sanduíche e um café preto na frente de Josh. As bochechas dela ficam coradas ao sorrir para ele. Entendo que cause esse feito nas mulheres, e por que não causaria? É um homem bonito, bem-vestido. Ele agradece, e ela se demora um segundo, como se não quisesse sair do seu lado. Depois, se afasta, virando duas vezes a cabeça para vê-lo.

"Não é o que quero. Sei que ele vai passar todo o julgamento na prisão agora, por causa do seu comportamento. E ele, muito provavelmente, responderá por esses atos."

Peters assente e começa a comer. Entre uma mordida e outra, me avisa:

"Assim que eu terminar de comer, esta conversa também vai acabar. Então pode ir desembuchando o que quer de mim."

Dou um gole na vitamina para conter a frustração.

"O que você sabe sobre o terceiro DNA?"

"Nada."

"E isso não te incomoda?"

"Não preciso desse terceiro DNA para uma condenação", dispara ele com naturalidade.

"Mas..."

"Mas você precisa", interrompe ele.

"Talvez não."

"Você sabe disso tanto quanto eu. Um júri vai considerar o DNA desconhecido como prova circunstancial. É um de três. A vítima dormia com vários homens, o que é um fato. Se você soubesse quem é esse terceiro, poderia construir sua arguição em torno disso. Geraria dúvida. Comprovaria que outra pessoa tinha mais motivações do que Adam. Sei como funciona, Sarah. Você está entre a cruz e a espada. Pode ser que queira começar a aceitar o fato de que não vai vencer este processo", afirma ele com frieza.

"E o depoimento que o xerife Stevens colheu de Bob Miller ontem à noite?", rebato.

"Meus assistentes estão estudando."

"Você não achou esquisita a ligação de Bob com a vítima?"

"Claro! Mas isso é circunstancial."

"É?" Balanço a cabeça, discordando.

"A partir de agora, sim... por isso meus assistentes estão estudando esse depoimento."

"E o Scott?"

"O que tem?" Ele não deixa escapar mais nenhuma informação.

"Queixas de abuso, surtos de raiva, álibi fraco e as ameaças que enviou para Kelly na noite do assassinato. O que será que o júri vai achar disso?"

"Acho que você mesma vai ter que perguntar", responde, levando uma batata à boca.

"São muitas perguntas sem respostas, Josh, e vários suspeitos que não foram investigados e descartados adequadamente. Você está realmente tranquilo com este caso?"

"Estou, Sarah. Mas talvez seja você que não esteja muito confiante com sua defesa." Josh limpa o rosto com um guardanapo, se levanta e abotoa o paletó. Olha para mim. "Boa sorte, porque vai precisar." Ele mantém a cabeça erguida e sai, sem dizer mais nada.

Que babaca presunçoso! Ficou claro que não vai investigar de quem é esse terceiro DNA. Mas tenho certeza que vai confirmar esses álibis questionáveis para o caso de eu mencioná-los na audiência. Então, pelo menos, posso contar que isso vai ser incluído nas provas do caso.

Pego um bloco de papel e rabisco uma lista de nomes. Todos os homens que acho que tiveram algum contato com Kelly, todos com quem ela poderia ter dormido. Pode ter sido uma transa de uma noite, totalmente irrelevante para o caso, ou pode ser alguém que fazia parte de sua vida e sabe mais do que todos. Fotografo com o celular e, então amasso o papel e o enfio no bolso. Normalmente, eu incumbiria Anne desse tipo de tarefa, mas não posso confiar nela — pelo menos, ainda não. Além disso, não sei se ela conseguiria dar conta.

Saio da cafeteria e ligo para Matthew. Ele atende no primeiro toque.

"Oi, gata!"

"Oi, Matthew! Preciso de um favor."

"Faço qualquer coisa que você pedir."

"Não é exatamente legal", sussurro enquanto caminho em meio a desconhecidos na calçada.

"Uhhhhh... Agora, você está começando a parecer um dos meus clientes." Sua voz é determinada e, ao mesmo tempo, leve e airosa, algo que só Matthew consegue fazer. "Mesmo assim, faço qualquer coisa."

"Vou te mandar uma lista de nomes. Preciso que consiga uma amostra de DNA de cada um desses homens. Cabelo, saliva, pele... Não importa como. Só preciso que você consiga."

"Pegar DNA de homens. Minha especialidade", ri.

"Aí quero que mande todas as amostras para o laboratório e compare com o DNA desconhecido encontrado no corpo de Kelly. Já incluí você como advogado no processo, então acho que vai ser tranquilo." Seguro o celular bem perto do ouvido e sussurro: "Procure ser discreto e seja rápido!".

"Sarah, você sabe que não vão aceitar isso como prova." Seu tom de voz fica mais sério.

"Se for bom para o caso, vou fazer com que aceitem."

"Sério, o que você está fazendo?"

"Eu só preciso saber, Matthew."

"Mas esse não é o caminho legal", insiste.

"Mas que droga, Matthew! Vai me ajudar ou não?"

"Você sabe que vou. Só espero que saiba o que está fazendo."

"Eu sei. A gente se fala." Encerro a ligação bem quando estou chegando ao escritório da Williamson & Morgan Advogados Associados.

## 56

# ADAM MORGAN

Voltar para a área de descanso dos caminhoneiros foi muito mais fácil à noite. Fiquei acampado até ter certeza de que a movimentação havia diminuído. Agora, todos os caminhoneiros já tinham ido embora, e nenhum policial apareceu ao longo do dia.

Por fim, consegui tomar banho e pegar algumas sobras da lixeira nos fundos — nojento, sei, mas o jeans do caminhoneiro não veio com uma carteira mágica cheia de dinheiro no bolso de trás.

Entro na lojinha, e o atendente tira os olhos do smartphone por um breve segundo, o suficiente para reconhecer minha presença com um aceno de cabeça, e depois retorna ao seu entretenimento estúpido. Vou para a área dos banheiros com a esperança de encontrar um telefone público, embora esteja ciente de que seria muito difícil encontrar algum hoje em dia. É claro que não tem nenhum. Então vou até o suporte na parede, que está cheio de panfletos, cartões-postais, calendários e, o mais importante, os mapas das estradas. Pego um e descubro onde estou, então tento me lembrar do endereço de Rebecca, que estava no topo de uma das folhas que ela me entregou. Só consigo me lembrar do nome da rua. Uso a casa do lago como ponto de referência e faço uma trilha pelo mapa com o dedo. Finalmente, a sorte resolveu ficar ao meu lado. Rebecca mora a menos de cinco quilômetros de onde estou, não muito longe da rodovia.

Olho para os lados antes de enfiar o mapa no cós da calça e o cubro com a camisa. Eu não queria furtar de novo, mas não tenho escolha.

Além disso, tirando os condenados fugitivos desprovidos de telefone e talvez os idosos, quem diabos usa mapas de papel hoje em dia?

Concluo que o mais sensato seria ligar para Rebecca avisando da minha chegada. Na melhor das hipóteses, ela pode vir até aqui e me buscar, o que me pouparia horas de caminhada.

Vou até o balconista, e ele diz, sem erguer os olhos:

"Posso ajudar?"

"Sim. Perdi o celular e preciso fazer uma ligação urgente. Pode me emprestar seu aparelho por um segundo?"

"Cinco pratas", responde o sujeito, ainda olhando para a tela.

"O quê?"

"Cinco pratas. Você quer usar meu celular; vai custar cinco pratas."

"Mas não tenho dinheiro aqui comigo."

"Então nada de telefone", retruca. "Se não tem dinheiro nem celular, o que está fazendo aqui?"

Ele finalmente levanta a cabeça e faz contato visual. Percebo que seus olhos estão vermelhos. Sem dúvida, está chapado. Então talvez eu consiga ganhar sua confiança.

"Eu estou meio perdido, fui roubado e esperava que houvesse um telefone público por aqui."

Um sorriso começa a se abrir na cara dele, e então desata a gargalhar.

"Um telefone público!? Cara, de onde você veio? De 1997?"

Fico ali parado, sem saber qual vai ser meu próximo passo, mas, quando, enfim, ele para de rir, aperta o botão *home* do celular, abre o aplicativo de chamadas e me entrega o aparelho.

"Fazia um tempo que não ria assim. Seja rápido e não se afaste do balcão", ordena ele, com um leve brilho de lágrimas escorrendo pelo rosto.

"Valeu."

Tento lembrar o número de Rebecca de cabeça. Depois de quatro toques, a chamada cai na caixa postal. O lado positivo é que a gravação tem a voz de Rebecca mesmo, o que significa que não errei o número. Ignoro o correio de voz e tento mais uma vez. De novo, sem resposta.

Digito outro número, olhando para o balconista enquanto a linha toca. Ele está ocupado lendo uma revista e não presta atenção em mim.

"Alô!"

Pressiono o telefone firmemente contra o ouvido.

"Daniel. Aqui é o Adam."

"Adam, meu garoto! O leilão está firme e forte. Termina na semana que vem, e já temos muitas ofertas bacanas. Espera aí! Soube que você foi preso de novo. Que violou a condicional ou algo assim. Esse livro vai ser do caralho", fala.

"Eu fugi."

"Como é que é!? Você não pode me ligar."

"Preciso da sua ajuda."

"Adam, não posso te ajudar. Eu viraria cúmplice. Apenas faça algumas anotações boas para o seu livro." Ele encerra a ligação abruptamente.

Disco outro número e ela atende no primeiro toque.

"Mãe, eu fugi."

"Ai, céus! Onde você está?" A voz dela é puro pânico.

"Não importa. Vou te encontrar no seu hotel esta noite. Preciso de dinheiro."

"Claro, querido. Até porque aquela cadeia não é lugar para você."

"Só não conte para Sarah."

"Não tenho o menor interesse em falar com Sarah e, se for preciso, meto outro tapão na cara dela, de novo."

"De novo?"

"Ei, por que está demorando tanto, cara?", pergunta o balconista.

"Preciso desligar, mãe. Te amo." Encerro a chamada e excluo o registro do histórico antes de devolver.

"Desculpe, obrigado pela ajuda."

"A garota não atendeu, senhor Orelhão?" Ele sorri.

"Tipo isso."

Lá fora, reinicio minha jornada, tentando passar despercebido. Estou surpreso por esta cidade não estar empinhocada de policiais me caçando. Depois de mais de uma hora, chego ao que tenho quase certeza de que é o bairro de Rebecca. Sem celular, no entanto, não tem como eu ligar e pedir a ela o endereço exato. Resolvo, então, tentar localizar o carro dela na entrada de casa, cruzando os dedos para que ela não tenha o hábito de guardá-lo numa garagem fechada e que a polícia já o tenha devolvido.

Pelo visto, a Dona Sorte continua a me dar bola. Vejo o Chevrolet Cruze de Rebecca na entrada de uma casa rústica. Espero que isso tudo seja real e que a histeria e a ilusão ainda não tenham se instalado em minha mente. Sigo cambaleando até a casa dela e bato à porta com fervor. A essa hora, minha cara já deveria estar em todos os noticiários, mas, conhecendo bem o xerife Stevens, sei que ele vai tentar manter tudo por baixo dos panos até me encontrar. Ao longo desta minha jornada infernal, já vi montes de plaquinhas dizendo "Vote no xerife Stevens!". Pelo visto, está concorrendo à reeleição, e a última coisa que desejaria agora é que o condado soubesse que ele deixou um assassino escapar debaixo do seu nariz.

Rebecca abre a porta um tanto irritada. Nem sequer percebi que estava socando a madeira. Ela está enrolada numa toalha, e o cabelo está encharcado. Arregala os olhos assim que me vê.

"O que está fazendo aqui, porra?" Ela olha ao redor e me puxa para dentro.

"Preciso da sua ajuda."

Ela fecha a porta e tranca, espiando pela janela lateral mais uma vez. Está tensa, ainda mais do que eu. Dá para ver nos olhos dela, em seu comportamento, nos calafrios ao longo de sua pele sardenta. Ela está com medo.

"Você não podia vir aqui."

"Eu sei. Mas você é minha última esperança", imploro.

"Você contou para alguém a meu respeito?"

"Não... Bem, sim."

Ela esfrega o braço, e seu rosto enrubesce.

"Mas que porra, Adam! Por que fez isso?"

"Desculpe, entrei em pânico."

"Para quem você contou?"

"Para Scott, o marido de Kelly." Abaixo a cabeça.

"Quando?"

"Faz um dia."

"Acho que tem alguém de olho em mim." Ela começa a andar de um lado para o outro.

"Por que você acha?"

"Ando recebendo uns telefonemas e tenho certeza de que entraram na minha casa."

Tento puxá-la para lhe dar um abraço, mas ela se desvencilha e me dá um empurrão.

"Vou te ajudar."

"Você não consegue nem ajudar a si mesmo, Adam. Eu nunca deveria ter me envolvido nessa história."

"Não diga isso." Agarro os pulsos dela. Ela tenta se desvencilhar, mas não deixo. Então a puxo para mim e a abraço.

"Vamos à polícia juntos. Vamos contar a eles tudo o que você descobriu." Eu me inclino para trás e olho nos olhos dela, tentando tranquilizá-la. Em seguida, dou um beijo nela. É um beijo de consolo; ao menos acho que é, ao menos espero que ela entenda que é.

Rebecca me empurra com força. Tropeço para trás e caio no chão com um certo controle.

"Cai fora daqui!"

"Por favor, Rebecca! Me deixa te ajudar."

"Não, saia da minha casa agora!"

Ela está com medo, e não sei se é de mim ou de outra pessoa. Mas temo que seja de mim.

Antes mesmo de eu chegar à porta da frente, vejo as luzes vermelhas e azuis piscando na fachada.

"Você ligou para a polícia!?"

Ela não responde.

Ouço uma forte batida à porta.

"Departamento de Polícia! Todas as pessoas na casa devem sair com as mãos para cima!"

Cogito sair correndo de novo, mas sei que não vou muito longe, porque, com certeza, a casa já está cercada. Abro a porta da frente bem devagar, com uma das mãos para cima enquanto a outra gira a maçaneta. Antes que eu consiga erguer a outra mão, sou agarrado pelo colarinho e lançado no gramado. Um joelho esmaga minhas escápulas e um par de mãos grosseiras agarra meus pulsos e me algema. Enquanto sou colocado em pé e arrastado para a viatura, meus olhos captam o leve vislumbre de uma sombra se mexendo nos arbustos atrás da casa de Rebecca. Desvio o olhar pouco antes de me dar conta do que é. Olho de novo, mas não tem mais nada lá. Com as luzes do giroflex piscando nos olhos e os efeitos de dois dias de desidratação, é de se esperar que eu esteja propenso a enxergar coisas.

## 57

# SARAH MORGAN

A menos que Matthew tenha feito algum avanço, estou ferrada.

Ontem à noite, ele me mandou uma mensagem dizendo "Consegui!". Não pedi que explicasse o quê. Como estamos cometendo uma ilegalidade, então prefiro não deixar nenhum rastro que possa me botar na mira da polícia. Falei para ele mandar os resultados para mim e apenas para mim, a fim de evitar o envolvimento de outra pessoa. Agora, só me resta aguardar. Vou ter que ser paciente e manter a esperança de que um dos nomes da lista dele corresponda ao terceiro DNA. Estou no sofá do escritório, olhando a cidade pela janela, algo que nunca tenho tempo para fazer.

Ouço uma batida à porta e, antes que eu possa falar para a pessoa entrar, a porta é aberta e Bob aparece. Ele está carregando algumas pastas, as quais precisa revezar entre os braços para conseguir fechar a porta.

"Diga que tudo isso está quase acabando", pede, acomodando-se ao meu lado, totalmente intrometido, mas estou cansada demais para brigar.

"O julgamento começa na segunda-feira. Matthew está trabalhando numa coisa que tomara que vá ajudar."

Ele assente e bota as pastas sobre a mesa de centro.

"Acho que você deveria saber que o xerife Stevens me inocentou ao confirmar meu álibi a pedido do promotor Peters."

Assinto.

"Ele verificou meus voos de ida e volta para Wisconsin, onde eu estava."

"Você não precisa me convencer, Bob."

"Só imaginei que você gostaria de saber... por uma questão processual."

Permanecemos sentados em silêncio por um tempinho.

"A polícia também verificou minhas contas bancárias para descartar a possibilidade de eu ter pagado alguém para matar Kelly."

"E?"

"Também fui inocentado disso."

"Bom para você."

"Só queria que você soubesse. Sei que isso vai constar nos documentos do caso, mas achei melhor eu mesmo te contar. Afinal, fazemos parte do mesmo time, Sarah. Você sabe disso, certo?" Sua expressão fica mais suave. Isso é muito incomum. Ele é sempre austero. Sempre condenatório. Está sempre usando uma máscara de raiva ou descontentamento.

"Sim, eu sei, Bob."

"E falei com Kent sobre o incidente no escritório e deixei claro que não foi sua culpa."

"Eu estava mesmo estranhando ele ainda não ter vindo aqui ralhar comigo. Obrigada", respondo, olhando fixo para ele.

Ele se levanta, coloca a mão nos meus ombros e dá uma apertadinha. Quase me afasto, mas permito, pois sei que está tentando me reconfortar.

"Isso tudo vai acabar logo, logo", declara, tirando a mão dos meus ombros e me dando as costas.

"Bob!", o chamo, e ele para no meio do caminho.

"Oi!?"

"Sinto muito."

"Por quê?"

"Pelo xerife Stevens. Pelo estilo do interrogatório dele na outra noite. Eu não fazia ideia de que ele ia forçar por aquele caminho, foi totalmente inadequado."

O toque do celular interrompe nossa conversa.

"Está... tudo bem", responde. "É melhor atender."

Levanto-me do sofá e caminho até minha mesa para pegar o celular.

"Sarah Morgan."

"Aqui é o xerife Stevens. Devo informar que seu cliente escapou das nossas instalações ontem, mas já foi localizado e capturado." Ele desliga.

"Filho da puuutaaa!" Pego uma caneca de café na minha mesa e jogo contra a parede. Ela se espatifa em um milhão de pedacinhos.

## 58

# ADAM MORGAN

Quando volto à delegacia, uma cena familiar repleta de gritos e acusações se desenrola à minha frente. A saliva de inúmeros policiais vociferando ordens chove livremente em cima de mim. Dizer que eles foram corteses na abordagem seria para lá de falso, mas creio que este seja o tratamento merecido para um suspeito de homicídio que fugiu e foi recapturado, por isso não reclamo.

Antes eu tinha uma espécie de status: só minhas mãos ficavam algemadas à frente do corpo, e apenas durante as transferências. Acabou a brincadeira. Agora, minhas mãos e meus pés estão algemados e presos um ao outro por uma corrente. Não me deixam mais sem supervisão, e mal consigo falar sem ser recebido por uma salva de berros.

Das coisas que gritaram comigo desde meu retorno, as poucas que se destacam são: "… transferência para a segurança máxima…", "… ferrou tudo muitas vezes!", e "… sua advogada vai chegar pouco antes da transferência". Esta última é particularmente desanimadora, pois, outra vez, fodi tudo para Sarah.

Depois de uma sessão de abuso verbal muito, muito duradoura, ainda que merecida, sou informado da chegada de minha advogada e transferido para uma sala de interrogatório e algemado à mesa.

Não muito depois, Sarah e o xerife Stevens aparecem.

As primeiras palavras de Sarah são "Isso é mesmo necessário?", enquanto ela aponta para minhas mãos algemadas à mesa.

"Nem comece", rebate Stevens.

"Tudo bem", concorda Sarah.

"Olha, você foi chamada aqui por uma única razão... para evitar qualquer problema no que diz respeito ao manejo e aos direitos do seu cliente. Ele vai ser transferido para um centro de detenção de segurança máxima até o julgamento. E acho que a promotoria fará novas acusações contra ele."

"Entendi. Considerando que vamos manter a declaração de inocência nas acusações relacionadas ao assassinato de Kelly Summers, não há como justificar seu comportamento nas últimas 48 horas."

Ambos estão falando como se eu nem estivesse presente. Entretanto, dada a situação, provavelmente é melhor assim.

"Tudo bem, devidamente registrado", informa o xerife. "Vocês têm dez minutos. Em seguida, ele vai ser transferido para a Prisão Estadual de Sussex." O xerife Stevens vai embora, mas não sem antes me lançar um olhar que diz: *acabou pra você, otário*.

Sarah se vira para mim assim que a porta é fechada.

"No que você estava pensando...?"

"Sarah, posso explicar..."

Ela levanta um dedo para me impedir e começa a esfregar as têmporas, de olhos fechados e com a cabeça abaixada. Só imagino o que se passa na mente dela...

"Você tem ideia do quanto fodeu tudo? Graças a você, mesmo que, por algum milagre, seja considerado inocente das acusações de homicídio, ainda vai cumprir pena por escapar da custódia policial e fugir das autoridades. Estamos falando de anos de cadeia. Tem noção disso?"

"Sarah, você não entende..."

"Não, Adam! Você é que não entende! Vamos apenas olhar os fatos ao menos uma vez. Fato: você violou a liberdade condicional. Fato: você fugiu da cadeia. Fato: você está sendo julgado por homicídio. Fato: você foi na casa daquela repórter que nem conhece."

"Conheço, sim. Ela está me ajudando", argumento.

Sarah pousa a bolsa na cadeira, pega uma pasta e a desliza sobre a mesa.

"Não conhece, não."

Olho para a pasta, mas com as mãos algemadas à mesa, minha tentativa de abri-la é patética. Ao perceber minha peleja, Sarah se inclina e me ajuda. Do lado esquerdo, tem uma foto de Rebecca; do direito, uma espécie de relatório.

"O que é isto?"

"Esta é Rebecca Sanford. Ela não é repórter, é detetive particular... e foi contratada por Scott Summers."

"O quê? Isso é ridículo! Por que ele faria uma coisa dessas?" Tento levantar as mãos, esquecendo-me de que estou algemado.

Sarah dá um soco na mesa.

"Escuta uma coisa, Adam. A intenção dela nunca foi te ajudar. A confiança de Scott no inquérito é tão grande quanto a sua, por isso a contratou. Qual parte disso você não entendeu?"

"Sei lá." Abaixo a cabeça. "Pensei que ela estivesse do meu lado."

"A única pessoa do seu lado sou eu."

"Desculpa. Não sei no que estava pensando."

"É porque você não estava pensando. Suas ideias de jerico deram muita munição à promotoria. Você fez papel de idiota, tal e qual um animal selvagem que faria qualquer coisa, até mesmo matar, para conseguir o que deseja." Sarah balança a cabeça.

Meus olhos se enchem de lágrimas. "O que posso fazer para consertar isso?"

Por que continua dando tudo errado? Como pude ser tão estúpido?

"Você pode ir para a cadeia, ficar calado e permanecer lá até o fim do julgamento." Ela pega a bolsa, caminha até a porta e bate com os nós dos dedos.

Fico mudo. Apenas meneio a cabeça.

Enquanto ela aguarda o policial abrir, se vira para mim.

"Adam!"

Levanto a cabeça e olho para ela, com a expectativa de que suas palavras sejam gentis e incentivadoras, porque é disso que preciso agora.

"Acho que qualquer outra pessoa agora te aconselharia a começar a rezar, mas você sabe que não acredito em Deus, então está por sua conta, por enquanto."

## 59

# SARAH MORGAN

Fecho a porta do carro e entro no prédio de escritórios mal iluminado, após exibir meu crachá. Está tarde, cumprimento o segurança com um aceno de cabeça e exibo o crachá. Ele sorri, e subo no elevador, exibindo o crachá mais uma vez, para seguir até o décimo quarto andar. Anne disse mais cedo que chegou um pacote de Matthew para mim; e eu não poderia esperar até amanhã de manhã, não com os resultados do DNA em cima da minha mesa.

A porta do elevador se abre no escritório de advocacia Williamson & Morgan, e ouço o zumbido de um aspirador de pó. Os únicos que ficam aqui até tão tarde são os faxineiros. Já passa das dez da noite. O julgamento começa na segunda-feira. As luzes do sensor de movimento se acendem à medida que caminho.

Meu celular toca, e luto para encontrá-lo na minha bolsa. Sem olhar, atendo rapidamente só para silenciá-lo.

"Como assim uma mãe não pode visitar o próprio filho na prisão?" Eleanor está uma onça.

Agora me arrependo de não ter olhado o identificador de chamadas antes de atender.

"Os privilégios de visita foram revogados por causa da fuga."

"Isso não faz sentido. Quando é que vou poder vê-lo?"

"Você vai poder vê-lo nos dias de julgamento, mas não vai poder falar com ele."

"Você não soube resolver as coisas, Sarah. Não sei como chegou onde chegou! Sempre estraga tudo o tempo todo. Vou te denunciar para a Ordem, e eles vão..." Desligo. Abro a agenda e bloqueio o contato dela. Solto um suspiro de alívio. Deveria ter feito isso faz muito tempo.

Destranco a porta da minha sala, e sobre a mesa há um grande envelope amarelo lacrado. Seu conteúdo pode ser tanto minha bênção quanto maldição. Hesito antes de largar a bolsa no chão, tirar os saltos e caminhar até a mesa. Pego o envelope e o giro na mão algumas vezes. Tudo culminou até este momento.

Rasgo a aba e retiro de dentro do envelope uma pequena pilha de papéis. Passo os olhos e viro a página, passo os olhos e viro a página, passo os olhos e viro a página, e então minha respiração trava. Solto um leve suspiro. Sorrio.

"Eu sabia!"

## 60

# ADAM MORGAN

Um guarda me acompanha até a sala de audiências. Uso um belo terno e estou cuidadosamente barbeado; no entanto, o par de algemas macula meu visual. Tudo foi calculado para tentar causar uma boa impressão no júri — para que eu pareça inocente. Sou inocente, mas preciso que eles achem a mesma coisa.

Sarah está em pé junto à mesa. Está sorridente. Fazia muito tempo que não a via sorrir. Espero que tenha algo na manga, algo que me salve. Se é o caso, ela não me contou nada. Mas como culpá-la? Quebrei sua confiança em mim inúmeras vezes.

Matthew também veio, está sentado na primeira fila, logo atrás de Sarah. Minha mãe também está na primeira fila, olhando-me com orgulho e carinho. Sorrio para ela. Pouco antes de me virar e sentar, avisto o subxerife Hudson um pouco mais atrás, muito elegante em seu terno azul. Deduzo que vá testemunhar a favor da promotoria.

Anne e Bob estão na última fileira. Sou tomado por uma onda de raiva, mas me contenho, lembrando-me de que ambos foram inocentados. Mas não consigo engolir isso. Ainda acho que ao menos um deles tem algo a ver com essa história. Josh Peters está parado à mesa, do lado oposto do corredor de Sarah, com ar arrogante, como sempre. A postura dele me preocupa, mas acredito que Sarah vá dar fim às suas gracinhas.

O guarda tira minhas algemas. Sarah e eu nos sentamos, mas apenas por alguns instantes antes de nos mandarem levantar. O juiz Dionne entra pela porta da sala anexa, e o júri entra pela lateral e assume seu posto na bancada. O juiz pede que todos se sentem e começa a analisar os documentos.

"Bom dia, senhoras e senhores! Convoco o caso Povo da Comunidade da Virgínia contra Adam Morgan. Ambos os lados estão preparados e prontos?", pergunta o juiz.

"Pronto em nome da sociedade, meritíssimo", responde Josh Peters.

"Pronta em nome da defesa, meritíssimo", conclui Sarah.

"O escrivão poderia, por gentileza, iniciar o juramento solene junto ao corpo de jurados?"

É isso. Toda a minha vida se resume a isto. Minha vida está nas mãos de Sarah, nas mãos do juiz, nas mãos do júri, nas mãos de qualquer pessoa, menos nas minhas. Agora, é com eles — doze pessoas semelhantes a mim vão decidir meu destino. Sarah, minha doce Sarah, peitando o mundo enquanto ainda luto para sobreviver nele — ou, melhor, para permanecer vivo nele.

Sarah vai iniciar sua arguição. Ao longo dos anos, a ouvi treinar inúmeras vezes em nossa casa. Sei o quanto ela é boa nisso e como essa parte é importante para definir o tom da audiência e ganhar a confiança do júri desde o início. Espero agora que ela atinja o desempenho máximo, pois vou precisar.

"Bom dia, senhoras e senhores do júri! Meu nome é Sarah Morgan e tenho o privilégio de representar Adam Morgan neste caso hoje. Sim, vocês ouviram certo, nós dois temos o sobrenome Morgan."

Sarah se volta para mim em uma postura convidativa e aponta para mim com a palma da mão aberta.

"Adam não é apenas meu cliente." Ela olha para o júri. "Ele é meu marido."

Metade do júri se choca ao entender a situação. Ainda não sei bem se isso é bom ou se foi um erro fatal da nossa parte.

"Vocês ouvirão o promotor explicar o que ele espera que seja provado ao longo deste processo, todavia, o promotor não vai expor todos os fatos que conhecemos até este momento. Posso muito bem requerer um veredicto de inocência, sem necessidade de blefes ou exibicionismos. Por quê? Porque tenho certeza de que Adam Morgan não assassinou Kelly Summers." Sarah bate o punho nos balaústres em frente à bancada do júri, enfatizando sua declaração e chamando a atenção de todos.

"Adam Morgan teve um caso com Kelly Summers? Sim, sim, teve. Ele a amava? Sim. Ele mesmo declarou isso. E ambas as afirmativas me machucaram além da conta, considerando minha posição de esposa. E também me tiraram do sério." Ela se vira e olha para mim com uma mistura de raiva e tristeza nos olhos.

"Cá entre nós, quero vê-lo sofrer as consequências de suas transgressões. No entanto, somente das transgressões que ele cometeu, e não das que não cometeu. Ele teve um caso? Sim. Amou outra mulher fora do casamento? Sim. Mas matou essa mulher? Não, não matou." A voz de Sarah se reduz a quase um sussurro. Já a vi fazendo isso em outras ocasiões, o diminuindo antes do clímax. Isso é para deixar o júri calminho, ao bel-prazer.

"Meu cliente, meu marido, teve um caso. Mas amar outra pessoa que não seja a esposa não faz de alguém um assassino. A promotoria...", Sarah aponta para Josh Peters, "vai pintar Adam como um adúltero... e, sendo eu esposa dele, tenho a constatação de que ele é mesmo um adúltero. Nem sequer vamos refutar esse ponto, mas existem outros fatos além deste. Fatos que a promotoria irá encobrir."

Sarah caminha até o ponta da bancada do júri e fica diante do jurado número um. Ela levanta a mão, com a palma voltada para si, e começa a erguer os dedos, um de cada vez, enquanto lista o que sabe ser verdade.

"Um. É fato que Scott Summers, marido de Kelly, ameaçou tirar a vida dela na noite do assassinato.

"Dois. É fato que o nome verdadeiro de Kelly era Jenna Way — e Jenna Way... bem, Jenna era uma mulher interessante. Jenna foi acusada de assassinar o primeiro marido, Greg Miller, antes de fugir misteriosamente do estado de Wisconsin e então acabar magicamente no estado da Virgínia com um novo nome, uma nova cor de cabelo, tudo novo."

O júri começa a cochichar. Olho para Peters. Está revirando os olhos, mas sua postura o está delatando. Este não é o cenário de que ele gostaria, não para o seu caso que seria uma vitória fácil.

"Três. É fato que inúmeras das pessoas que serão apresentadas ao longo do processo, as quais faziam parte da vida de Kelly — ou devo dizer de Jenna —, tinham motivo para matá-la com a finalidade de obter justiça por Greg.

"Quatro. É fato que Kelly estava se relacionando com pelo menos três homens diferentes, todos em um período muito curto de tempo. 'Como sei disso?', vocês devem estar se perguntando... Sei disso porque o médico-legista encontrou esperma de três perfis de DNA diferentes dentro da vagina da vítima."

Duas das mulheres mais velhas do júri se recostam com uma expressão de desgosto. Dói-me ver Kelly sendo transformada em uma pessoa tão desagradável. Desleal, mentirosa, inconstante, violenta, uma vagabunda e talvez até mesmo assassina. Mas sei que isso precisa ser feito. Sei que é o caminho que resta a Sarah para que o júri tenha compaixão de mim e não da mulher morta. Uma mulher que eu amava.

"E cinco. Sei que Kelly tinha um *stalker* chamado Jesse Hook, que frequentava seu local de trabalho só para observá-la e talvez fazer algo mais."

Sarah abaixa a mão e caminha na minha direção. Então me lança um olhar que eu nunca tinha visto. Um olhar que diz: *você me deve essa, porque não merece esse privilégio*. Bem, ela não está errada.

"A promotoria acredita que Adam Morgan matou Kelly Summers. E crenças são apenas isto: crenças. O que buscamos, o que necessitamos num julgamento, são fatos. E acabei de apresentar cinco coisas que sei que são fatos. E até o fim deste julgamento, vocês vão ter certeza de um sexto fato: Adam Morgan não matou Kelly Summers. Obrigada."

## 61

# SARAH MORGAN

Estou acabando de arrumar minhas malas para voltar para casa em Washington. Fiquei grande parte do julgamento na casa do lago, mas ele terminou ontem e as deliberações do júri já começaram. Em casos como este, o resultado pode levar semanas, principalmente porque há pena de morte em jogo. Ouço batidas frenéticas à porta da frente. Vou até a entrada e me deparo com Anne na minha varanda, ofegante e vermelha.

Antes mesmo de eu perguntar o que ela está fazendo ou por que está aqui, ela dispara:

"Saiu o veredicto."

"O quê? Já?"

Ela assente.

"Isso não é bom, né?"

"Não, geralmente, não." Pego o blazer e minha bolsa e saio correndo.

"Quer que eu vá com você?", grita.

Respondo que sim enquanto entro no carro. Ela se acomoda no banco do passageiro e ajusta o cinto de segurança. Anne caiu nas minhas graças de novo. Levei um tempinho para perdoá-la, foi preciso que reconquistasse minha confiança. Mas ela conseguiu. Ficou do meu lado durante todo o julgamento, até o desfecho — o qual, aparentemente, está acontecendo hoje. Ligo o motor, acelero e viro à direita em direção à cidade.

"Está bem?", pergunta.

Olho para ela de soslaio. Minhas mãos agarram o volante com tanta força que os dedos ficam esbranquiçados.

"Vou ficar."

"Independentemente do resultado, você fez todo o possível, Sarah."

"Obrigada pelo voto de confiança, Anne." Dou um sorrisinho.

Ela sorri de volta e se concentra na estrada à frente.

Mal entro no fórum e já dou de cara com Josh Peters. É quase como se ele estivesse na expectativa da minha chegada.

"Preparada?", pergunta. Dá para ver que não está mais tão confiante. Estou morta de medo. Uma deliberação rápida pode significar qualquer coisa. Apenas faço que sim e sigo até a sala de audiências. Passo por Bob e trocamos olhares solidários. Ele sabe tão bem quanto eu o que isso pode significar.

Vou até a frente da sala e me sento à mesa da defesa. Matthew já está esperando na primeira fileira. Ele se inclina sobre o balaústre e aperta de leve os meus ombros.

Acaricio sua mão e ele sussurra: "Vai ficar tudo bem. Não importa o que aconteça".

Eu me viro para fitá-lo e lhe oferecer um sorriso em gratidão, mas meus olhos encontram os de Eleanor. Ela está sentada bem atrás dele. Não nos falamos desde a noite em que bloqueei seu número de telefone, mas temos nos visto todos os dias de audiência. Ela não perde nenhuma sessão e fica o tempo todo olhando com orgulho para Adam, como se estivesse assistindo aos jogos da liga infantil. Eleanor me lança um olhar breve e depois volta a concentrar sua atenção na porta pela qual o filho vai entrar logo, logo.

Então Adam chega escoltado. Sua expressão é sombria, porque também sabe que uma deliberação rápida pode significar qualquer coisa. O guarda tira as algemas de Adam, que se senta ao meu lado. Sei que ele quer que eu diga que vai ficar tudo bem, mas não posso garantir isso. Não sei se vai ficar tudo bem. No entanto, também não preciso assustá-lo sem necessidade. Apenas pouso minha mão na dele por um instante, oferecendo-lhe o último sopro de consolo. Em seguida, nos levantamos para o juiz e o júri entrarem. Depois que eles se acomodam em seus lugares, nós nos sentamos.

"O júri chegou a um veredicto unânime?", pergunta o juiz Dionne.

O jurado porta-voz do grupo se levanta e responde:

"Sim, meritíssimo."

Adam pega minha mão e a aperta.

O escrivão pega o papel das mãos do jurado e o entrega ao juiz, que o lê em silêncio.

Sinto os batimentos cardíacos de Adam latejando em sua mão. Rápidos, ruidosos, em pânico. Os meus também estão assim.

O juiz devolve o papel com o veredicto ao escrivão.

"O réu pode, por favor, ficar em pé?"

Adam se levanta, soltando minha mão.

O porta-voz do júri pigarreia.

"O júri considera o réu..."

## 62

# SARAH MORGAN
## ONZE ANOS DEPOIS

Eu sei o que você está pensando. Será que fiz mesmo tudo o que estava ao meu alcance para salvar Adam? Para tentar salvar o homem que destruiu nosso casamento? Às vezes me faço a mesma pergunta. E a única resposta possível é que fiz o que tinha que fazer. Para sobreviver.

Hoje, Adam vai ser executado. Parei de lhe escrever e de visitá-lo anos atrás, na época em que eu não suportava mais vê-lo nem receber notícias suas. Cada visita se tornava mais explosiva que a anterior, e eu já não aguentava mais. Após a condenação, ele perdeu toda a esperança, e um humano sem esperança é um animal indomado. Precisava seguir minha vida, e foi o que fiz. Se Adam não conseguiu fazer isso, bem, vão escolher por ele hoje.

Vim para me despedir. Vim para dar um encerramento à história, ou pelo menos acho que vim por isso. Adam pode não ter assassinado Kelly Summers, mas está pagando por seus crimes.

Olho para o imenso prédio de concreto e tijolos à minha frente, a penitenciária de segurança máxima, mas, para Adam, poderia muito bem ser um caixão. O sol está brilhando forte. O céu está azul-claro, e ouço o chilrear dos pássaros. Subo a escadaria com cuidado, vestindo minha saia lápis e o blazer branco. Um anjo da morte pousando neste modesto recinto. Meu cabelo está num tom de loiro-dourado, brilhante, longo e solto. Hoje em dia, prefiro usá-lo assim, livre. E é assim também que procuro viver minha vida, desinibida e menos rígida. Acho que algumas coisas de fato mudam, afinal.

Levo quase vinte minutos para passar pela segurança, mas não me importo nem um pouco. Vou conseguir falar com Adam antes da execução porque fui a advogada no caso dele e não porque ainda sou sua esposa. Sim, ainda estamos casados. Achei que valeria ficar casada com ele por mais tempo do que eu gostaria só para lhe dar um lampejo de otimismo.

Pretendo me casar de novo amanhã, pois vou ficar viúva ao final do dia. Vamos fazer um casamento na praia, com amigos íntimos e familiares. Vai ser lindo. De agora em diante, tudo na minha vida vai ser lindo, porque Adam foi minha última mácula.

Sou escoltada pelo saguão principal e, depois, por um corredor curto até uma saleta de espera. Em breve, vão trazer Adam para falar comigo. É um pequeno cômodo de concreto com uma mesa, duas cadeiras, um relógio na parede e um sistema de câmeras num canto junto ao teto. Não há mais nada, nem mesmo um espelho de observação. Disseram-me que eu teria dez minutos. Dez minutos me bastam. Tamborilo as longas unhas vermelhas na mesa, tomando cuidado para não lascá-las, pois acabei de fazê-las para o casamento.

A porta se abre e Adam está ali, ocupando a maior parte do batente. A barba está longa e desalinhada, mas ele não está feio. O cabelo está tão curto que fica entre o visível e o invisível, a depender da iluminação. Ele parece um pouco mais robusto — não gordo, e sim mais atarracado. Mas os olhos contam a verdadeira história. A prisão não foi gentil com ele. Ao passo que ser conhecido como o assassino da esposa de um policial não tenha ferido sua "credibilidade" aqui dentro, ele ainda era visto pelo que era de fato: um artista sensível. Um homem destruído e deslocado. Uma isca na água enquanto os tubarões o circundam lentamente. Não consigo nem imaginar o que passou aqui. Ele perdeu completamente seu charme pueril. É um homem que passou uma década levando pancadas, e isso está evidente.

O rosto se ilumina quando me vê. Dou-lhe um sorriso parcial. Não posso dizer que estou feliz em vê-lo, mas também não estou triste.

"Você veio?" Ele dá mais alguns passos para entrar na sala. Os braços e os pés estão algemados e presos a uma corrente anexada em volta da cintura, então as passadas são bem curtinhas.

"Claro."

O guarda o guia para a cadeira de frente para mim. Tira a maior parte das correntes e algemas, exceto uma do pulso direito, que fica atada à mesa. Adam se senta.

"Dez minutos, e nada de gracinhas", alerta o guarda.

Assim que a porta se fecha, Adam desliza a mão livre pela mesa, esperando que eu retribua o gesto. Paro por um segundo, olhando para sua mão rachada e machucada, e para o rosto ainda mais machucado, então aquiesço. Minha mão segura a sua, e ele começa a chorar. Não posso fazer nada além de ficar admirando, maravilhada, como um espectador no zoológico ao observar alguns espécimes estranhos.

"Como tem passado?", pergunta, por fim, enquanto luta contra todas as emoções de uma vida roubada.

"Eu... estou bem."

"Você parou de me escrever e de me visitar!?"

Não sei dizer se é uma pergunta ou uma afirmação, então apenas aceno com a cabeça.

"Eu sei... é que ficou... muito difícil."

"Eu entendo." Ele abaixa a cabeça.

Aperto sua mão de leve. Ele sorri diante do que provavelmente pensa ser um gesto de carinho, mas é só o encerramento de uma contagem regressiva que começou há muito tempo. Cada um dos dez apertos que darei na mão dele vai servir para contabilizar um minuto sendo obrigada a tolerá-lo aqui. Sempre fui muito boa de *timing*. É isso que define uma boa arguição inicial ou a alegação final perfeita durante a audiência. É isso que define as pausas perfeitas durante uma inquirição. É por isso que sou tão boa no meu trabalho. É tudo uma questão de *timing*. Ele aperta minha mão de volta. Não me importo de estar nesta sublime interação romântica com ele, pois já suportei coisas piores dele... muito piores.

"Você conseguiu alguma novidade no meu processo?", pergunta ele com um tom suplicante, tocado pela esperança.

"Adam", suspiro para ele, "por que tocar nesse assunto? Não vai adiantar."

"Você nunca teve curiosidade para voltar a ele? Para tentar me salvar?" Sua voz começa a se elevar junto com as sobrancelhas.

"Adam, você sabe que tive. Além disso, como se trata de pena de morte, a apelação foi automaticamente para a Suprema Corte Estadual da Virgínia, e a decisão de primeira instância foi mantida. Depois disso, não houve mais nenhum modo de apelar. Tentei e passei por tudo isso com você." Aperto sua mão pela segunda vez.

Ele abaixa a cabeça, sentindo-se derrotado outra vez. Achava mesmo que eu ia aparecer aqui com novas provas e que ele magicamente seria libertado no último minuto? Esse tipo de coisa só acontece nos filmes. Não acontece na vida real. Depois de alguns segundos constrangedores olhando para a mesa, ele levanta a cabeça e me encara. Aperto sua mão pela terceira vez. Ele aperta a minha de volta. Eu gostaria muito que parasse com isso.

"E aquele terceiro DNA?" Há um arzinho de empolgação na voz.

"O que tem?"

"Você descobriu de quem era?"

"Adam, já revisamos isso. Não havia provas suficientes para apresentar ao júri", suspiro.

Seu rosto se contrai, a raiva se estabelece nos olhos — a fera está voltando. Então ele respira fundo, relaxando o rosto outra vez. Finalmente está aceitando. Aperto sua mão pela quarta vez. Desta vez, não aperta a minha de volta. Em vez disso, me lança um olhar estranho.

"Escuta, não vim aqui para rever o caso. Vim aqui para me despedir e dizer que te amo." Em algum momento o amei de verdade, então não é difícil para mim dizer a ele essas palavras, ainda que elas não sejam mais genuínas.

Adam sussurra baixinho:

"Eu também te amo, Sarah." Lágrimas silenciosas escorrem pelo rosto.

Aperto a mão dele pela quinta vez.

## 63

# ADAM MORGAN

Sarah veio me ver hoje. Fazia tanto tempo que eu queria vê-la, que perdi a conta de quantos anos se passaram. E agora ela veio, enfim, está bem na minha frente, e isso tem um sabor... agridoce. Está diferente, pelo menos não é como a Sarah de que me lembro. Está fria e desinteressada. E, por algum motivo, fica apertando minha mão de um jeito que não transmite nem amor nem carinho, e sim outra coisa. No início, pensei que fosse um gesto de consolo, para ela ou para mim, não sei dizer. Mas o *timing* de cada aperto estava errado. Não, na verdade, o *timing* estava perfeito, exato até nos segundos. Um apertozinho por minuto. Por que estava fazendo aquilo? Sei que hoje não é um dia fácil, sei mais do que ninguém, mas... ela não parece nem um pouco abalada.

Ela está linda. Repito, ela é sempre linda para mim. É quase doloroso olhá-la, dadas as circunstâncias. Seu cabelo cai livremente até os ombros, e os lábios estão pintados com um vermelho intenso. Está toda de branco, como um anjo, mas, quanto mais penso nisso, mais vejo como é inadequado. Fico com um nó na garganta quando penso em nós dois juntos e em todo o tempo que perdemos. O fato é que, depois que ela sair por esta porta, jamais voltarei a vê-la. Tentei não pensar nisso ao longo de todos esses anos. Claro, sabia que este dia ia chegar, mas não é exatamente algo digno de elucubração. Injeção letal por um crime que não cometi. Essa é a parte que mais dói.

A apelação foi um fiasco. Além disso, nenhuma outra prova foi encontrada, então meu destino permaneceu inalterado. Foi o crime perfeito e a armação perfeita. Há tempos perdi as esperanças, mas, por algum motivo, pensei que talvez no dia de hoje houvesse a possibilidade de um milagre, que Sarah apareceria com uma descoberta bombástica que destruiria qualquer conspiração; meu cavaleiro de armadura brilhante vindo para me salvar. Bem, os trajes dela certamente fazem jus ao papel.

Mas agora sei que isso não vai acontecer. Minha vida acabou, o tempo que tenho é apenas emprestado, sou um cadáver ambulante por estes corredores. Talvez na vida após a morte, se é que existe, eu descubra a verdade sobre o que aconteceu com Kelly Summers e enfim tenha um pouco de paz. Mas provavelmente isso não vai acontecer.

Sarah aperta minha mão de novo. É a sexta vez. Eu contei.

"Então você seguiu a vida?", crio coragem para perguntar.

"Não creio que alguém seja capaz de superar realmente uma coisa dessas, Adam."

Ela fica me dando essas respostas vagas, essas "não respostas". Não permite que me aprofunde nem por um segundo. Seus sistemas de defesa estão totalmente ativados.

"Acha que as coisas poderiam ter sido diferentes para nós?", pergunto.

"Em que sentido?"

"Tipo... se o julgamento tivesse sido diferente. Se tivessem encontrado o verdadeiro assassino. Teríamos tido uma chance?" Tento conter o desespero ao fazer a pergunta.

"Eu gostaria de achar que sim." Seus olhos se fixam nos meus quando ela inclina a cabeça e começa a piscar, quase parece... forçado. Como se estivesse dizendo o que quero ouvir, mas por quê? Não sei mesmo; no entanto, se existe uma certeza a respeito de Sarah, é esta: ela está sempre pensando, calculando. Nunca há segundas intenções, uma nova forma de interpretação. Está sempre no controle... de tudo.

"Eu também gostaria de achar que sim. Acho que teríamos sido felizes. Acho que finalmente teríamos começado nossa família." Há esperança nos meus olhos, mas não nos dela.

Ela sorri e aperta minha mão pela sétima vez.

"Você se arrepende do que fez?"

"Como assim?" Levanto a cabeça subitamente, ao mesmo tempo que a encaro com os olhos semicerrados para me preparar para as implicitudes dessa pergunta. Tenho muitos arrependimentos. Qual deles ela está tentando arrancar de mim?

"Por ter dormido com Kelly? Por ter me traído? Por ter desistido da gente?" Seus olhos se estreitam, e ela se inclina ainda mais para longe de mim.

Ahhh, *esses* arrependimentos.

"Eu nunca desisti da gente", alego e estou falando sério. "Posso ter sido infiel, mas nunca desisti da gente. Eu te amo. Sempre amei e sempre vou amar... não que isso vá se prolongar por muito mais tempo, claro."

Ela só me encara com um olhar vidrado. Sei que ouviu o que eu disse, mas não registrou. Parece estar olhando para além de mim, para a parede atrás de mim, como se eu não estivesse aqui. Ou talvez seja ela quem não esteja aqui, e este seja só um espectro. Uma projeção da pessoa que eu gostaria que aparecesse hoje, dentre todos os dias. Ela aperta minha mão pela oitava vez.

"Sinto muito por não ter sido uma esposa melhor para você."

De onde veio isso? Ela não tem culpa de nada. Fui eu quem fez tudo. Causei tudo isso. Não matei ninguém, mas a traí. Joguei fora tudo o que nós dois tínhamos, sem nenhum cuidado, como se estivesse descartando um papelzinho qualquer ao passar por uma lixeira. Não posso sair desta Terra e deixá-la se culpando por tudo o que aconteceu. Sarah é a única que me defendeu durante toda essa confusão. A única que realmente acreditou em mim. A última pessoa no mundo que ainda me ama, além da minha mãe.

"Sarah... nada disso foi culpa sua. Você foi uma esposa maravilhosa. Se esforçou arduamente e foi a única pessoa que acreditou em mim e me defendeu. Me amou durante meus momentos mais complicados. Fez tudo que podia. Você não tem nada pelo que se desculpar." Tento segurar as lágrimas.

Ela aperta minha mão pela nona vez. Aperto de volta.

"Acha que fui boa para você?" Há uma leveza peculiar em sua voz, como se estivesse me provocando em uma brincadeira no parquinho.

"Claro que sim, Sarah. Nunca pense o contrário. Algum dia você vai fazer outro homem tão feliz..." Nesse momento, não consigo me conter mais. As lágrimas descem fartamente e uma pequena poça se forma na mesa de aço bruto. "Dói dizer isso. Porque eu gostaria de ser esse homem. Gostaria de ainda poder ser esse homem. Mas não dá, meu tempo acabou. E, mesmo que desse, não te mereço, nunca te mereci realmente. Estraguei tudo."

"Estragou mesmo", concorda ela de modo incisivo.

"Eu sei", soluço. "Nesses últimos onze anos, não houve um dia em que eu não tenha pensado em você."

O aço bate forte na parede de concreto quando o guarda entra novamente.

"O tempo acabou." Ele masca o chiclete com força e, de propósito, não olha para nenhum de nós dois, para deixar bem nítido seu desinteresse.

Ela aperta minha mão pela décima vez. Aperto de volta. Ela me solta e se levanta.

"Adeus, Adam. E, só para você saber..." Ela contorna a mesa, se abaixa e dá um beijo delicado na minha bochecha.

Fico esperando o guarda gritar conosco, mas ele não faz nada, provavelmente porque sente pena.

Antes de partir, ela me sussurra ao ouvido: "Tenho certeza de que você não matou Kelly".

Levanto a cabeça e me viro para encará-la. Ela está sorrindo, mas de lábios fechados. Há uma reviravolta sinistra estampada em seu rosto. Tem um ardor inédito nos olhos, que eu nunca tinha visto, pelo menos, não em um ser humano.

"O que é isso?" Minha mente começa a acelerar, tentando juntar as peças do que acabei de ouvir. "Sarah, como assim? Quem foi então? Se você sabe, tem que me contar! Tem que me tirar daqui! Sarah!" Grito por uma resposta.

A paciência do guarda se esgota, e, em três passos, ele está atrás de mim, agarrando-me pelos ombros.

Sarah continua a me olhar com aquele sorriso desgraçado.

"Adam, você vai passar o resto da sua breve vida pensando em mim, e quero que saiba que nunca mais vou pensar em você."

E então ela vai embora e deixa uma nuvem de ódio e veneno pairando ali.

Fico sob total estupor enquanto cada som desaparece da sala como se eu estivesse num vácuo. Nem sequer me lembro do guarda me escoltando de volta à cela. Achei que Sarah ainda me amasse ou que, no mínimo, ainda se preocupasse comigo. Não do mesmo jeito que antes, claro, mas de alguma forma. Mas quem era aquela ali comigo?

Não consigo nem controlar meus pensamentos mais. Eles são como um trem de carga em alta velocidade com os freios quebrados. Nada é capaz de impedir o desastre iminente. Um monte de palavras passa pela minha cabeça, e quanto mais elas correm, se repetem e se reorganizam, mais começam a fazer sentido.

Cerca de trinta minutos depois, o guarda chega para me acompanhar até uma nova sala, com uma maca marrom e vários equipamentos de monitoramento de sinais vitais. Um médico, uma enfermeira e mais dois agentes penitenciários me aguardam; minha derradeira e mais importante festa surpresa. A maca está voltada para um grande espelho escurecido que mostra vagamente meu reflexo. Sei muito bem que, do outro lado desse espelho, há pessoas ávidas por este momento, ansiosas pelo que está por vir. Não condeno a raiva delas; o problema é que ela está sendo direcionada para a pessoa errada.

Deito-me na maca, e os guardas me amarram. Então me conectam a uma intravenosa e a um monitor cardíaco. O guarda pergunta:

"Gostaria da presença de um padre, um rabino ou alguém semelhante para os ritos finais?"

"Não. Não é necessário."

"Deseja dizer suas últimas palavras?"

*Perdão. Votos do casamento não honrados. Kelly. Fato. Assassinato. Xerife Stevens. Jenna. Bob. Anne. Casa do lago. Jesse. Rebecca.* DNA. *Acabe logo com isso. Matthew. Hudson. Scott. Sarah. Sarah. Sarah.*

Todas estas palavras passam pela minha cabeça. Eu esperava que meus últimos pensamentos fossem sobre a vida que tive ou sobre as pessoas que amei. Que poético, o escritor com bloqueio criativo sem conseguir pensar em algumas palavras derradeiras positivas! Os únicos pensamentos girando no cérebro são sobre a minha morte. Algo me parece errado. Tem algo errado.

Então percebo. É como se pudesse ver através do espelho à minha frente, como se pudesse ver Sarah ali, sem nenhum bloqueio. Vejo aquele sorriso e aquele olhar. Os apertos contadinhos na minha mão. O relógio que me deu de presente no nosso aniversário de casamento, aquele com a gravação do número de minutos que há em dez anos. A contagem. As palavras de despedida um tanto peculiares, sua insensibilidade. Mas por que agora? Por que, dentre todos os dias, ela precisava dizer isso logo hoje, me tratar desse jeito? É como se... espere aí. Não, não pode ser...

No início, sinto um torpor e pareço estar na iminência de apagar. Mas logo começo a me debater e a me contorcer, e então um calor penetrante começa a rasgar meus órgãos, e grito. E, então, de repente, para. Tudo para.

Não vejo nada além de uma tela preta com furos minúsculos, uma luz branca crescendo do centro para fora, como uma antiga televisão de tubo se aquecendo. As imagens começam a aparecer. Sarah. O dia em que a conheci. Quando a amei. Quando me casei com ela. Os momentos em que eu me demorava admirando-a. E então tudo o que perdi. São quase como cenas deletadas de um filme. Mas não as deletei. Simplesmente não prestei atenção. O plano, a conspiração, o cálculo, minha morte.

Sarah controlava tudo na vida dela, inclusive a mim.

Eu a subestimei. Assim como fiz tantas vezes antes. Desta vez, errei feio. As imagens desaparecem e então ficam pretas. Sarah é meu último pensamento, minha última imagem. Ela estava certa a respeito de tudo... absolutamente tudo.

## 64

# SARAH MORGAN

Estou olhando através do espelho de observação, vendo o homem assustado que um dia chamei de meu marido. Minha presença hoje era obrigatória, eu precisava ver tudo até o fim. Para minha surpresa, há um rosto familiar. Eleanor, em toda a glória de seus 70 e poucos anos, apareceu para ver o precioso filhinho pela última vez. Nunca mais a vi nem falei com ela desde o desfecho do julgamento de Adam. Normalmente, detestaria a ideia de passar um segundo sequer na presença dela, mas neste momento, neste evento específico, estou encantada em vê-la. Vou até onde ela está sentada, trazendo meu humor mais sóbrio e um pacote de lágrimas prontas para escorrer dos meus olhinhos quando me convier.

Quando chego perto dela, ela não olha para cima, apenas diz: "Sarah!"

"Posso me sentar?", pergunto educadamente. Ela não aquiesce, mas também não recusa, então me sento, voltando o olhar para a sala adiante. "Olha", digo a ela, "sei que nunca fomos melhores amigas. E não creio que o dia de hoje vá mudar o passado ou o nível de interação que teremos daqui para a frente. Mas, hoje, saiba que estou aqui."

Eleanor me olha, com as lágrimas escorrendo e mais lágrimas brotando. "Tudo bem", é só o que diz.

Os procedimentos se dão sem maiores tropeços e, então chega a hora, a última peça do jogo, a seringa. Eleanor vê o objeto e percebo o corpo dela enrijecendo imediatamente. Não há nada que ela possa fazer para impedir. Nem todo o cuidado maternal nem todo o dinheiro do mundo podem salvar o filho hoje, e a consciência disso a deixa paralisada.

Enfim, o médico diz alguma coisa para Adam, que balança a cabeça. A enfermeira presente insere a agulha no acesso intravenoso, e Eleanor segura minha mão nesse momento. À medida que o êmbolo é empurrado, ela também vai apertando minha mão lentamente. No início é tranquilo, como aquele pequeno lapso de tempo após a queda de um raio, quando vem a expectativa pelo trovão, e então acontece. Adam começa a convulsionar e a vocalizar em cima da mesa.

Eleanor chora com desespero.

"Não! Meu bebezinho!" E mesma começa a tremelicar descontroladamente. Aperto sua mão e acolho a cabeça em meu peito.

"Shhhh... Acabou. Está tudo acabado", sussurro ao seu ouvido enquanto corro os dedos por seus cabelos, com um enorme sorriso emplastrado na minha cara.

Quando Adam, por fim, relaxa, afasto a cabeça de Eleanor e me aprumo.

"Adeus, Eleanor!", digo assim que me viro para sair.

"Sarah! Espere", me chama de imediato. Me viro para olhá-la. "Eu lamento muito... por tudo." Sua manifestação é quase um sussurro em meio ao choro compulsivo.

Olho para ela com curiosidade, como um gato decidindo o que fazer com um pequeno roedor que acabou de capturar.

"Eu não", retruco e me viro para sair.

Nem sequer registro suas palavras proferidas em meio à histeria, ela volta a soluçar de um jeito escandaloso.

Os últimos pensamentos de Adam estavam em mim. Dava para ver pela expressão estúpida na cara dele. Saio quase junto aos pais de Kelly. Eles choraram durante toda a provação, derramando a catarse que vieram encontrar aqui. Provavelmente acham que testemunharam algum tipo de desfecho; o homem que assassinou a filhinha deles enfim foi executado.

Chego a olhar de soslaio para eles algumas vezes, partilhando empatia. Eles sabiam quem eu era. A advogada do monstro que tirou tudo deles; e não apenas a advogada, mas a esposa do monstro. No entanto, por algum motivo, eles foram gentis comigo. Não sei por quê. Acho que, no fim, me enxergavam como um deles, uma vítima dessa confusão, que tinha sido causada pela manifestação do mal que agora jazia do outro lado do espelho. Um infortúnio que calhou de afetar a todos nós. Esse poço maligno de breu e lama tóxicos onde todos fomos jogados e do qual não conseguimos escapar. Mas enfim o monstro estava morto.

Eles seguram a porta aberta para mim, e então sigo na frente deles pelo longo corredor. Ouço cochichos atrás de mim: "estou feliz que tenha acabado" e "estou feliz porque ele finalmente pagou pelo crime" e "Kelly pode descansar em paz agora". Quase faço um buraco na língua enquanto a mordo, segurando-me para não rir.

Abro as portas do saguão principal, pego meus pertences e finalizo o registro de saída.

Vejo no celular uma mensagem de Matthew.

*John e eu vamos sair daqui em duas horas. Mal posso esperar para te levar ao altar amanhã, e as crianças estão muito animadas para ver a tia Sarah.*

Respondo:

*Obrigada, Matthew. Estou doida pra ver vocês! Te amo.*

Passo pela porta de vidro giratória na entrada do prédio. Lá fora, o sol brilha intensamente, cada um dos raios se esforçando para fritar tudo neste mundo. Boto os óculos escuros e desço os degraus de concreto.

Posso não ter sido a pessoa mais honesta. Nem com Adam, nem com Anne, nem com Matthew, nem com o xerife Stevens, com nenhum deles, nem comigo mesma — mas vou ser honesta agora. *Timing* é tudo, e cronometrei tudo com perfeição.

Adam sempre se achou tão inteligente, tão culto — o profundo, o introspectivo. O justiceiro em prol das artes e coisa e tal. E ele de fato era tudo isso. Só que presumia que eu não estava atenta, e nisso se enganou redondamente.

Fiquei sabendo do caso entre Kelly e Adam muito antes de ela dar o último suspiro. Bob me mostrou as provas da infidelidade de Adam, que ele flagrou enquanto tentava ferrar a vida de Kelly depois do que ela fez ao coitado do irmão dele. Bob achou que fosse matar dois coelhos com uma cajadada só — seu plano era me chantagear a ponto de fazer eu me demitir por conta da vergonha ou, no mínimo, me fazer perder o foco para que ele pudesse atacar e tomar meu lugar na sociedade da empresa, ao mesmo tempo que acabaria com a vida de Kelly. Ele também estava redondamente enganado. Quando me mostrou as provas, minha reação foi bem diferente do que ele imaginava, só que muito mais intensa do que ele jamais esperaria.

Juntos, decidimos matar Kelly e incriminar Adam. Afinal, eles mereciam isso. Quando ela foi assassinada, Bob ficou fora da cidade para garantir que, quando a conexão entre ele e Kelly fosse descoberta, ele tivesse um bom álibi. Eu não queria pontas soltas.

Ele queria contratar alguém para resolver tudo, mas, como já disse, eu não queria pontas soltas... Só havia uma pessoa plenamente confiável para fazê-lo, e fazê-lo com perfeição. É como dizem: se você quer algo bem feito...

Claro, não fiquei nem um pouco satisfeita quando soube que Anne estava ciente de que Adam vinha me traindo. Assim que descobri a foto na escrivaninha de Adam, saquei que tinha sido ela. Acha mesmo que não reconheceria a caligrafia da minha própria assistente? No fim das contas, acabei a perdoando, deixei pra lá. Afinal, éramos o álibi uma da outra. Naquela noite em que saímos juntas, ela perdeu a noção do tempo e da quantidade de álcool que ingeriu, mas por que controlaria algo assim, não é mesmo? Ela me idolatrava. Eu era tudo o que ela aspirava ser. Todo tempo passado comigo era ouro para ela. Eu sabia disso. Estava contando com isso. Também contava a meu favor o fato de que ela estava criando coragem para me contar sobre Adam. Então bebeu mais ainda. Além disso, uma pitadinha de GHB no seu copo a fez perder a noção do tempo, principalmente quando a enviei para casa num táxi às 10 da noite — não à meia-noite, como eu lhe disse.

E eu também conhecia todos os vícios de Adam e, depois de uma boceta novinha e da autocomiseração, a coisa da qual mais gostava era de encher a cara de uísque. Botar GHB na garrafa foi mais fácil do que, hum... Kelly. Sabia que era sua bebida favorita também, e Adam comprou uísque do bom com meu dinheiro. E assim, com os dois completamente apagados, e a memória prejudicada, só precisei fazer um breve desvio do bar por volta das dez da noite e usar uma faca afiada. Foi fácil como furar uma caixa com um bichinho dentro para que ele possa respirar. Só que, neste caso, eu tirei o ar do bichinho.

 Adam se achava muito esperto, perseguindo pistas que eu sabia que não iam dar em nada, porque nenhuma levava a mim. Eu também sabia que Jesse era só um esquisitão muito apaixonado por Kelly, mas fiz questão de botá-lo na jogada para parecer que eu estava de fato trabalhando no caso. Jesse foi minha isca, um jeito de fazer parecer que eu estava empenhada quando, na realidade, só estava aguardando o desenrolar do meu plano. E saiu melhor que planejei. Achei que Adam ia pegar prisão perpétua com a possibilidade de liberdade condicional depois de vinte ou trinta anos. A opção de pena de morte nem passou pela minha cabeça, porque é muito rara... até que foi descoberto que Kelly estava grávida. Isso selou o destino dele e coroou meu plano.

 O tal terceiro DNA me deixou confusa, admito. Sinceramente, já estava começando a me irritar por não conseguir descobrir de quem era. Achei que tivesse acompanhado os passos de Adam e Kelly bem o suficiente para saber de todos os detalhes da vida deles. Achei que Bob e eu tivéssemos todas as informações sobre aqueles dois idiotas. Foi a única coisa que me preocupou, porque temi que talvez ele tivesse visto alguma coisa — tipo, eu. Mas, então, quem era esse terceiro cara? Graças a Deus, acabou sendo aquele imbecil do xerife Stevens. Mais um sujeito incapaz de manter o pau dentro das calças. E não tinha visto nada. Só estava preocupado em se proteger. Por isso, sua investigação foi tão nas coxas. Depois que descobri, fiz questão de manter o assunto em segredo, porque eu já tinha planejado e o pressionado para que o julgamento e o veredicto de culpado saíssem rápido, e eu, com certeza, não precisava de mais um fator para confundir tudo.

 O xerife Stevens acabou me ajudando de qualquer forma, sem saber, graças ao trabalho investigativo porco. Adam, com certeza, tinha GHB no organismo. Sei disso porque não se mexeu nem um tiquinho enquanto eu esfaqueava Kelly até a morte. O precioso novo amor de sua vida sendo arrancado dele uma estocada por vez, seu sangue espirrando na lona de plástico transparente que botei em cima dele, feito um janelão exclusivo para que Adam testemunhasse tudo, e simplesmente ficou lá paradão. Depois, a lentidão do xerife Stevens para colher o sangue de Adam, ele até acabou perdendo o prazo para poder detectar a droga, acabou me ajudando, e é por isso que não relevei a identidade da terceira amostra de DNA. Ele, sem saber, me fez um grande favor, então retribuí na mesma moeda.

E quanto a Rebecca Sanford? A jovem aspirante a jornalista em quem Adam depositou todas as suas esperanças. Na verdade, ela era mesmo detetive particular, mas não contratada por Scott Summers. Foi contratada por Bob e, assim que concluiu o trabalho, foi embora da cidade, tal e qual havia sido combinado. A função dela era ficar de olho em Adam, orientá-lo para o rumo que queríamos tomar. Era nosso desejo que ele descobrisse a conexão entre Bob e Kelly, só para lhe dar um pingo de esperança momentânea, só o suficiente para o deixar pirado. Também foi nosso plano que ele fizesse a conexão óbvia entre Anne e seu bilhetinho ameaçador. Mais um vislumbre de esperança para torná-lo errático e irracional. Contudo, o mais importante, a todo momento eu queria lembrar a Adam que só havia uma pessoa em quem ele poderia confiar, e esta pessoa era eu.

Peguei leve com Scott Summers durante a inquirição. Adam não gostou disso, mas falei para ele que tínhamos que ir com cuidado, já que a vítima era sua esposa. Mas, na real, eu não podia correr o risco de irritá-lo, porque sei que tem pavio curto. Eu mesma já tinha visto com os próprios olhos e sentido na própria pele. Scott saiu da cidade depois que o julgamento se encerrou. Talvez não quisesse lidar com os rumores de que ele tinha sumido com as provas do homicídio do primeiro marido de Kelly, ou talvez simplesmente estivesse farto do Condado de Prince William.

Jamais saberei o que realmente aconteceu entre Kelly e Greg, ou entre Kelly e Scott. Foi vítima dos homens em sua vida? Foi abusada? Ou era só uma garota que gostava de alardear para chamar a atenção? Jamais saberei, ninguém saberá. Eis a grande questão dos relacionamentos: a gente nunca sabe como eles são na realidade, a menos que esteja inserido neles. Assim como ninguém jamais vai saber o que aconteceu entre mim e Adam. Todos temos a nossa verdade, e tudo fora dessa verdade é só fofoca.

Falando nisso, Adam de fato escreveu sua versão do ocorrido. Ele intitulou de *Inocência não basta: A história de Adam Morgan*. É claro que não resistiu à ideia de ter o nome numa capa de livro... duas vezes. Foi um enorme sucesso, best-seller do *New York Times*, traduzido para quarenta idiomas, e a Netflix até transformou a obra em uma série documental de quatro episódios. A coisa toda rendeu milhões, porém, como presidiário no corredor da morte, Adam não teve permissão para ficar com sua parte dos lucros, então optou por doar tudo para uma organização sem fins lucrativos. Ele esperava que essa tal ONG pudesse provar sua inocência. Ironicamente, depois de analisar os detalhes do processo dele, a ONG se recusou a pegar o caso. Dou risada disso até hoje.

Trinta e sete facadas. Você deve estar se perguntando como fui capaz de fazer uma coisa dessas com outra mulher. Fácil. Se alguém entrasse na sua casa e roubasse algo seu, você se defenderia? Provavelmente acha que estou falando de Kelly Summers, mas não estou. Estou falando de Adam. Toda guerra tem baixas. Kelly foi exatamente isso.

Em caso de divórcio, Adam teria levado metade de tudo o que tenho. Ele não merecia nada meu. Não me merecia. Jurei nunca ser como a minha mãe. Se permitisse que um homem levasse tudo o que ganhei por meio de muito esforço, eu seria alguém tão fraca quanto ela. No fim, Adam levou a única coisa que merecia.

"Como foi?", pergunta Bob quando me sento no banco do passageiro da nossa Mercedes.

"Exatamente como planejamos." Sorrio e me inclino para lhe dar um beijo na boca.

"Mamãe!", exclama Summer do banco de trás.

"Oi, querida!" Olho para minha linda garotinha de 8 anos e sorrio.

Ela é a cara de Bob, e minha também, perfeita em todos os sentidos. Quando descobri que estava grávida, jurei que jamais cometeria os mesmos erros da minha mãe. Summer não vai precisar se salvar de mim do mesmo jeito que precisei me salvar da minha mãe.

É verdade. Minha mãe não se matou, tecnicamente falando. Com a tolerância de seu organismo, uma seringa de heroína jamais teria causado uma overdose — mas as outras três que enfiei no braço dela, sim.

Ela já vinha se matando pouco a pouco todos os dias, só ajudei a acelerar o processo. Jamais vou colocar minha filha nessa posição.

"O que tem aí?" Summer aponta para o prédio de onde acabei de sair.

"Nada, querida... Absolutamente nada."

Voltamos para a casa do lago no Condado de Prince William. No entanto, não é mais uma casa do lago; agora é nosso lar permanente. Bob e eu não queríamos criar Summer na cidade grande, e, para ser sincera, este lugar é adorável. Eu não costumava enxergá-lo da mesma forma que Adam, mas talvez porque estivesse acostumada a associá-lo diretamente a ele. As inseguranças e a infidelidade dele formavam uma camada de sujeira que encobria o verdadeiro pedaço do paraíso que é isto aqui.

Minha vida voltou a ser exatamente o que eu queria que fosse... e pretendo continuar assim.

**CONTEÚDO EXTRA**
**CENAS DELETADAS EXCLUSIVAS**
**O JULGAMENTO DE ADAM MORGAN**

Diretamente do cofre de Jeneva Rose

# SARAH MORGAN

"Peço que vocês se lembrem dela." Josh Peters, promotor, está diante do banco dos jurados, com as costas largas voltadas para mim, segurando uma fotografia 8 × 10. Sei que é uma foto de Kelly Summers, provavelmente, feita ao ar livre em um dia ensolarado. Sua expressão é de felicidade — com imensos olhos castanhos, um sorriso amplo e sardas fartas espalhadas pelas bochechas e pelo nariz. O objetivo de ele mostrar a foto é tocar o coração dos jurados, pois esta é a última oportunidade de influenciá-los antes da deliberação.

"Peço que vocês se lembrem de Kelly Summers, uma jovem cuja vida foi ceifada pelo réu, Adam Morgan." Peters olha para trás, exatamente para Adam, que está sentado ao meu lado. Vários dos jurados, carrancudos, acompanham o olhar dele.

"Kelly foi encontrada morta na cama de Adam, esfaqueada", diz Peters, voltando sua atenção para o júri. "Trinta e sete", ele acrescenta, apontando para a foto de Kelly. "Esta não era a idade dela. Não, ela era muito mais jovem que isso. Trinta e sete foi o número de vezes que Adam cravou uma faca no corpo de Kelly."

Olho para minha mão, que está apoiada na mesa. Meus dedos tremelicam em espasmos, provocando uma sensação de formigamento, de estar sendo pinicada por agulhas. Às vezes, ainda sinto o cabo da faca na minha mão, como se fosse um membro fantasma.

Peters mostra outra fotografia. Pela expressão de repugnância e horror de quase todos os jurados, sei que é uma foto de Kelly Summers na cena do crime. Há uma mistura de sangue úmido e seco espalhada ao redor dela. Seus olhos vidrados miram o nada. Há ferimentos causados por perfuração no pescoço e nos ombros. O peito e o estômago são um pântano de sangue, uma caverna imensa e escura. Peters continua a falar, mas agora o ignoro. A foto permanece entre seu polegar e o indicador, estendida à sua frente, portanto, os jurados não têm como evitá-la, a não ser que desviem o olhar. E dois deles fazem isso. Ele continua; porém, está equivocado em algumas de suas observações e também está equivocado a respeito de alguns detalhes. Detalhes que só eu conheço.

Passam-se cerca de cinco minutos, e Peters enfim encerra suas alegações finais. Alguns jurados assentem e se entreolham enquanto ele agradece e volta ao seu lugar. Foi uma conclusão sólida, e percebo que o júri compartilha do mesmo sentimento. Adam esfrega o pulso, tenso. Está sem as algemas, mas talvez as esteja sentindo mesmo assim, o metal frio contra a pele. Pela visão periférica, percebo o olhar dele sobre mim, em busca de consolo, de segurança, mas não tenho como oferecer isso a ele. E nem quero.

"Senhora Morgan?", convoca o juiz Dionne.

"Sim, meritíssimo."

"A defesa está pronta para fazer sua argumentação final?"

"Sim, meritíssimo."

"Por favor, prossiga", diz ele, fazendo um movimento de cabeça.

É isso. Essa é minha última chance de convencê-los daquilo que eu sei que é a verdade. Eles não vão acreditar em mim, no entanto; e é exatamente isso que eu quero. Levanto-me da cadeira e aliso, com as mãos, meu blazer e minha saia, eliminando rapidamente qualquer vinco. Meus olhos examinam a sala. É uma sala semelhante à de todos os tribunais em que já estive, estéril e fria, meramente um meio para um fim ou um começo. Painéis de madeira do piso ao teto, fileiras de bancos lotadas com alguns membros da população e as bandeiras dos Estados Unidos e do Estado da Virgínia hasteadas em pequenos mastros dourados. Um juiz, do alto de seu púlpito, está usando toga preta. Tudo muito comum, ao contrário deste caso.

Caminho até o banco do júri, deslizando a mão pelo balaústre do cercadinho enquanto me desloco de uma ponta a outra. Cá estão vocês, meus doze instáveis camaradas. Como eu adoraria me embrenhar dentro de cada uma de suas cabecinhas e plantar a semente que tanto desejo cultivar. Seria tão bom se todos vocês fossem fantoches atados a pequenos barbantes ou se pudessem ser acionados como uma boneca de corda; assim, eu poderia obrigar vocês a dançar e cantar ao som da minha composição. Mas hoje, pelo visto, a apresentação vai ser solo. Iniciemos, então...

"Senhoras e senhores do júri. Nas últimas semanas, vocês tiveram a oportunidade de ouvir o caso apresentado pela promotoria. Mas, desde o início, eu lhes disse que o que importa aqui são os fatos. E eu lhes apresentei cinco fatos durante minhas alegações iniciais, os quais eu sabia serem verdadeiros, absolutamente corretos, acima de qualquer suspeita, e comprovei todos esses fatos durante o julgamento, não foi?"

Algumas cabeças assentem. Outras se inclinam para o lado. E outras ficam imóveis. No entanto, todos os gestos são acompanhados por murmúrios discretos.

"Adam Morgan é meu marido, e em momento algum tive vergonha de compartilhar essa informação. 'Por que isso seria relevante?', vocês podem perguntar... Porque acho que é seguro dizer que o conheço melhor do que qualquer pessoa nesta sala." Faço uma pausa para gesticular o braço num movimento amplo, pontuando minha afirmação. "O que significa que vocês também podem imaginar como me senti quando determinados detalhes do julgamento foram esmiuçados pelos presentes. Seu sórdido caso extraconjugal com outra mulher. Vocês repudiam a infidelidade de um homem, consideram tal ato uma grande desonra, e eu concordo. Senti esse repúdio numa intensidade dez vezes maior. E ao tomar conhecimento de que ele havia engravidado essa mulher, de que estava apaixonado e que planejava me abandonar..." Afasto-me do júri, meio que escondendo o rosto no ombro e balançando a cabeça, consternada. Preciso vender a imagem do desgosto. "Peço que perdoem minha escolha de palavras, dadas as circunstâncias deste caso, mas desconheço outra forma de descrever como me senti... foi como se tivessem apunhalado meu coração."

Olho para Adam. Dá para ver a dor e a tristeza no rosto dele. Mas não é por mim; talvez seja pelo que ele me fez passar, ou por ter se metido em toda esta encrenca, mas sua verdadeira tristeza se deve ao fato de ele ter se dado conta de tudo o que já perdeu.

Aprumo a postura, sinalizando ao júri que tenho tudo sob controle, que estou forte.

"Concordo com a promotoria em muitas coisas. Ela reservou um bom tempo para destacar que Adam é um traidor, um mentiroso, um adúltero e um homem desonesto. Eu disse a vocês a mesmíssima coisa no primeiro dia. No entanto, nenhuma dessas coisas faz dele um assassino. Elas simplesmente fazem dele um péssimo marido, e ninguém pode ser condenado à morte ou à prisão perpétua por ser um marido ruim."

Olho de volta para Adam, mas, desta vez, mantenho o foco além dele, na mulher *mignon* logo atrás, sentada na primeira fila do cercadinho, agarrando de maneira nervosa o colar de pérolas que combina perfeitamente com seu terninho branco. O branco no dia do casamento sinaliza pureza, inocência, uma flor intocada. Eleanor claramente achou que, ao vestir branco hoje, poderia fazer com que Adam absorvesse um pouco de sua iluminação. Ela flagra meu olhar e balança a cabeça, é sua maneira de me dizer para continuar. Mesmo aqui, no meu território, ela não consegue se conter. Essas pausas são importantes, são os momentos em que os presentes no tribunal nos dão ouvidos. No entanto, Eleanor jamais sacaria isso, porque ela é incapaz de calar a boca. Volto-me para o júri.

"Agora, o sexto fato, aquele que mencionei durante a abertura deste julgamento, aquele que eu disse que iria provar a vocês até o final deste processo, e aquele sobre o qual embasei todo este caso, é que Adam não é um assassino. Devo lembrá-los de que, na verdade, não é minha função convencê-los de que Adam não é um assassino. É função da promotoria comprovar, acima de qualquer suspeita, que ele cometeu um homicídio. Eu diria que eles não conseguiram fazê-lo até então, mas é claro que isso não depende de mim." Aponto para cada membro do júri. "Isto depende de vocês."

Vou até a mesa onde Adam está e gesticulo para que ele se levante. Ele obedece, devagar.

"Olhem para este homem. Olhem para seus olhos, e, quando digo isso, peço que façam olho no olho *mesmo*. Deixe-me contar a vocês algo que já vi nos olhos de outras pessoas, e que espero que nenhum de vocês jamais veja. Sou advogada de defesa criminal e, pela natureza do meu trabalho, já precisei defender pessoas que fizeram coisas horríveis e condenáveis. No tribunal, tive de me sentar ao lado dos seres humanos mais perversos, já precisei partilhar uma sala privativa com eles, revisar provas e depoimentos... Tudo isso enquanto temia pela minha segurança. Por quê? Por causa dos olhos deles..." Arregalo meus olhos a seguir, só para enfatizar meu argumento.

"Percebam, os olhos de um assassino são diferentes. Há um fogo que arde bem no fundo das íris. Nem sempre é fácil identificá-lo no início, mas depois que você consegue, nunca mais consegue deixar de fazer isso. Esse fogo é capaz de acender dentro deles a qualquer momento, é um fogo que incita fúria, é uma raiva tão intensa que só é aplacada depois que o cômodo inteiro é tomado por ela." Faço uma pausa por um instante para que eles absorvam minhas palavras. O que eles não percebem é que esses olhos aos quais me refiro, na verdade, são os mesmos que vejo ao encarar meu reflexo no espelho.

"Não tenho medo de ficar ao lado do meu marido, não tenho medo de dividir um cômodo com ele. Não tenho medo nem mesmo de dividir a cama com ele. Sabem por quê? Porque ele não tem esse fogo. Ele não tem esse olhar", digo, apontando para Adam. Ele se encontra num estado lastimável, embora esteja barbeado e usando um terno de alfaiataria. Mas nenhuma roupa bonita é capaz de disfarçar uma personalidade patética.

Vários jurados olham para mim. Pergunto-me se eles conseguem identificar o fogo que arde nas minhas íris. Lembro-me da primeira vez em que vi olhos ardentes assim... meus olhos.

*Golpeio a porta com o ombro, uma, duas vezes, e então ela abre, exibindo o quarto de hotel de merda onde minha mãe e eu estamos vivendo há uns seis meses. Digo "vivendo" de forma eufemística, pois nenhuma de nós está fazendo isso de fato. Eu mesma só estou sobrevivendo, e ela está... sei lá o que ela anda fazendo. O quarto está silencioso e vazio, e dou um suspiro de alívio porque isso significa que poderei tomar meu banho em paz. A luminária de chão pisca quando a ligo. Abro as persianas, deixando a luz penetrar no quarto desbotado. Jogo minha mochila sobre a cama, que pousa a poucos metros do leito de minha mãe. Minha cama está arrumada; os travesseiros estão enfiados sob as cobertas bem alisadas. Já a dela, está uma* bagunça, cheia de resquícios de suas indiscrições da noite anterior: latas vazias de cerveja, que, por sua vez, deixaram várias manchas no lençol, uma agulha usada, uma colher suja e um cinzeiro cheio de guimbas de cigarro.

No banheiro, tranco a porta e me dispo rapidamente, tirando o uniforme que cheira a batatas fritas murchas e gordura rançosa. Mesmo assim, ainda cheira melhor do que este quarto. O banheiro não tem nada além de uma barra de sabão, e a temperatura da água ou é escaldante ou congelante. Não tem meio-termo. De certa forma, é como a vida nos últimos tempos. Costumava ser boa quando meu pai ainda era vivo, mas agora acho que até a morte seria melhor.

Saio do chuveiro, passo a mão pelo espelho embaçado e encaro a adolescente diante de mim. "Por quê?", pergunto ao reflexo, sem receber resposta; afinal, não há o que responder. Alguns de nós temos começos promissores. E outros entre nós vivem na miséria, dormindo a um metro de uma mãe viciada. Dei o azar de me enquadrar nesta última categoria. Alguém abre a porta do quarto. Ouço risadas, o som de líquido sacolejando em garrafas e as molas de um colchão rangendo, e então o rugido rouco de uma risada masculina. Penduro minha toalha e visto um suéter velho de gola redonda e uma calça de moletom.

Fechando os olhos por um instante, respiro fundo antes de abrir a porta do banheiro e sair. Tem um homem sentado ao lado da minha mãe na cama suja, com as costas apoiadas na cabeceira e a mão entre as pernas dela. A cabeça dela pende para o lado dele. Ela ri enquanto leva uma garrafa de cerveja aos lábios com a mão trêmula, abrindo caminho em meio ao cabelo bagunçado que lhe esconde o rosto.

O olhar do homem me acompanha quando vou até a cama para pegar minha mochila.

"Ora, quem é essa aí?", pergunta ele, com a fala arrastada.

Minha mãe vira a cabeça e olha para mim, e, em meio ao bololô de cabelos, vejo um de seus olhos, como um ovo num ninho de mafagafos.

"Sarah", responde ela, sucinta.

O homem empurra minha mãe, se levanta e vem caminhando em minha direção. Ela tomba de uma só vez, seu rosto fica plantado no colchão. Ele tenta segurar meu queixo, mas me desvencilho dele e lhe dou um tapa na mão. Então ele tropeça e cai sentado sobre a minha cama. Minha mãe passa as mãos nas costas dele e depois agarra seus ombros, tentando se firmar para se levantar. A cabeça dela repousa no ombro dele de novo, ela está *passando a língua no lóbulo da orelha dele. Ela quer alguma coisa dele, e está disposta a dar o que for preciso para consegui-la. É o joguinho doentio de sempre. Eu só queria que isso acabasse de uma vez por todas.*

*Pego minha mochila, um travesseiro e a coberta da cama e sigo para o banheiro. Tranco a porta, jogo minhas coisas no chão rachado e me sento. Em segundos, começo a ouvir os sons familiares de cachimbos sendo revirados nas gavetas, uma colher batendo no tampo da mesa de cabeceira, um isqueiro sendo aceso e depois os suspiros. Duas pessoas se dissolvendo instantaneamente no paraíso recém-adquirido, ainda que este seja apenas temporário. O pedágio a ser pago por cada visita é um pedacinho de suas mentes, e suas veias vão ficando mais delgadas e mais fracas a cada vez. Mas eles topam pagar o preço, de modo integral, contanto que lhes seja dada a permissão para passar pelos portões do Olimpo. É deprimente.*

*Então começam os barulhos que mais odeio. Alguns homens costumam aguardar mais tempo, deixam a heroína fazer efeito antes de tentarem trepar com a minha mãe como pagamento pela droga. Mas este não; ele foi direto. Ele é nitidamente experiente nessa negociação. Gemidos, gritos e tapas na pele, a cabeceira da cama martelando a parede, as molas do colchão barato rangendo em velocidade alarmante. Abro o zíper da mochila e pego meu walkman da Sony, colocando o arco do fone sobre a cabeça e ajeitando a espuma nas orelhas. Foi uma das primeiras coisas que comprei depois que consegui um emprego, pois ocasiões como esta acontecem com frequência demais. A música ao menos me permite escapar.*

*Depois do que pareceram apenas alguns segundos, uma vibração estrondosa me puxa de volta à minha dura realidade. Tiro os fones de ouvido e ouço batidas à porta do banheiro.*

*"O que é?", pergunto.*

*"Preciso mijar", grita o homem de volta.*

*Não adianta deixá-lo lá fora esperando, pois isso só vai servir para irritá-lo mais, e pode ser que ele fique violento. Recolho minhas coisas e abro a porta, tentando passar por ele rapidamente, mas ele trava no meio do caminho, bloqueando minha saída. Está usando só uma calça jeans suja e desbotada.*

*"Sai da frente", ordeno.*

*Ele pega uma mecha do meu cabelo úmido e sorri, passando a mão áspera pela minha bochecha.*

"Tenho aqui uma nota de vinte pratas com seu nome nela", ele sussurra.

Desvencilho-me e passo por ele, que bate as costas na soleira da porta. Ele não reage, apenas ri. Jogo todas as minhas coisas na cama e me sento. Uma torrente de urina espirra na água, ecoando no vaso sanitário.

"Tem algo pra comer aqui?", ele berra, do banheiro.

Olho para minha mãe, que está desmaiada, espalhada na cama feito uma águia de asas abertas, sob o lençol manchado e a coberta queimada de cigarro. Eu adoraria que ela acordasse de repente e se lembrasse de que tem uma filha, a quem deveria proteger, de quem deveria cuidar. Quase consigo imaginar a cena: ela dando um salto na cama e gritando: "Não tem comida aqui, idiota. Então cai fora!". Seus braços estariam junto ao corpo, os punhos cerrados, uma capa esvoaçando com o vento às suas costas. No entanto, em vez disso, ela permanece ali deitada, com a baba escorrendo pela boca aberta.

"Não tem nada", grito, na esperança de que soe como um ultimato e de que ele perceba que a diversão já acabou, que não sobrou mais nada aqui.

Ele sai do banheiro, com a braguilha ainda aberta. Está mexendo no umbigo enquanto se apoia na parede.

"Ah, eu discordo." Ele dá um sorriso malicioso e meneia as sobrancelhas. "Acho que tem uma coisa muito gostosa aqui."

Minha frequência cardíaca acelera e gotas de suor brotam e se acumulam na minha nuca. Isso já aconteceu inúmeras vezes, e meu corpo já está se preparando para lutar ou fugir. Lentamente, começo a me aproximar do telefone na mesa de cabeceira, tentando não transparecer minhas intenções óbvias. No entanto, os olhos dele me encaram, como os de um predador que encontrou um animal ferido. Seu olhar saltita de mim para o telefone. Percebendo o que estou prestes a fazer, ele mergulha na cama onde minha mãe desmaiou, mas sou mais rápida, mais jovem e não estou chapada de heroína. Alcanço o telefone primeiro, tiro-o do gancho e digito zero.

"Recepção", atende uma mulher. A voz dela é monótona.

"Preciso de manutenção no quarto 119. Tem uma vazamento feio de água aqui!" Tento fazer com que o problema pareça o mais urgente possível, algo em total desacordo com o nível de atendimento deles. Os dedos ossudos do homem apertam o gancho, encerrando a ligação. Então, ele se joga em cima de mim e se esfrega no meu corpo.

*"Saia de cima de mim!", eu grito, me contorcendo embaixo dele. Seus braços de drogado não são fortes o suficiente para me conter por muito tempo. Eu o empurro com força, liberto meu joelho e lhe dou um chute em cheio na virilha. Ele dá um berro e leva às mãos à genitália, rolando da cama, caindo no chão e emitindo um baque surdo. Minha mãe nem se mexe. Eu me levanto, atabalhoada, e então corro em direção ao banheiro. Tranco a porta, ofegante, e depois dou um passo para trás, encarando a maçaneta, já na expectativa de que ela comece a ser chacoalhada.*

*"Ahhhh. Sua puta!", ele berra. Ouço uns tropeços, depois silêncio, como se ele estivesse avaliando se deve ficar ou ir embora. A manutenção não vai vir. Eles nunca vêm. A gerência já conhece minha mãe, por isso, nunca mandam ninguém. Nem mesmo para nos dar toalhas limpas. Só que ele não sabe disso. Ele acha que o tempo está correndo. Por fim, ouço o som do zíper de um casaco sendo fechado. Botas ressoando no piso.*

*Ele murmura "Vagabunda!" para minha mãe, suponho; então, ouço a porta ser aberta e depois batida com tanta força que a janela chacoalha.*

*Estou congelada, prestando atenção em algum possível movimento, para ver se o homem vai voltar. Não sei bem por quanto tempo fiquei ali, fazendo um esforço imenso para não respirar, na tentativa de fazer o mínimo barulho possível. Por fim, solto a respiração de uma só vez, meus pulmões vão esvaziando por completo. Acabou... pelo menos, até a próxima vez.*

*Vou até a pia, olho a garota no espelho sujo. Meu rosto está marcado pelas lágrimas. Algumas já secaram, deixando uma crosta reluzente de água, sal e oleosidade. Minhas mãos tremem incontrolavelmente, uma combinação de medo e raiva. E então algo muda no meu reflexo. Eu a vejo, não a garota que sou, mas a garota que preciso me tornar. Dou um soco no reflexo, quebrando o espelho. O sangue escorre dos nós dos meus dedos, onde pedaços de vidro furaram e rasgaram a pele. Encarando o espelho rachado, vejo dezenas, talvez centenas de pares de olhos, fraturados, porém interligados. Quebrados, porém remontados num formato novo. Sei que não sou mais a mesma. Sei que posso explorar ou invocar qualquer um desses pares de olhos para agir, compartimentar, escapar.*

*"Já chega", digo ao reflexo estilhaçado, sabendo exatamente o que preciso fazer.*

*A oportunidade se apresenta uma semana depois. Volto do trabalho para casa, na expectativa de encontrar o quarto vazio, mas, em vez disso, flagro minha mãe desmaiada na cama, com uma agulha de heroína espetada no* braço. É o primeiro dia do mês, então sei que o seguro social foi depositado na conta e que ela já gastou a maior parte. Sua parafernália de drogas recém-adquiridas está espalhada junto ao seu corpo inconsciente. Em geral, aquela quantidade de droga duraria uma semana ou duas... mas não desta vez. Encho a colher, derreto a droga e puxo o êmbolo de uma seringa, sugando tudo; depois faço a mesma coisa com outra; e mais outra. Eu daria conta de fazer esse ritual de olhos fechados, de tanto que já presenciei minha mãe entregue a ele.

Apagada, babando, com um filete de sangue seco escorrendo onde a agulha entrou no braço, ela está no auge da serenidade. Lá está ela, visitando seu paraíso de novo, então agora vou ajudá-la a tornar essa visita permanente. Cravando as três agulhas em seu braço, empurro os êmbolos de uma só vez, e assim a faço ir embora para sempre. Chega de pedágios, chega de novas entradas no paraíso. É uma passagem só de ida... para nós duas.

No banheiro, jogo água no rosto para acalmar os nervos e encontro aqueles olhos no espelho, me encarando. Estão diferentes de novo. Eles agora têm um pequeno fogo, que arde lá no fundo. Por um instante, entro em pânico, e então um par de olhos me encara, me validando, e todo o meu temor se esvai.

Depois disso, nunca mais voltei a me preocupar com a minha mãe, nem com o que fiz com ela.

"Agora, que tipo de advogada eu seria se pedisse para vocês acreditarem em mim com base nos olhos de alguém? Uma advogada não muito boa." Faço uma pausa e coloco a mão sobre a mesa.

Um dos homens do júri solta uma risada zombeteira antes de cobrir a boca e assentir para o juiz num pedido de desculpas. Dou uma olhadela para ele, que volta a me ouvir de forma estoica. *Seu veredito é culpado*, penso. A essa altura da minha carreira, sou muito boa em adivinhar quem vai considerar inocente ou culpado apenas com base na linguagem corporal e em pistas sutis. Aquele homem já deixava bem óbvio. Ele ri, não porque me acha engraçada, mas porque sabe que ainda não o convenci. E nem pretendo convencê-lo.

Ao examinar a bancada do júri, observo cada um deles, sabendo qual vai ser o voto de cada um. Jurada número um. A líder do grupo, a queridinha da promotoria, uma velha com um crucifixo no pescoço. *Culpado.* Jurado número três. Esse fui eu que escolhi. Um alcoólatra degenerado e funcional que pensa estar com a vida sob controle, e que encara Adam como uma espécie de alma gêmea. *Inocente.* Mas ele é fraco, e os outros vão influenciá-lo rapidamente durante a deliberação. Jurado número dois, que não me olha nos olhos. *Culpado.* Número quatro, que olha para minha bunda toda vez que me viro. *Inocente.* Ele também será influenciado durante a deliberação, quando minha bunda não estiver à vista. E assim por diante. Quando finalizo o placar, estou perdendo de oito a quatro — e dois dos meus quatro estão em cima do muro. E, além do mais, a maioria dos jurados aqui está longe de se assemelhar àqueles retratados no filme *Doze Homens e uma Sentença*. Eles só querem acabar logo e voltar para casa, para suas famílias. Eles só permanecem nesta batalha por compaixão e emoção. Só que eu nunca lhes dei recursos para que ficassem empolgados ou compassivos em relação a Adam. Ele é um elitista mimado, sem um pingo de moral nem valores. Ninguém no júri se identifica com ele, talvez exceto o bajulador número quatro.

"Gostaria de repassar os fatos com vocês uma última vez", digo, erguendo o punho da mesma forma que fiz durante minha alegação inicial. Começo levantando um dedo. "Primeiro: Kelly Summers teve sua vida ameaçada pelo próprio marido, Scott Summers. Vocês viram as mensagens dele, e Scott não conseguiu se justificar, só disse que estava bêbado no dia e que se arrependia de seus atos. Talvez ele estivesse bêbado ao fazer outras coisas, na noite em que Kelly Summers foi assassinada." Arqueio uma sobrancelha.

Então, eu levanto outro dedo da mesma mão.

"Em segundo lugar, Kelly Summers, também conhecida como Jenna Way, foi acusada de assassinar o primeiro marido, Greg Miller. O processo contra ela foi convenientemente arquivado quando as evidências desapareceram. E então Jenna reapareceu no estado da Virgínia, com um novo nome, uma nova cor de cabelo e um novo marido. E esse mesmo novo marido, Scott Summers, participou da investigação do assassinato do primeiro marido dela." O júri começa a cochichar e a assentir. Na verdade, isso não lança nenhuma dúvida sobre a inocência de Adam, mas é peculiar e pinta Kelly de uma forma negativa, faz parecer que estou jogando todas as cartas possíveis para defender meu cliente. Este tribunal é só um palco para o meu maior espetáculo. Então eu ergo mais um dedo.

"Terceiro ponto: em meio às ameaças feitas por Scott Summers, aos relatos de abuso e ao mistério em torno da morte do primeiro marido de Kelly, a lista de pessoas que tinham motivação e desejo de ver o padecimento de Kelly Summers é extensa. Isso é importante porque a motivação é um elemento-chave em qualquer crime hediondo. Adam Morgan tinha motivação? Não creio. Afinal de contas, e me dói dizer isto, na noite em que Kelly foi assassinada, ele deixou um bilhete afirmando que desejava começar uma vida a dois com ela. Então por que ele a mataria, se tinha planos de dar início a uma vida com ela no futuro? A promotoria quer que vocês acreditem que o bilhete foi um ardil para despistar todo mundo. Mas isso me soa um tanto estúpido." Olho para Adam e, depois, de volta para o júri. "Sobretudo em relação a um escritor de best-sellers, graduado em uma universidade de ponta e aclamado pela crítica. Não acham?"

No júri, há meneios de cabeça sincronizados e uma série de lábios contraídos. Eles concordam com o que estou dizendo, mas não gostam de Adam — e acabei de lembrá-los de como ele faz parte de outro estrato, de como ele é bem diferente de todos ali, de como, se não fosse por esse julgamento, Adam jamais escolheria partilhar o mesmo recinto com eles, os membros do júri... Levanto meu dedo mindinho.

"Quarto ponto: foram encontradas três amostras distintas de DNA no canal vaginal de Kelly, o que significa que ela dormiu com três homens diferentes em um período de cinco dias. Identificaram que uma das amostras pertence a Adam Morgan. Outra pertence a Scott Summers. Mas a terceira amostra de DNA é um mistério. A quem pertencia? Com quem mais ela teve intimidade? Até onde sabemos, essa pessoa pode estar sentada neste tribunal agora mesmo." Eu me viro e examino os bancos lotados. Meus olhos pousam sobre o xerife Stevens, que está na última fileira. Ele me encara, mas, depois, rapidamente olha para baixo. Disfarço um sorrisinho e então volto minha atenção para o júri.

"Mais uma vez, mais uma pergunta para a qual a promotoria não tem resposta." Levanto meu quinto dedo.

"Quinto ponto: discutimos em detalhes o fato de que Kelly tinha um *stalker*, um homem que fazia de tudo para visitá-la todos os dias no trabalho. Onde está a investigação sobre esse homem? Talvez ele não tenha conseguido lidar com a rejeição. Talvez tenha resolvido o problema com as próprias mãos. Jamais saberemos. Porque, mais uma vez, temos aqui mais um agente que a promotoria parece não ter tido problemas em dispensar."

"E, por fim, o sexto ponto." Fico na frente do júri, com os braços acima da cabeça, com cinco dedos levantados em uma das mãos e um dedo levantado na outra. "A promotoria não conseguiu provar, acima de qualquer suspeita, que Adam Morgan matou Kelly Summers. Há dúvidas, e muitas. Adam Morgan não é um assassino." Bato o punho no balaústre, o barulho da madeira ecoa no pé direito alto. "E isso é um fato."

Retorno ao meu lugar à mesa. Adam tenta roçar o mindinho na lateral da minha mão, mas eu me afasto. Ele elogia meu desempenho, mas não consigo ouvi-lo. Estou encarando o júri, examinando seus rostos, um por um. Será que conquistei algum deles? Espero que não. Observo os olhares de desgosto. A repulsa por Adam e até mesmo por mim. Para começar, a maioria das pessoas não gosta de advogados, especialmente se o advogado for casado com o réu julgado pelo homicídio de sua amante e do nascituro em seu ventre.

E há mais uma pergunta sem resposta, e que decerto ficou zanzando pela cabeça dos jurados ao longo de todo o processo. *Como? Como eu tive coragem de defendê-lo?*

Minha resposta é muito simples: se você quer destruir alguém, deve manter-se próximo o bastante para fazê-lo pessoalmente. Sei que nós já perdemos este julgamento — bem, suponho que isso dependa de quem você enquadre nesse *nós*. O juiz informa as instruções finais aos jurados e os dispensa para deliberação. Eles saem em silêncio. Todos se levantam, e o juiz se dirige para o seu gabinete. Agora, é só um jogo de espera.

Olho para Adam e dou-lhe um sorriso de incentivo.

"Acho que tudo correu bem", eu digo. Ele começa a responder algo como *"Você foi incrível..."* ou outras variações de superlativos, mas eu já estou recolhendo minhas coisas e examinando a sala outra vez, procurando por ele.

Nós nos encaramos, e ambos precisamos nos esforçar para conter nossos sorrisos. Sabemos que Adam será considerado culpado, e não vai demorar muito, o que é perfeito para nós. Pedi a Bob para vir hoje, para presenciar aquilo comigo, e agora que está quase terminando, retorno mentalmente àquela primeira noite... a noite em que Bob e eu planejamos tudo isto.

*Há uma batida à minha porta. Está tarde, pensei que eu fosse a única pessoa que ainda estivesse no escritório. Até mandei Anne para casa, já sabendo que provavelmente iria ficar aqui até bem depois da meia-noite.*

*"Entre", convido.*

*A porta se abre e Bob Miller entra com um envelope enorme nas mãos. Ele ostenta um sorriso malicioso, e cogito o que ele estaria tramando agora.*

*"O que foi, Bob?", pergunto. Meu olhar imediatamente se volta para os papéis espalhados sobre a minha mesa, para deixar bem claro que ele não merece e nem terá a minha atenção.*

*"Tenho uma coisa para você", diz ele, colocando o envelope pardo bem em cima da documentação que eu estava analisando; é seu jeitinho de me dizer que ele merece, sim, minha atenção.*

*Faço uma pausa, irritada com a presença dele, e olho o envelope com desconfiança. Somos inimigos jurados — ambos tentando subir na mesma escada corporativa. Só que eu subi mais rápido, pois fui convidada para me tornar sócia da firma no início deste ano. Na prática, nenhum de nós dois deveria ser promovido, pois havia mais dois sócios seniores; porém, misteriosamente, um deles foi demitido por má conduta e o outro pediu demissão sem aviso prévio. Sei que Bob desconfia que tive algo a ver com a saída deles. Ótimo. Deixe-o pensar isso, esse temor é ótimo.*

*"O que é isto?", eu pergunto.*

*"Apenas abra."*

*Minhas longas unhas vermelhas deslizam sob o fecho de metal, virando-o delicadamente para trás.*

*Levanto a aba e saco uma pilha de fotografias. Folheando-as uma por uma, percebo imediatamente o que são: fotos íntimas do meu marido com outra mulher.*

"Onde você conseguiu isto?", pergunto enquanto continuo a analisar as fotos. Eu deveria estar arrasada ou lívida, mas nem sei o que estou sentindo. Parte de mim manteve o controle e está avaliando as fotos como se elas fossem parte de algum processo do meu portfólio.

"Digamos apenas que... Tenho andado de olho na mulher com quem seu marido está tendo um caso."

Isso desperta meu interesse. Se ele tivesse dito que estava me vigiando, tentando encontrar munição para me derrubar, eu não teria ficado surpresa. Mas por que essa mulher exatamente? Olho para Bob, semicerrando os olhos, tentando descobrir a jogada dele.

"Por quê?"

"Porque ela matou meu irmão."

Ergo a sobrancelha, devolvo as fotos ao envelope e o entrego a Bob.

"Se isso for verdade, por que ela não está presa?"

"Porque nem todo mundo paga por seus crimes." Ele inclina a cabeça. "Como advogada, você, entre todas as pessoas, já devia saber disso."

Recosto-me, apoiando os cotovelos nos braços da cadeira, juntando as mãos diante do rosto. Se houvesse um espelho ali na minha frente agora, aqueles olhos ardentes estariam me encarando de volta.

Entendo a postura de Bob. Suas sobrancelhas franzidas e o olhar desprovido de brilho denunciam sua confusão. Ele está tentando me decifrar, tentando adivinhar o que estou pensando — porque minha reação está sendo diferente demais do que ele imaginou que seria.

"Por que você está me contando isto?", pergunto.

"Achei que você deveria saber... Desculpe." Bob finge um olhar solidário, a ameaça está se transformando em derrota.

"Não." Cerro os olhos. "Eu sei por que você veio me contar isto, Bob."

"Por quê?"

"Você achou que eu fosse surtar, tirar uma licença, me meter num divórcio complicado, perder o foco. E então o quê? Você entraria em cena e ficaria com a minha parte da sociedade."

"Sarah, não. Isso não é verdade." Bob vacila, recuando rapidamente.

"É verdade, mas, lá no fundo, sei por que você veio me mostrar essas coisas." Inclino-me para a frente, tentando atraí-lo para minha teia com o olhar mais sedutor possível.

*Ele não consegue evitar e me encara de volta.*
*"Você quer o que eu quero, Bob."*
*"E o que seria?", ele pergunta.*
*"Vingança."*
*Os cantinhos dos meus lábios se animam, dando o sorriso mais sinistro. Bob cai sob o meu feitiço de imediato. O fogo em meus olhos contagiou os dele, nesse momento, e nós dois sabemos que agora não tem mais volta.*


"E agora?", pergunta Adam, me puxando de volta ao presente.

Olho para ele e digo:

"Agora esperamos."

"Qual você acha que vai ser o veredito?"

"Inocente, claro", interrompe Eleanor de trás do cercadinho. Ela se inclina para Adam, pegando a mão dele.

"Obrigado, mãe", diz ele, segurando a mão dela brevemente antes de voltar e me olhar: "Sarah?".

"Sei lá. É difícil decifrar todos os jurados."

"Ah, qual é...", ele implora. "Você já fez isso centenas de vezes. Com certeza tem algum tipo de pressentimento, afinal de contas..."

Isso é o desespero falando. Ele quer ter esperança. Não, ele *necessita* de esperança. Já eu, não tenho pressentimento algum. Eu simplesmente sei. Vão considerá-lo culpado. Mas não posso dizer isso a Adam. Ele seguirá para o corredor da morte, aguardando a agulha que o mandará embora deste mundo, igualzinha àquelas que fizeram o mesmo com a minha mãe — e a última coisa da qual preciso agora é que ele abra um recurso argumentando que teve uma representação jurídica inadequada.

Encontro o olhar dele.

"Pressinto que nós teremos o veredito desejado."

Adam sorri. Coitado, *ele* acha que faz parte desse *nós*.

"Quanto tempo leva, geralmente?", ele quer saber.

"Depende. Pode levar horas, dias, até mesmo semanas."

"Semanas?"

"Já aconteceu."

"Não deve levar mais do que alguns minutos para eles perceberem que meu ursinho é inocente, e aí poderemos acabar com esse julgamento absurdo e ridículo." Eleanor se inclina ainda mais sobre os balaústres, colocando-se entre mim e Adam. "Contanto que você tenha feito seu trabalho direito, Sarah", diz ela, apontando o dedo para mim.

Um oficial de justiça aproxima-se da mesa com um conjunto de algemas devidamente a postos.

"Senhor Morgan", diz ele.

"Isso é mesmo necessário?", protesta Eleanor.

"Está tudo bem, mãe." Adam estende os braços.

"Não se atreva a machucá-lo, ou irei processar você e esta comarca inteira!", diz Eleanor, cerrando os dentes.

"Eles não vão machucá-lo, Eleanor." Eu me afasto no momento em que as algemas são fechadas nos pulsos de Adam.

"Vamos", diz o oficial de justiça, conduzindo Adam em direção à saída.

"Sarah." Adam para e se vira para mim. O oficial de justiça faz uma pausa e gesticula para que ele seja breve. "Eu te amo, e sinto muito por tudo o que fiz. Mas, não importa o que aconteça, só quero te agradecer por ter permanecido ao meu lado e por ser uma pessoa melhor do que jamais fui."

"Eu sei que você faria o mesmo por mim, Adam", digo, assentindo.

Ele estende os pulsos algemados e permito que ele segure minha mão. Ele dá três apertos leves para dizer *eu te amo*. Aperto de volta, três vezes também, mas minha mensagem é outra. A palavra *amor* não se faz presente. No entanto, deixo que ele pense o que quiser. Ele solta minha mão e acompanha o oficial de justiça, saindo por uma porta lateral na parte dianteira da sala.

"Você está pronta?", pergunta Anne; nosso material já está todo guardado.

"Sim", eu respondo.

Antes de sairmos da sala de julgamento, olho para os rostos familiares. Eleanor, carrancuda numa reprimenda. Ela vai me culpar por isso para sempre. Mas finalmente vai ter razão para isso. Stevens, o xerife, que acabou sendo cúmplice para encobrir as próprias indiscrições. Ele é incapaz de me encarar. E, por fim, Bob, que me aguarda perto da saída.

"Excelente trabalho, doutora", diz ele, estendendo a mão.

Aceito a saudação e dou três leves apertos na mão dele enquanto nos cumprimentamos em uníssono — ninguém percebe.

"Obrigada", respondo dando um sorriso breve antes de soltar a mão dele e, enfim, sair da sala.

No saguão, Anne para e se vira para mim.

"Você se saiu muito bem como sempre, mas o que você acha? Acha que Adam terá justiça?"

Faço uma pausa e olho para a estátua no saguão — a Justiça vendada, uma balança em uma das mãos e uma espada na outra. A placa à sua frente diz: *Liberdade e justiça para todos.*

Muitas vezes, eu me esqueço que a Justiça está aqui. Ela virou só mais um pedaço do cenário, a personificação da imposição moral do sistema judiciário. Na maioria das vezes, sua balança é o único alvo de atenção — o equilíbrio da justiça, uma oportunidade igualitária para ambos os lados contarem sua história. Já sua espada quase sempre é esquecida, ignorada. Ela simboliza a pena que é aplicada logo depois da exaltação da justiça. Só que a justiça não é preto no branco. É subjetiva, determinada apenas por cada uma de nossas bússolas morais.

Olho para Anne e balanço a cabeça.

"Sim, acho que Adam terá justiça."

## AGRADECIMENTOS

É estranho reescrever os agradecimentos de um romance já publicado, mas este livro, a versão que você tem em mãos, não é o mesmo que foi publicado originalmente no verão de 2020. Esta nova edição passou por uma enorme transformação, tanto interna quanto externamente. Amadureci bastante como autora desde que escrevi *Casamento Perfeito*, há quase oito anos. Então quando tive a chance de relançar meu romance de estreia por uma nova casa editorial, eu queria fazer tudo certo. A primeira edição foi originalmente publicada por uma pequena editora inglesa. Não teve orçamento de marketing, não recebeu quase nenhum serviço editorial e não era para ser vendido nas livrarias. Contudo, apesar do início humilde, *Casamento Perfeito* superou todos esses obstáculos e encontrou os seus leitores.

E são a eles que quero agradecer primeiramente, aos meus leitores. Este livro não mudou minha vida... vocês, sim. Vocês são o motivo de eu conseguir trabalhar com o que amo, e sou eternamente grata por todos. Agradeço especialmente ao meu espalhafatoso grupo de leitores, isto é, os incríveis membros do meu grupo no Facebook, Jeneva Rose's Convention of Readers. Agradeço a Scott (você sabe por quê). Espero que esta edição especial o inspire a escrever... e-mails.

Agradeço a toda a minha equipe do Blackstone Publishing por proporcionar um novo lar para *Casamento Perfeito* e por trabalhar comigo para alcançarmos meu objetivo de aprimorar a obra para este relançamento especial. Agradeço a Madeline Hopkins pelas sugestões e a orientação editorial, que me permitiram melhorar dez vezes mais esta narrativa, mantendo-me, ao mesmo tempo, fiel a ela. Agradeço à minha agente Sandy pelo acordo do relançamento de *Casamento Perfeito* antes da publicação da sequência, *The Perfect Divorce* (previsto para 2025).

Agradeço especialmente a Noel Schied, Austin Nerge, James Nerge, Kapri Dace, Hannah Willetts, Andrea Willetts, Mary Weider, Stephanie Diedrich, Emily Lehman, Rosemary Cariello, Kayla Cariello-Becker, e Bri Becker por lerem meus esboços iniciais. Lamento por terem que fazer isso. Agradeço especialmente ao meu sogro, Kent Willetts, por ler duas versões iniciais deste romance. Peço o dobro de desculpas por você ter tido que fazer isso. Agradeço a Matt Eckes por inspirar o personagem Matthew Latchaw.

Em 2020, contactei inúmeros autores, perguntando se poderiam escrever um elogio para *Casamento Perfeito* que pudesse ser usado como blurb, e três aceitaram. Obrigada, Samantha Downing, Samantha Bailey e J. T. Ellison. Agradeço imensamente a gentileza e o apoio que me deram desde o começo.

Agradeço às pessoas que tornam o mundo literário um lugar melhor, isto é, os vendedores de livros, bibliotecários, críticos literários, booktokers, blogueiros, bookstagrammers e professores. É esse amor pela leitura que vocês compartilham que torna o mundo literário tão maravilhoso.

Agradeço ao meu marido, Drew, que acreditou em mim quando eu mesma não acreditava. Literariamente, devo este livro a você. Você me fez escrever quando eu não queria, mais ou menos como Annie Wilkes e Paul Sheldon em *Misery: Louca Obsessão*, mas sem toda aquela violência.

Agradeço à minha mãe, a maior incentivadora da minha escrita. Eu, geralmente, deixava meus poemas, contos ou capítulos de um livro que estava escrevendo em cima da mesa da cozinha para ela ler assim que chegasse em casa do seu segundo trabalho. Na manhã seguinte, eu acordava e encontrava as margens das folhas repletas de elogios e mensagens revelando todo seu orgulho por mim e me incentivando a continuar a escrever. Ela até me fazia assinar meu nome do meio "Jeneva Rose", porque achava que era um ótimo nome de escritora. Além disso, era um bom treino para todos os livros que um dia eu teria de autografar, como ela dizia. Minha mãe estava coberta razão, e eu queria que tivesse vivido mais para saber isso, porque adoraria ouvi-la dizer: "Não falei?".

Case No. #03   Inventory #
Type 2ª temporada
Description of evidence coleç

*Quem é ELA?*

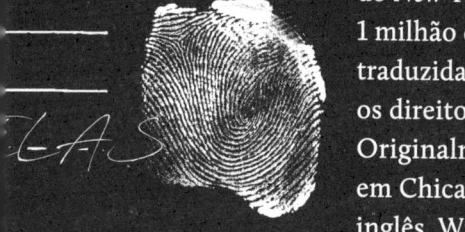

**JENEVA ROSE** é autora de vários romances best-seller do *New York Times*, incluindo o thriller que vendeu 1 milhão de cópias, *Casamento Perfeito*. Sua obra foi traduzida para mais de duas dúzias de idiomas e teve os direitos vendidos para filmes e programas de TV. Originalmente de Wisconsin, ela vive atualmente em Chicago com seu marido, Drew, e seu buldogue inglês, Winston.

# E.L.A.S

## CONHEÇA, LEIA E COMPARTILHE NOSSA COLEÇÃO DE EVIDÊNCIAS

*1ª Temporada*

---

"Katie Sise é uma nova voz obrigatória no universo do suspense familiar."
**MARY KUBICA**, autora best-seller do New York Times de *A Outra*

"Sise mostra seu domínio do suspense com uma obra de tirar o fôlego."
**PUBLISHERS WEEKLY**

### 1. KATIE SISE — ELA NÃO PODE CONFIAR

Uma mãe, um bebê e um suspense arrebatador que vai assombrar a sua mente neste instigante thriller que aborda a saúde mental materna de maneira dolorosa e profunda.

---

"Inteligente e deliciosamente sombrio. Fui fisgada até o fim."
**ALICE FEENEY**, autora do best-seller *Pedra Papel Tesoura*

"Fascinante, sombrio e tão afiado quanto uma coroa de espinhos."
**RILEY SAGER**, autor de *The House Across the Lake*

### 2. KATE ALICE MARSHALL — O QUE ESTÁ LÁ FORA

Um thriller poderoso e inventivo. Uma história cruel e real sobre amizade, segredos e mentiras, inspirada em um crime real, e que evoca as grandes fábulas literárias.

---

"Uma leitura diabolicamente planejada e deliciosamente sombria."
**LUCY FOLEY**, autora de *A Última Festa*

"Alice Feeney é única e excelente em reviravoltas."
**HARLAN COBEN**, autor de *Não Conte a Ninguém*

### 3. ALICE FEENEY — PEDRA PAPEL TESOURA

Dez anos de casamento. Dez anos de segredos. E um aniversário que eles nunca esquecerão. Um relacionamento construído entre mentiras e pedradas.

---

"Instigante, inteligente, emocionante, comovente."
**PAULA HAWKINS**, autora de *A Garota no Trem* e de *Em Águas Sombrias*

"*Anatomia de uma Execução* é um thriller irresistível e tenso."
**MEGAN ABBOTT**, autora de *A Febre*

### 4. DANYA KUKAFKA — ANATOMIA DE UMA EXECUÇÃO

Um suspense que disseca a mente de um serial killer. Uma reflexão sobre a estranha obsessão cultural por histórias de crimes reais e uma sociedade que cultua e reproduz essa violência.

---

"Uma prosa hipnotizante sobre um mundo que todos conhecemos e tememos."
**ALEX SEGURA**, autor de *Araña and Spider-Man 2099*

"O melhor thriller de Jess Lourey até agora."
**CHRIS HOLM**, autor do premiado *The Killing Kind*

### 5. JESS LOUREY — GAROTAS NA ESCURIDÃO

Um thriller atmosférico que evoca o verão de 1977 e a vida de toda uma cidade que será transformada para sempre — para o bem e para o mal.

# E.L.A.S

## 1. A. R. TORRE — A BOA MENTIRA

> "Para um fã de suspense e mistério, esse romance é arrebatador."
> **LAURA'S BOOKS AND BLOGS**

> "Sua escrita é rápida e dinâmica, com pontos de vista se alternando."
> **BRUNA MANFRÉ**

Seis adolescentes assassinados. Um suspeito preso. Uma psiquiatra com uma questão ética. Um pai desesperado. Todos buscam a verdade, mas também a ocultam.

## 2. MEGAN MIRANDA — SOBREVIVENTES

> "Nasce uma nova rainha do suspense."
> **MARY KUBICA**, autora de *A Garota Perfeita*

> "Miranda sempre oferece suspenses emocionantes."
> **CRIMEREADS**

Um acidente terrível. Nove sobreviventes. Incontáveis segredos e mistérios. Um thriller arrepiante e engenhoso que rompe totalmente com todas as fórmulas.

## 3. JULIA HEABERLIN — SONO ETERNO DAS MARGARIDAS

> "Um cativante estudo de personagem."
> **BOOKLIST**

> "Uma leitura envolvente, sobretudo para os fãs do podcast *Serial*."
> **COSMOPOLITAN**

Um tenso thriller psicológico que explora aspectos da mente traumatizada de uma vítima, décadas depois de escapar de um serial killer.

## 4. TANA FRENCH — ÁRVORE DE OSSOS

> "Uma ficção capaz de enriquecer nossas vidas."
> **STEPHEN KING**, autor de *O Iluminado*

> "Absolutamente hipnotizante."
> **GILLIAN FLYNN**, autora de *Garota Exemplar*

Uma exploração da fragilidade da memória, os privilégios e as complexidades morais da justiça, escrito por uma mestra do crime e do suspense.

*2ª temporada*

### Capture o QRcode e descubra.

Conheça agora todos os títulos do projeto especial **E.L.A.S — Especialistas Literárias na Anatomia do Suspense**, que integra a marca Crime Scene® Fiction, da DarkSide® Books, para apresentar uma seleção criteriosa das mais criativas e inovadoras autoras contemporâneas do suspense mundial.

**CRIME SCENE® FICTION**

**E.L.A.S**

Suspect
Victim

ESPECIALISTAS
LITERÁRIAS NA
ANATOMIA DO
SUSPENSE

**CRIME SCENE**
FICTION

DARKSIDEBOOKS.COM